太阳鸟文学年选

2022 中国短篇小说精选

主　编　　阎晶明

分卷主编　　陈　涛

依云而上的人

辽宁人民出版社

图书在版编目（CIP）数据

依云而上的人：2022中国短篇小说精选 / 陈涛分卷主编 . —沈阳：辽宁人民出版社，2023.1
（太阳鸟文学年选 / 阎晶明主编）
ISBN 978-7-205-10667-6

Ⅰ . ①依… Ⅱ . ①陈… Ⅲ . ①短篇小说—小说集—中国—当代 Ⅳ . ①I247.7

中国版本图书馆CIP数据核字（2022）第224856号

出版发行：辽宁人民出版社
　　　　地址：沈阳市和平区十一纬路25号　邮编：110003
　　　　电话：024-23284321（邮　购）　024-23284324（发行部）
　　　　传真：024-23284191（发行部）　024-23284304（办公室）
　　　　http://www.lnpph.com.cn
印　　刷：辽宁新华印务有限公司
幅面尺寸：145mm×210mm
印　　张：9.5
字　　数：205千字
出版时间：2023年1月第1版
印刷时间：2023年1月第1次印刷
责任编辑：高　丹
助理编辑：刘　明
装帧设计：丁末末
责任校对：郑　佳
书　　号：ISBN 978-7-205-10667-6

定　　价：58.00元

太阳鸟文学年选
编辑委员会

让文学闪烁出更加多彩的光泽

◎ 阎晶明

辽宁人民出版社的"太阳鸟"文学年选丛书又要跟读者见面了。我视今年的出版为老品牌加新面貌的呈现。犹记得两年前，"太阳鸟"丛书已出版过十年精选，称其为老品牌亦不过分。而这一次，又是以新组成的编委会完成选编任务，无论类别划分还是选编趣味与原则，都理当具有新的面貌，令人期待。

以体裁划分类别，以年度为选编范围，为正在发生的文学进行优中选优的筛选，这是一件读者需要、文学界人士热心为之的工作。各类年选纷纷推出。它们绝不属于选题重复的原因是，当下中国，每一年发表和出版的文学作品不计其数，只有"海量"一词可以作为"定量"描述。即使再热心的读者，哪怕是专业的文学工作者，要从中立刻识别出优与劣，筛选出有价值、可称上乘的作品，也绝非易事，特别是那些散见于文学刊物及报纸副刊的作品，很多人恐怕连接触的时间和机会都没有，文学的年度选本于是应运而生。从众多报刊中选出若干作品，提供给为工作而忙碌、为生活而奔波，却又愿意为文学腾出一点时间、从文学中享受阅读快乐的人们，就是这种年选工作的目的。通过集中阅读与欣赏，读者又可由此打开一个更大的界面，去阅读、欣赏更广泛的文学作品。辽宁人民出版社坚持做这项工作已逾十年，在读者中建立起了良好的信誉。继续做好这一工作，努力做到优中选优，为读者负责，是编委会的共同责任。

新出版的"太阳鸟"文学年选，分散文、杂文、短篇小说、小小说、随笔共五卷。承担每一卷编选工作的编委，都是从事文学创作、评论、编辑工作的专业人士。他们具有广阔的阅读视野，是文学动态的及时追踪者，对所选门类的创作有较多介入和较深理解。当然，即使如此，要完成好这一任务也非轻而易举。编选者必须对本年度文学创作全局具有广泛了解和全面掌握，同时还必须具有专业眼光，从大量的作品中寻找出确实能够代表本年度创作水准的作品来。他还应具有公正的态度，处理好个人审美趣味与兼顾不同艺术风格的关系，能够在一个选本里多侧面地呈现和反映过去一年中国文学发生的变化及其多样性。出版社也是基于这些考虑而聘请并组成编委会的。我们希望这些选本能够为读者喜欢和认可，让这些浓缩的精华可以最大程度地展现出中国作家取得的最新创作实践，最大程度展现文学创作的新风貌。

我们正处在一个急剧变化的时代，生活总是展现着新的、更新的一面。经济社会在发展，人们的生活方式在变化。中国与世界的联系越来越紧密，同时也出现许多新的复杂现象和问题。科学技术的迅猛发展极大地改变着我们的生活。全面、深入地了解时代，反映现实，饱满地、准确地描摹生活中的变与不变，绝非易事。但我们仍然要相信，文学是最能够形象生动反映时代生活的艺术。作家是时代脉搏最敏感的感应者，是时代生活的生动记录者。作家从广泛的素材积累中凝练题材主题，通过个人的情感过滤来抒怀，从个人的思想出发对所描写的人与事作出评价，表达态度。这一切的过程中，又无不烙印着时代的痕迹，刻写着社会发展的趋势。从小中总会看出大，小我总是交融于大我之中。党的二十大报告指出，文学艺术要"坚持以人民为中心的创作导向，推出更多增强人民精神力量的优秀作品"。"增强人民精神力量"，就成为对优秀文艺作品的本质要求。文学总是作用于人们精神的，根本上应该是积极的、向上的，满怀着理想和执着信念，给人以力量的。在作家创作与读者需求之间，如何便捷地、快速地嫁接起这种沟通的桥梁，让作家的表达和读者的心声形成呼应，产生精神上的共振，编辑在其中发挥着重要的、不可替代的作用。而我们这些从已发表的作品当中再进行筛选的编选者，同样承担着重要职责。我们希望自己的工作能够体现出这样的真诚，能够让读者感受到这种责任意识。当然，我们更希望的是，读者从这些选本中读到一个特定时期中国当代文学的优秀作品，从中看到一个广阔、丰富的人生世界和情感世界，获得广博的知识和信息，得到美好的艺术享受。

　　太阳鸟在阳光照耀下展现着精美而多彩的羽毛。愿我们的文学闪烁出更加多彩的光泽！

　　是为序。

2022 年 10 月 18 日

短篇小说的魅力

◎ 陈　涛

　　"长篇小说究竟写多长?"这是我在不断阅读那些动辄五六十万字,甚至百万字的长篇小说作品后思考的一个问题。出现这个现象的原因是多方面的合力,譬如写作素材的极大丰富、写作者的创作雄心以及文学奖项的引导、出版的便捷,等等。但我们应该意识到,如何将长篇小说写短,已经成为当下一个必须思考的问题,毕竟绝大多数的作品可以控制在三十万字以内。

　　在短篇小说的序言中开头提及长篇小说,似乎是一件风马牛不相及的事情。可当我们面对社会信息的繁冗与生活节奏的高速所带来的时间的不固定与碎片化,短篇小说便成了文学魅力的有效传递者。正如林斤澜说的:"小说就是要说小,好的小说是从小里见大。小口子井,井底的地下水泉却深得不知深浅。"相比起长篇小说,短篇小说与现实的结合更紧密,它可以灵活迅捷地展示现实生活的复杂多变,以及芸芸众生的人性世界与精神困境。

　　2021年底,我在中国作家网创设了"短评中短篇"栏目,并于2022年初更名为"优选中短篇",每期都会邀请多位评论家推荐优秀中短篇小说，我借此阅读了大量的短篇小说作品，并经过反复的取舍，从中挑选出14篇，汇聚到这本书中。

阅读一部作品，首要同时也是最重要的在于写作者的真诚，不自欺，亦不欺人，其次就是语言了。在这些作品当中，像刘庆邦的《梧桐风》，语言绵密，指向丰富，潘向黎的《兰亭惠》，语言清丽，散着美玉的光泽，徐则臣的《宋骑鹅和他的女人》，语言克制，准确精到，李晁《雾中河》中冷峻的语言，锐利背后是人生看透的坦然，这些都值得细究品味。不同的语言呈现了不同的风格，如鲁敏《暮色与跳舞熊》的烟火气质，李亚《骆驼》的丰饶不羁，弋舟《拿一截海浪》的灵动深刻，东君《山雨》的悠远清冷，以及朱婧《我的太太变成了鼠妇》的忧伤舒缓，等等。

作为一本年选，选入的标准为何？看似简单的问题，实则很难回答。我只能说，挑选之前，不做预设，老老实实阅读，并从自己所尽可能的阅读范围中选出那些打动甚至击中我的作品。至于打动与击中我的是什么，除了写作态度、语言风格、叙述技巧之外，还是作品所展示给我的那群"人"，以及他们所代表的人性向度。

将《梧桐风》放置于年选的第一篇，最大的考量还是乔点凤。一个即将结婚的年轻女性，面对矿工男友的突然遇难，美好生活尚未展开便匆匆谢幕，徒留暗自神伤。作者以悲悯心为她打开了新的人生可能，这也正如我们所经历的人生，总有一些磨难与困境，但支撑我们走下去的依然是善意与温情。与《梧桐风》中的人物结构类似，《兰亭惠》中处理的也是父母与儿子女友的关系。儿子选择与相恋几年的颇受父母喜爱的女友分开，父母不忍，约儿子前女友吃饭，送礼物，无非是弥补一份歉疚。其实，这与父母何干？但也正是这样的设计，让我们看到了男孩父母的良善与柔软，以及不同代际之间的爱情方式。谈到人性之善，《宋骑鹅和他的女人》同样如此，一个男人，娶了船老大因被强暴而怀孕的女儿，又替跑船的恶人承担了强奸的罪名而入狱，我们或许会因为他作为男性的无能窝囊而愤怒，但更多的还是对其大爱的痛惜。

除却温暖，打动我的便是人性的高洁。多年来，东君的小说，一直在追求一种清与淡的境界。这一份清淡更多通过文中主人公的言行举止、内心所向散发出来。他把作品本应具备的震撼力与爆发力，点点滴滴融化在这淡无声息的文字里，从而让作品具备了丰富的耐人寻味的意蕴。《山雨》中的谢先生，身在俗世，光明磊落，行为高蹈，令人敬佩。《牧羊人次松次仁》中，藏族作家拉先加为我们提供了一个纯粹的，有情怀，有大爱的年轻牧羊人形象，他信奉"有情众生"，上至佛，下至鬼，以及羊、蚂蚁，等等，都同人一样，有生有情。他以这样的眼光看待万物，自然会给出不一样的答案。他如同大地之子，自然之子。他让我们知道我们人类在自然中的位置，而他的坚守之难，以及悲剧，象征着现代性对我们的侵蚀，这也是对我们的警醒。而这样的作品，也让我们从琐碎的日常中脱离开来，实现精神的飞升。谢络绎的《黑蟒》一文中，林二爷突发急病，三个孩子苦于穷困难筹医疗费，听人讲父亲曾保存一件珍贵的戏服，于是找来变卖。但故事的结尾却是林二爷将戏服送给懂的人，了却心中执念，从林二爷的身上我们可以清晰地感触到何为仁义。

致力于挖掘人性的幽微与人生的迷惘，并于其中凸显其思想性，是许多短篇小说的追求。弋舟是一个有着很高辨识度的写作者。他的《拿一截海浪》，描写了一位父亲参加女儿婚礼的途中撞死一条狗，却又迎来了与一只黑狗的对峙。也正是在对峙中，重现出往日的不堪，他在马路上握着砗磲做成的一截海浪，又像握着自己的命运，那么重，又那么轻。石舒清的《单耳子》写的是人与一只单耳马的故事。作者表面写单耳马，实则写的是男人与妻子，以及妻子与情人之间难以言说的微妙，这种紧张关系带来的压力释放，最终以单耳子的黑夜被杀收场。《暮色与跳舞熊》直击疫情影响的当下，孤独青年在与粉红跳舞熊的无言沟通中，体会到了一种温暖与安定。《骆驼》中写到了一个名为柳林铺的小镇，这个小镇既是现实的，又是魔幻的，这里的人同样如此，真实又虚幻，我们很难用那些常规的术语去界定这部作品，每个读者都可以给出不同的解读，而这也正是作者的高超所在。

在这些作品中，我还挑选了几篇年轻写作者的作品。它们是朱婧的《我的太太变成了鼠妇》，杨知寒的《百花杀》，班宇的《猎鹿人》以及李晁的《雾中河》。

高校与家庭是朱婧的主要关注点。她的作品语言清新，叙述平和，多有忧伤的底色。在《我的太太变成了鼠妇》中，她以丈夫对妻子的观照，在极其细腻的内心勾画中给我们展示了婚后女性的一种命运，丈夫明知不可如此但却如此的背后，是作者对男性以及婚姻的探究，作品以慢声细语的方式展示着持久深厚的力量。《猎鹿人》与《雾中河》，一个以蓬勃之力向内心深处自由蔓延，一个以冷峻之笔书写出饱经沧桑的世故人生，均是可以让人充分感受作者文学才华的作品。《百花杀》关注到城市当中那些容易被无视，但又非常有存在意义的个体，她们默默奉献与付出，以及背后她们悲欣交集的生活与命运，作品虽然写的是两个女性小摊贩之间的市场争斗，以及她们在争斗中的相爱与相杀，但她们最终都败给了时代的发展洪流，她们被淹没，可是她们曾经坚定地存在过，而这份坚定也就凸显了一种悲壮，这才是最为动人之处。

　　作为一本年选，限于篇幅与个人趣味，无论如何去选，总归会留有遗憾，若读者能钟爱其中几篇，并从中体会到阅读的乐趣，那编者的遗憾就会减少几分了。

目录

梧桐风

◎ 刘庆邦

　　春夏秋冬，一年四季，每个季节都是一个大门槛。迈过门槛，人们遇到的是不同的气候，呈现在面前的是异样的景象。除了大门槛，门里还有小台阶。一季里有六个小节气，四六二十四，等于一年有二十四个节气小台阶。沿着台阶，不管是往上走，还是往下行，一阶一世界，每一阶都有新的变化。比如从处暑到白露，从气温上讲，就是往下行，一步比一步气温低。处暑者，出暑也，意味着已出了暑天，天气不再炎热。白露呢，是指天气渐凉，寒生露凝。古人以四时配五行，秋属金，金色白，故称初秋的露珠为白露。白露还不是白霜，对植物还没什么杀伤性，树上的叶子还稠着，路边的野草还绿着，花园里的花儿还开着。只不过，叶子显得有些沉重，野草绿得有些发糙，花儿也开得艰难多了。只拿花儿来说，攀在灌木丛中的牵牛花虽然仍在开放，但开得已经有些瘦弱，有些牵强。花期较长的月季花也是，花骨朵儿倒是举起来了，花瓣却迟迟打不开，好像每打开一片花瓣都得举全身之力。一朵绒红的月季花，好不容易打开了，再往下看，花朵下面的叶子上却出现了一些暗褐色的斑点。那些斑点像是用力太过憋出来的，又像是过景的人脸上所生的老年斑。

　　节令白露的第二天，梅国平没有在草叶子上看到露珠，因为这天下雨了。雨点落在草叶子上不会停留，不会凝结成珠，只把草叶子变得湿漉漉的。立秋之后，只要下雨就是秋雨，不再是夏雨。秋雨与夏雨的风格有所不同，夏雨下起来总是电闪雷鸣，大喊大叫，充满激情。而秋雨轻轻的、绵绵的，落地时几乎没什么声音。一般来说，夏天的雨下的时间比较短，忽地来了，忽地走了，来时不打招呼，走时也不说再见。秋天的雨像是成熟的雨，有耐心的雨，细水长流，下的时间长一些。更大的不同是雨的内涵，夏天的雨不管下得有多大，给人的感觉还是热乎乎的，而秋天的雨里就带有了寒意，小雨里也有寒意。梅国平想过，秋雨里的寒意是含有天意，自然之意，也有人的意志在里头，李白的"雨色秋来寒，风严清江爽"，还有民谚"一场秋雨一场寒"，传达的就是秋雨寒的意念。有意念的先入，秋雨就与寒意有了必然联系，只要秋雨来，不寒也是寒。梅国平脱下了夏天穿的半袖衫，换上了秋天穿的长袖衫，手持一把黑色的雨伞，在路边的一棵杨树下面站着。杨树的叶子还很稠密，偶尔从树上落下一片沾满雨水的树叶，树叶还是绿的，一点儿都不发黄。这样的杨树，跟一把绿色的大伞差不多，要是雨刚开始下，雨下得又不大，树冠之伞会把雨水遮住，周边的地是湿的，树下的地是干的。可雨下的时间一长就不行了，树冠对雨的遮蔽效果就没有了。这场雨是从昨晚后半夜开始下的，到了这天早上，已经下了好几个小时。持续不断的秋雨一滴一滴在树叶上积攒下来，雨水积得多了，叶片托不住，就一层一层传递下来，使每一片叶子都像是变成了屋檐滴水，啪嗒啪嗒滴落下来。这样的"屋檐滴水"落在梅国平的伞面上，似乎比细雨直接落在伞面上更有分量，发出的响声也更大一些。煤矿上的煤总是很多，煤燃烧之后，炼成的煤渣也不少，家属房之间的通道就是废物利用，用煤渣铺成的。在干天干地的时候，通道是灰色，一下雨呢，通道就变成了黑色，像是还原成了原煤的颜色。梅国平的黑色雨伞周边，挂满了银色的水珠，伞上有多少根伞骨，伞骨的梢头就有多少颗水珠。当水珠大得不能再大时，就掉在通道上摔碎了，溅起一些细小的水花。雨伞罩得了头罩不住脚，水花难免溅在梅国平的皮鞋上，还溅在他的裤脚上，使他的皮鞋和裤脚上沾了一些颗粒状的黑点儿。

梅国平是个爱干净的人，平常日子里，他的皮鞋总是擦得亮亮的，裤腿线是线，缝是缝，每天都板板正正。偶尔低眉，梅国平看到了溅在鞋面上和裤脚上的黑点儿。他没有移动脚步，也没有扭过脸看后面的裤脚湿得怎样。没事的，好比下井挖煤的人，身上总难免会沾一些煤尘，下雨天在雨地里久站的人呢，身上也难免会带一些雨。梅国平是习惯早起的人，越是下雨天，或下雪天，他起得越早，从不在雨雪天睡懒觉。还不到上班时间，不少人还在床上躺着，他一大早站在雨地里干什么呢？他在等一个人，或者说在等着看一个人。那个人是一个姑娘，名字叫乔点凤。他跟乔点凤并没有约，甚至跟乔点凤连熟悉都谈不上，只是说过几句话而已。但不知从哪里来的信念，他相信乔点凤一定会从自己家里走出来，一定会到豆师傅家里去，越是天气有变，越能增加乔点凤去豆师傅家的一定性。进而他相信，在这个细雨如愁的早上，他一定会看到乔点凤，说不定还能跟乔点凤说上两句话。

这里是矿上的职工家属生活区，矿大人多，生活区的面积也比较大。生活区铺有三条南北向的通道，每条通道两侧都有好几排一个模式的家属房，每排连脊的房子里都住着五六户人家。有人伸着脖颈在门口刷牙，刷得满嘴都是白沫子。连舌头差不多都刷白了，就从茶缸子里噙一口水，向门外的雨地里喷，喷得地上一片白。有妇女打着雨伞，向生活区底部的公共厕所方向走。妇女的另一只手在裤兜里揣着，手里攥着从卷纸上撕下来的手纸。手纸没有完全揣进裤兜，在裤兜口露出一段白。通道一侧的水龙头里开始供水，有壮年男人手提一只大号的铁皮桶，到水龙头下面拧开水龙头接水。水龙头举得比较高，铁皮桶放在水池里比较低，当颇有压力的水流刚刚注进桶里时，砸得桶底一阵当当响，像敲击铁皮鼓一样。一只连眼珠都是黑色的黑狗，在厕所前面五彩杂陈的垃圾堆里嗅来嗅去。它没有什么收获，像是简单思考了一下，颠颠地跑走了。靠山吃山，靠煤吃煤。这个生活区的各家各户，烧的都是本矿生产的煤。他们把原煤打碎，掺上一些黏土，制成每块煤上有十二个窟窿眼儿的蜂窝煤。烧蜂窝煤的好处，除了可以节约用煤，一天二十四小时还可以保持煤火不灭。晚上睡觉时怎么办呢？他们的办法是，睡觉前往炉孔里添一块新煤，随即用铁饼样的炉盖儿把炉口盖上，再把炉灶下面的通风口堵严，就行了。第二天早上需要烧水，或做早饭，把炉盖儿一掀，并把下方的通风口打开，冒过一阵烟，红中带蓝的火苗很快就会升腾起来。这会儿，各家的炉盖儿应该都打开了，整个生活区弥漫着湿润的煤香。因密集的雨点一直在往下压，煤香在地面散去得比较慢，煤香显得格外浓郁。一只不知名的鸟从这棵树上飞起来了，落在另一棵树上。那只鸟在另一棵树上只停留了一会儿，又飞走了，飞到生活区外面去了。生活区里所栽的树木主要是杨树，另外还有一些杂树。杨树是矿上的绿化队统一栽的，栽在通道的两侧。杂树由各家的人自由选择，都栽在自家门口。那些杂树有柿子树、石榴树、葡萄树，还有泡桐树、梧桐树等。豆师傅家门前栽的是一棵梧桐树。

没出梅国平的预想，乔点凤果然从家里走出来了。乔点凤打的也是一把黑伞，她把伞篷压得很低，把头和脸都遮住了，把肩膀也遮住了。如果拿伞作比，好像她把自己也变成了一个"伞"字。只不过，"伞"字下面只有一竖，她的"伞"字下面却有两竖，因为她长有两条腿。她脚上穿的是一双深筒胶靴，裤脚掖进了胶靴的筒子里。胶靴看上去还比较新，靴子面上闪耀着明亮的漆光。这样的胶靴，是下井的矿工特有的劳保用品，每个矿工一年才能领到一双。有的矿工只穿旧的，舍不得穿新的，把新的省下来，给家里不下井的人当雨靴穿。乔点凤不下井，没有资格领取胶靴，她穿的胶靴，极有可能是她的男朋友豆明生送给她的。乔点凤的家住在第二排房，她从房前的夹道里走出来，向后面的第五排房走去。豆师傅家住在第五排房，他家门前栽的是一棵梧桐树。一般情况下，一个人打着伞在雨地里走，不会把伞放得那么低，不会把头脸都遮住。乔点凤大概想到了有人想看她，有人想跟她说话，她不想让人看到她，更不想让别人跟她说话，才这样把自己掩盖起来。

秋雨继续在伞面上絮语，梅国平的伞面上有絮语，乔点凤的伞面上也有絮语。花有花的语言，雨有雨的语言。秋雨在两个人伞面上发出的絮语，也许只有絮语和絮语之间才听得懂，并互相以絮语作出了回应。可梅国平没有喊乔点凤，他懂得什么叫理解，什么叫尊重。乔点凤把伞打得那么低，显然使用的是伞的语言，伞的语言在告诉梅国平，乔点凤不愿和任何人说话。梅国平的伞对乔点凤是敞开的，当乔点凤从他身旁走过时，他把伞篷向后面倾斜，宁可让雨水淋在自己身上，也要亮明他对乔点凤的态度。他没有喊乔点凤，却移动脚步，跟在乔点凤后面，也向生活区的后面走去。

乔点凤大概听到了她身后的脚步声，并猜到了跟在她后面的人是谁，她脚下迟疑了一下，一时有些慌乱。但她并没有加快脚步，更没有举起伞来，回头证实一下跟在她后面的人是不是她所猜的那个人，继续一步一步向前走。走到豆师傅家所住的那排房的夹道，她就拐进去了。乔点凤相信，只要她拐进夹道，跟在她后面的人就会停下脚步。果然，她一向右转拐进夹道，她身后的脚步声就不响了。细雨如叹息，乔点凤心想，这个人真是个懂事的人，有分寸的人。

有一个水龙头，就安在豆师傅家那排房的西头，梅国平在水龙头旁边站下了。他目送着乔点凤从西往东，往那棵梧桐树所在的地方走，也是往豆师傅家里走。这时梅国平有一个期望，也是一个判断，他想，当乔点凤走到豆师傅家门口时，当乔点凤进门前收起雨伞时，应该会回过头看他一眼。这个判断也是一个试验，如果乔点凤能看他一眼呢，表明事情有些希望，他可以把事情继续进行下去；如果乔点凤连看他一眼都不愿意呢，他对乔点凤就不敢抱什么希望了。成败在此一试，梅国平看乔点凤看得有些目不转睛，还有那么一点儿紧张。还好还好，如梅国平所期，如梅国平所望，乔点凤在收伞进门的那一瞬间，果然回过头看了他一眼。光的速度总是很快，目光也是光，目光的速度当然也很快。不管什么东西，一快就有力量。尽管乔点凤只是匆匆看了梅国平一眼，像书面上常说的惊鸿一瞥，梅国平还是迅即就接收到了。因为梅国平一直在等着乔点凤的目光，当乔点凤的目光过来时，两个人的目光就在空中产生了对撞，两光相撞，更有力量。天上并没有打闪，可给梅国平的感觉，他眼前仿佛闪过了一道明亮的闪电。天上并没有打雷，可在梅国平的幻觉中，他耳边像是轰然响起了雷声。"电闪雷鸣"之后，他的信心又坚定了几分。

看见乔点凤走进梧桐树下的豆师傅家，梅国平并没有马上回自己家，仍在水龙头旁边的雨地里站着。梅国平注意到了，自从豆师傅的儿子豆明生出事后，乔点凤作为豆明生曾经的女朋友，几乎天天都到豆师傅家里去，有时是早上去，有时是晚上去。乔点凤只要去豆师傅家，必定会提上豆师傅家的铁桶，到水龙头这里为豆师傅家提水。梅国平听生活区的大妈们说过，在豆明生活着的时候，豆家所吃所用的水都是由年轻力壮的豆明生负责提。豆明生不在之后呢，乔点凤像是从豆明生手里接过了接力棒，就把为豆家提水的责任承担了起来。梅国平还听说，乔点凤之所以时常到豆家，是舍不下豆明生，寄托的是对豆明生的感情。乔点凤和豆明生是矿中的同学，他们两个在中学阶段就开始了恋爱，从十六岁恋爱到二十四岁，已经相爱了八年。他们原定在今年国际劳动节时结婚，两床大红的被子都做好了，照得满室里都是喜气。可因为计划中的大衣柜和箱子还没有做好，他们就推迟了婚期，定于国庆节再举行婚礼。哪里料得到呢，劳动节过去时间不长，还不到儿童节，豆明生就在一天夜间遇上了井下瓦斯爆炸，再也没有从黑夜里走出来。

果然，乔点凤一手打着雨伞，一手提着铁桶，向水龙头这边走来。

梅国平对乔点凤打招呼，乔点凤早上好！

乔点凤也说早上好。她没叫梅国平的名字。

我来帮你提水吧？

不用。谢谢你！

乔点凤把铁桶放在水泥砌成的水池里，拧开水龙头，开始往桶里注水。她一开始没有把水龙头拧至最大，水流打在桶底发出的声音不是很响。等桶底有了一些水，她才把水龙头拧得稍大一些。这时水龙头里喷出的水，才刚刚有一点"水龙"的样子，"水龙"垂直着钻进水里，冒出一簇簇白色的水花。乔点凤低着头，顺着眉，只看着水桶，和水桶里不断增长的水，没有看梅国平。乔点凤戴的是一副透明眼镜框的眼镜，因她的皮肤比较白皙，表情也比较沉静，看上去跟没戴眼镜差不多。

你今天还去矸石山上捡煤吗？梅国平问乔点凤。乔点凤初中毕业后，一直在家里待业，没有参加工作。在好天好地的时候，她会爬到矸石山上捡煤卖钱，为家里增加一点收入。

不一定。乔点凤说。

我建议你今天不要去捡煤了，天下着雨，矸石山上太滑，不安全。

看情况吧。

说话之间，桶里的水快要满了。乔点凤不等桶里的水满得溢出来，就及时关上了水龙头的旋钮。一桶水恐怕有三四十斤重，乔点凤用右手提起水桶往豆师傅家里走时，不得不使劲向左侧倾斜着身子，才能保持整个身体的平衡。梅国平见乔点凤身体瘦弱，提着一大桶水有些吃力，真想追上去，把乔点凤手里的水桶接过来，替乔点凤提。可乔点凤说过不让他帮着提水，他不能违背乔点凤的意志。来日方长，他打定了一个主意，以后要替乔点凤为豆师傅家提水。

和所烧的煤一样，生活区每月所用的水也是从矿井下采取的。矿区在山区，山区干旱的时候多，下雨的时候少，地面上基本没什么存水。山区的农民，家家打一口水窖，趁下雨时收集一些雨水。水窖里储存的死水当然谈不上干净，里面有树叶子、草毛缨子，还有羊粪蛋子等。就那样浑浊不堪的水，农民们也非常珍惜，用得十分节省。比起农民来，矿上的职工和家属就优越多了。矿工在几百米深的井下挖到了煤，也挖到了水。他们把地下水抽到一座高高的水塔上，稍作净化处理，就可以通过埋在地下的水管，送到矿上的澡堂、食堂和生活区。只不过，给生活区送水是定时的，早上六点和下午六点各送一次，每次送水的时间不超过两个小时。

这天下午刚过六点，梅国平就到豆师傅家去了。乔点凤一般是早上为豆师傅家提水，他提前到头天下午为豆师傅家提水，这样就免得乔点凤第二天早上为豆师傅家提水了。秋雨还在继续下，午后刮了两阵风，雨成了斜雨，零一下子，星一下子，下得小多了。梅国平往豆师傅家走时，没有再打伞。来到豆师傅家门前的那棵梧桐树下，梅国平看见湿地上落着好几片湿漉漉的树叶子，心形的叶片还是绿的，一点儿都不发黄。有一片叶子就在脚前，他似乎从新鲜的叶蒂处闻到了一股梧桐树特有的清气。他绕了一下，把脚前的叶子绕开了。豆师傅家没有关门，梅国平一到门口，就看到了在屋内床边坐着的豆师傅。他喊了豆师傅，自我介绍，说他是小梅。

豆师傅抓过放在床边的一根单拐，欲站起来。

梅国平赶紧上前扶了一下豆师傅，让豆师傅只管坐着，不要起来。

豆师傅说，我认识你，你爸是咱们矿的矿长。

我爸只是一个管机电的副矿长。

副矿长也是矿长。

豆师傅的儿子豆明生出事后，梅国平作为矿上宣传科的一名干事，曾被抽到矿上组织事故处理临时工作组，参与了豆明生的善后工作。以前他爸爸在另外一个矿工作，只是一个科长。他爸爸调到这个矿，才当上了副矿长。随后，他和妈妈随着爸爸，也来到了这个矿。可以说，他是这个矿的一个新人，对这个矿的一切还不是很熟。因参与了豆明生的善后工作，他对豆师傅家的情况，以及豆明生与乔点凤的恋爱情况，才有了一些了解。豆师傅在井下受了伤，导致一条腿落下了残疾，不能继续下井采煤，只好提前退休，让儿子豆明生顶替他参加了工作。儿子出事的当天夜里，豆师傅穿着工作服，挂着拐棍，一直在井口等。每抬上来一位工亡矿工，他就凑上去仔细辨认，看看是不是他儿子。黑夜深沉，星光惨淡，当他终于在一副担架上认出面目全非的儿子后，他没有扑在儿子身上大哭，只说了一句"我的孩子"，就一瘸一拐地离去了。走出不几步，他就靠在一棵树干上抽泣起来。在微弱的灯光下，只见一个花白的头颅靠在树干上不停地颤抖。善后事宜的协商是在矿上的招待所里进行的。在儿子的遗体火化前，豆师傅只提了一个要求，希望给他儿子豆明生穿一件棉衣，儿子这一回要走远路，过了夏还要过冬，过了冰天还要过雪地，他担心儿子临走时穿得太薄会受冻。工作组组长的答复是，这次遇难的矿工统一着装，一律穿西服打领带，西服和领带都是崭新的。要是单独给豆明生穿棉衣的话，恐怕还要和矿上和矿务局的领导商量，请示。豆师傅低下头沉默了一会儿，没有坚持他的要求，说既然矿上有统一的安排，那就算了。豆明生的母亲没有参与善后问题的协商，她还住在矿上的医院里。她第一次哭得在家里休克，是豆明生的姐姐和乔点凤把她送到了医院。医生把她抢救过来，她再次哭得昏死过去。医生担心她随时会有生命危险，一直在对她实施监护治疗。豆明生母亲的生命倒是保住了，但从那以后，她就瘫痪了，再也不能下床活动。这样的两位老人，哪里有能力去水龙头那里提水呢！梅国平说，豆师傅，我来帮你们提点儿水。

豆师傅说，不用，有乔点凤天天帮我们提水。她早上提的水，我们还没用完呢。我们两口子半死不活的，用水用得很少。

乔点凤不如我的力气大，以后你们家用水，就由我来提吧。我们家就住在西边那排房，离你们家也很近。梅国平到厨房看了看，见水桶在地上放着，桶里的水只用了小半桶，还剩有多半桶。梅国平说，豆师傅，没用完的水，我先倒进锅里和烧水壶里。以后用水，您不用再省着用，我晚上早上都可以来帮您提。

梅国平很快把满满一桶水提了回来，放进了厨房。他问豆师傅：你们家门前的梧桐树长得不错，是您栽的吗？

不是我栽的，是我儿子豆明生和乔点凤一块儿栽的。我儿子参加工作那一年，他们两个去县城里买回了树苗子，就栽上了。树还活着，可惜我儿子没有了。

这话有些悲哀，梅国平一时不知道怎样安慰老人家才好。

你来帮我们家提水，乔点凤知道吗？豆师傅问。

她会知道的。

点凤那孩子可是个好孩子呀！

我知道。

她经常过来帮助我照顾明生他妈，要不是她帮着照顾，明生他妈恐怕活不到现在。豆师傅说着，回过头来看了看躺在床上的豆明生的妈妈。

梅国平也看见了，豆明生的妈妈脸色苍白，只有眼珠在微微转动，嘴里却说不出话来。每个人都有妈妈，看见豆明生的妈妈，梅国平联想到自己的妈妈，眼睛差点儿湿了。自己的妈妈年纪和豆明生的妈妈差不多，自己的妈妈身体很好，洗衣做饭都不成问题。豆明生的妈妈却是因为突然失去了儿子，受到沉重打击，身体才垮掉了。

第二天下午雨停了，太阳出来了。黄黄的阳光一照，气温有了小幅上升。这天傍晚，梅国平刚给豆师傅家提了水，还没有离开，乔点凤到豆师傅家来了，二人在豆家不期而遇。对于在豆叔叔家遇见梅国平，乔点凤似乎并不感到惊奇，因为她听豆叔叔说了，梅国平也在为豆叔叔家提水。但室内相遇不是路边相遇，互相不说话恐怕说不过去。还是梅国平先跟乔点凤打招呼。乔点凤，我没经你允许，给豆师傅家提了点儿水。

想提就提呗。

这两天你没去矸石山上捡煤吧？

你不是说下雨天矸石山上不安全嘛，所以我就没去。

看来乔点凤很把他的话当话，并没有当成耳旁风，这让梅国平心里一动，几乎接近于感动，他说，这就对了，这就对了，你一定要爱护好自己！

乔点凤低眉微笑了一下，撩开套间的门帘，转入套间里去了。套间是豆家为豆明生布置的婚房，婚虽然没有结成，但房子里的一切都没动，好像豆明生并没有离开人世，还会回来结婚。以前为筹备婚事，乔点凤作为当事人之一，自然会时常到婚房里看看，走得轻车熟路，一走就走到套间里去了。

梅国平感觉出来了，乔点凤还是在回避他。梅国平不会忘记，那天在协商处理豆明生的后事时，因乔点凤没有和豆明生办理结婚登记手续，还不算是豆家的人，就不具备参与协商的名分。豆明生出事后，梅国平听生活区的家属们议论纷纷，说到乔点凤和豆明生的恋爱经过。他们都说乔点凤与豆明生的感情很深，人说矿井深，他们的感情比矿井还要深。不管豆明生上白班还是上夜班，乔点凤经常去井口，等豆明生下班归来。越是下雨天或下雪天，越能在离井口不远处看到乔点凤的身影。豆明生每天下井，他们都像是经历一场离别。而豆明生每天升井呢，这对恋人像是离别后的重逢。往往是，豆明生刚从井口走出来，乔点凤就迎了上去，趁人不注意，用自己的白手，拉住豆明生沾满煤灰的手。那天，梅国平看见一个姑娘在门外的回廊上站着，姑娘脸色苍白，眼泡红肿，正靠着回廊边的栏杆出神。梅国平猜想，这个姑娘应该就是乔点凤。他走过去问，请问你是乔点凤吗？乔点凤愣了一下，否认了自己是乔点凤，问梅国平是谁，找乔点凤干什么？姑娘既然不愿承认自己是乔点凤，梅国平也没有多问，只说，我是矿上宣传科的小梅，我听说乔点凤很痛苦，请转告我对她的安慰。姑娘点点头，眼泪涌流出来。她掏出手绢刚把眼泪擦去，更多的眼泪又涌流出来。梅国平又说，请她不要太悲伤，要珍重自己的身体，因为她的路还很长。姑娘说，谢谢！谢谢！我一定转告她。说罢，咬着嘴唇，转身下楼去了。

梅国平欲走，豆师傅又跟他说了几句话，问他今年多大了，成家了没有？

梅国平说，我今年二十五岁，还没有成家。

那你一定有对象了吧？

梅国平摇摇头。

那你比我儿子还大一岁呢，应该找对象了。

不着急。

小梅，我跟你还不太熟，有一件事儿我不该对你提，不提吧我又想提。

豆师傅您只管说。

你跟你爸爸说说，看看能不能让矿上给乔点凤安排一个工作。一个姑娘家，成天风里来雨里去在矸石山上捡煤，终究不是个事。

在协商处理豆明生的后事时，豆师傅也曾提出过，让乔点凤顶替豆明生的名额，能够在矿上参加工作。豆师傅说，豆明生和乔点凤虽然没有领结婚证，但两个孩子谈恋爱已经谈了八年，乔点凤已经跟他的孩子差不多。豆师傅还在自责，说让两个孩子在劳动节那天结婚就好了，就是因为家具没打好，他才同意两个孩子推迟了婚期，都是他对不起孩子啊！工作组的组长倒是没有当场拒绝豆师傅的要求，说这事儿要跟矿上劳动人事科的科长商量一下。商量的结果，还是因为乔点凤没有和豆明生正式结婚，还不是豆明生的妻子，不能顶替豆明生参加工作。豆师傅念念不忘这件事，他还是一心在为乔点凤着想啊！梅国平说，我也认为矿上应该为乔点凤安排工作。这样吧，我不一定跟我爸爸说，可以去找人事科的李科长说一下试试。

外屋和套间只隔着一层印花布的布帘子，在套间屋的乔点凤大概听到了豆叔叔和梅国平的对话，拨开布帘子，从套间屋里出来了。她说，梅国平，对不起，我该给阿姨擦洗一下了。

梅国平明白乔点凤的意思，在乔点凤为卧病在床的阿姨擦洗的时候，他不便待在这里，他可以离开了。进一步理解，乔点凤不愿意和他同时待在豆师傅家里，乔点凤心里只有豆明生，还没有从失去豆明生的心灵阴影里走出来，要和他保持一定的距离。梅国平说，那我走了，辛苦乔点凤了。

乔点凤去厨房烧热水，把热水倒进洗脸盆里，取一条毛巾在热水里蘸一蘸，绞一绞，准备为阿姨擦洗身子。

豆叔叔拄上拐棍，离开床边，说不下雨了，他也出去活动活动。临出门，他又对乔点凤说，我看小梅这个年轻人不错，他跟明生一样，一看就是个好孩子。

乔点凤没接豆叔叔的话。

人事科的李科长，是梅国平的爸爸在省里煤炭干部学院的同学，梅国平喊李科长李叔叔。有一天，梅国平到李叔叔的办公室找到了李叔叔，把乔点凤前前后后的情况跟李叔叔说了说，看看矿上能不能为乔点凤安排一个工作。

李叔叔没说能不能为乔点凤安排工作，只是有些漫不经心地问，这是你爸爸的意思？还是你自己的意思呢？

我没跟我爸说过，这是我自己的意思。

噢，那你说说你的理由。

理由嘛，我听说乔点凤是个很重感情的人，也是用情很深的人。因为早恋，她在学校时曾受到校方批评，但她对豆明生痴心不改，照爱不误。乔点凤的父母嫌豆明生的家庭条件不好，也反对乔点凤跟豆明生谈恋爱，有一段时间，父母把她从家里撵了出去。父母把她撵走，她就去找豆明生。豆明生出事后，她不相信豆明生死了，好像豆明生还活在她心中，有时，她不知不觉间就走到了井口，去那里等豆明生升井。另外，乔点凤对豆明生的父母也很讲情意，豆明生不在之后，她还经常到豆师傅家，帮助两位老人做家务，照顾两位老人。在现在，我觉得像乔点凤这样的女孩子是很少见的，不说凤毛麟角也差不多。

听梅国平说了理由，李叔叔看着梅国平微笑了，说，好小子，听你这么说，你是不是对乔点凤有点儿意思呀？

窗户纸被点破，梅国平一下子闹了个大红脸。他没有否认对乔点凤的意思，说，不好意思，如果可能的话，还是请李叔叔帮个忙吧！

你放心，这个忙李叔叔一定要帮。

闻听此言，梅国平很是感动。他在替乔点凤感动，感动得眼都湿了。他说，李叔叔，太谢谢您了，怎么感谢您才好呢！

你不用谢我，这事儿赶巧了。今年下半年，咱们矿计划招收一批新工人，优先考虑在家待业的矿工子女。乔点凤属于优先考虑的对象之一。我一直在这个矿工作，对于乔点凤的情况，我恐怕比你还要了解。乔点凤成天不言不语，文文静静，又心事重重，沉沉吟吟，很有点儿古典之风，的确是一个好女子。

古典之风的说法让梅国平感到新鲜，他说，古典之风，我以前可没听说过。

怎么，不是吗？

梅国平说是。

这年的国庆节前夕，乔点凤参加了工作，正式成为矿上的一名工人。她工作的地点是在选煤楼上，和别的女工一起，站在运煤的皮带运输机两侧，把夹杂在煤里的矸石挑拣出来。这个工作与她上矸石山捡煤有一个共同之处，都是沾得满手是煤灰。但是，两者却不可同日而语。上矸石山拣煤是风里来，雨里去，在选煤楼里干活风刮不着，雨淋不着。上矸石山捡煤是自谋生路，能不能捡到煤很难说，在选煤楼里工作，每月都有工资，是旱涝保收。更大的区别在于，她以前是待业的、漂泊的状态，没有归属感，成了全民所有制企业的国家工人呢，她一下子有了归属感。如此柳暗花明般的变化，乔点凤不认为是赶上了矿上招工的机会，而是梅国平在背后帮了她的忙。不光她这样认为，豆叔叔也是这样认为。豆叔叔不止一次对乔点凤说，都是小梅帮你找到了工作，你一定要好好感谢小梅。这个小梅，真是一个好孩子！更让乔点凤难忘的是，她去人事科办理参加工作的手续时，李科长曾对她说，小乔你知道吗？梅国平对你很够意思呀！为让你参加工作的事，他专门来找过我。

乔点凤点头说知道。

你是怎么知道的呢？

乔点凤脸上红了一下，说我也不知道怎么知道的。

这年的中秋节与国庆节挨得比较近，两节之间只隔了两天。也就是说，在阳历十月一日那天，农历是八月十三。新月总是升得比较早，西边的太阳刚落山，东边的月亮就升了起来。月亮已接近圆满，矿区各处都洒满了月光。豆师傅家门前的梧桐树叶子落了一些，枝叶显得比以前稀疏。月光透过梧桐树的枝叶洒在地上，地上花花搭搭，犹如一些盛开的菊花。

国庆节的这天晚上，梅国平和乔点凤不约而同，都来到了豆家。梅国平带的是月饼，乔点凤带的也是月饼。月亮将圆，月饼先圆。梅国平说：乔点凤，我们想到一块儿了。

乔点凤说，梅国平，你帮助我参加了工作，我不知道怎样感谢你才好。

你不用感谢我，这是赶巧了，正好赶上矿上要招工，你才顺利地参加了工作。

李科长告诉我了，为我参加工作的事，你专门去找过，帮我说了不少好话。

李科长说，他对你的情况比较了解，他还夸你长得文静呢。我正要跟你商量一件事，看你愿意不愿意做。

乔点凤文静地看了梅国平一眼，让梅国平有啥事只管说。

梅国平说，局里矿工报的编辑交给他们宣传科一项任务，要他们选择一些对煤矿事故有切肤之痛的人，以现身说法的形式，谈一谈自己的感受，并形成第一人称的文章，在矿工报上发表，以期对全局职工、家属进行安全生产意识的教育。

听梅国平提到事故，乔点凤低下了眉头，瞅着脚下的地面。豆师傅家没有椅子，也没有高板凳，只有几个矮脚小板凳，梅国平和乔点凤都只能坐在小板凳上。豆师傅屋里的地面没有抹水泥，也没有铺砖，只是砸实的土地。土地与地气相通，地面稍稍有一些潮。

梅国平接着说，其实写起来也很简单，你呢，主要写一写与豆明生的恋爱经过，再写一写失去豆明生给你造成的打击和痛苦，提醒大家处处注意安全生产就行了。

乔点凤抬起头来，再次看着梅国平时，眼里渐渐地有一些湿。她的眼不是一下子湿的，像是从眼角那里开始洇起，一点一点把眼睛都洇湿了。那湿不像是水湿，像是眼睛上起了一层雾。乔点凤大概也觉出了眼睛有些模糊，她把眼镜摘下来了，用手指肚把镜片擦了擦。擦过之后重新戴上，她的眼睛不但没有清亮，轻轻吸了一下鼻子之后，双眼似乎模糊得更厉害了。

梅国平想起来了，乔点凤和豆明生原定在今天结婚。倘若豆明生不发生意外，今天应该是他们两个大喜的日子，应该是室内双喜明灯，门外爆竹声声，到处充满喜庆的气氛。因豆明生不在了，一切都成了泡影，预期的喜情就变成了悲情。今天是乔点凤敏感的日子，也是伤怀的日子。梅国平向乔点凤道了对不起，说他不应该在今天跟乔点凤说这件事。

乔点凤当然不会忘记今天是什么日子，她等日子，日子不等她，她所等的日子已离她而去。她对梅国平说，你不用想那么多，这没什么。只不过，我哪里会写什么东西，我怕写不好。再说，我也不敢写。

好，一切尊重你的意思。

乔点凤不再回避地看着梅国平问，那你说该怎么办呢？

等等再说吧。

我听说你写文章写得很好，你是高中毕业，差一点儿就考上了大学，谁能跟你比呢？

梅国平看了一眼门外的月光，像是想了一下，对乔点凤说，你看这样行不行，我来替你写，写完给你看，得到你的认可之后，咱们再交上去。

乔点凤点了点头。

三天之后的农历八月十六晚上，当梅国平和乔点凤又在豆家相聚时，梅国平从乔点凤的角度，以乔点凤的口气，已把稿子写完了。三百字一页的稿纸，他写了六页还多。写完，改完，他又工工整整地把稿子抄写了一遍，才拿给乔点凤看，请乔点凤多提意见。

乔点凤接过稿子，刚看了两页，眼泪就涌流出来。她用牙咬住颤抖的嘴唇，起身到套间里去了。

豆师傅在厨房里炒菜，今天他执意要留梅国平和乔点凤在家里吃晚饭。

月光如水。梅国平不知在外屋等了多长时间，乔点凤才从套间里出来了。乔点凤的心情好像稍稍恢复了一些平静，但她的眼圈是红的，鼻头是红的，睫毛还是湿的。可以想见，乔点凤的情感受到了怎样波涛汹涌的冲击，或许她抓过枕巾捂住了自己的嘴，才没有哭出声来。

梅国平示意让乔点凤坐下，正要安慰乔点凤几句，乔点凤先说了话，国平，你比我自己还知道我啊！

梅国平说：有你这句话我就放心了。怎么，咱把稿子交给矿工报发表吧？

不料乔点凤却说，不，这篇文章我要自己存着，什么时候想看就什么时候看。

（原载《北京文学》2022年第8期）

刘庆邦，男，1951年12月生于河南。中国煤矿作家协会主席，北京作家协会副主席。当过农民、矿工和记者。著有长篇小说《断层》《远方诗意》《平原上的歌谣》等九部，中短篇小说集、散文集《走窑汉》《梅妞放羊》等七十余部。短篇小说《鞋》获第二届鲁迅文学奖。中篇小说《神木》《哑炮》获第二届和第四届老舍文学奖。长篇小说《遍地月光》获第八届茅盾文学奖提名。根据其小说《神木》改编的电影《盲井》获第五十三届柏林电影艺术节银熊奖。多篇作品被译成英、法、日、俄、德、意大利、西班牙、越南等文字，出版有六部外文版作品集。

兰亭惠

◎ 潘向黎

兰亭惠是一家在市中心开了二十年的餐厅，专门做粤菜。

粤菜在上海人心目中一向有地位，其他菜系走马灯似的此起彼伏，粤菜始终稳稳地占据人气榜前三甲。广东人到底会吃，而懂经的上海人到底也多。和它并列冠军的是川菜，本邦菜只能是探花。说起本邦菜，上海人的叫法也有意思，鲁、川、粤、苏、闽、浙、湘、徽八大菜系都明确说出地名，唯独上海菜，偏偏不叫"沪菜"，叫作"本邦菜"。说什么在上海话里"本邦"就是"本地"的意思，其实多少透出了大上海各省交汇、八面来风的派头。各菜系都是前辈，名声也响，但毕竟都少不了到上海滩来争一席之地，而上海菜，就在家门口做大做强，"本邦"二字，表面上本分低调，但这份气定神闲好整以暇，不经意间就衬出了别家的劳师远袭。

正因为上海滩是各菜系兵家必争之地，加上上海市中心高昂的店铺租金，一家餐厅开了二十年，这可不是一件容易的事情。想了解一家餐厅的口碑，要到手机里"大众点评"之类App上查看？老上海人可不是这样做的。在老上海人心目中，即使是陌生的餐厅，只消把它的地段和开了多少年头说出来，就已经是不着一字尽得风流了。若不是菜式、服务、环境俱佳，有一批老客人追捧，新客人也不断慕名而来，是很难做到屹立二十年不倒的。

所以，兰亭惠这样的餐厅当然可信。当然也有缺点，就是价格的门槛。订餐软件上显示：人均四百五十元，那大概是家族聚餐或者比较随便的同事聚餐吧，实际上，如果是请客，人均五百至六百才够像样。要是上燕鲍翅海参，人均就会很轻松过千。

就这样，兰亭惠的十个包房还经常是满的，不预订很难坐进去。顾新铭和汪雅君事先订了一个小包房，等他们五点一刻到了兰亭惠，跟着服务员来到包房门口，一抬头，见这个小包房名字叫作"鸿运当头"，不约而同地站住了，汪雅君说："不好意思，能不能换一个包房？"服务员有点儿奇怪，用对讲机和不知什么人商量了一下，说："其他包房客人还没有到，我们调整一下，可以的。"于是带他们到另一间，他们一看，这间叫作"清风明月"，互相交换了一下眼色，顾新铭说："就这间。"

于是，这对五十多岁的上海夫妻，就在颇有名气、价格颇有门槛的兰亭惠一个叫作"清风明月"的小包间坐了下来。包间里的布置自然是中式的格调，红木或者仿红木的桌椅，青绿山水瓷餐具，同款的瓷筷搁上整整齐齐地排着两双筷子，一双是红漆木筷，一双是黑檀木的。旁边有沙发、茶几和衣帽架。难得的是，这里的沙发坐上去有足够的硬度，不颤颤悠悠，靠垫也够饱满，很得力地支撑起整个腰部，不露声色地让人坐得既松弛又不累腰。这才是真的让人坐的，而不是摆出来让人看的沙发。真正好的餐厅和过得去的餐厅，差距往往就在这些细节上。

服务员先送上来两个放在影青兰花瓷托里的热毛巾，然后给每人斟了一杯茶，看汤色，应该是普洱。然后把一大本黑缎封面沉甸甸的菜单递了过来，含笑说了声："两位先看看，需要点菜的时候按一下呼叫铃，我们马上来为你们服务。"说完就先出去了。

好餐馆就是这样，不急，总是给客人留余地。这个余地，既是心理上的礼遇，也是做生意的技巧。寻常日子难免忙碌，进了餐厅，先让人休整和放松一下，从容之后才能进入"吃饭"的状态，在对的状态下再点菜，点菜的人也愉快，餐厅也愉快——因为心情好的人往往会点更讲究的菜。另外，经过二十分钟以上的等待和喝茶——尤其是消食去腻的普洱茶，再看那些撩人食欲的照片，食欲更容易旺盛起来。过去有个口号叫作"多快好省"，那么这时候点菜，容易点得多、点得快、点得好，唯独不省。

喝了一盏茶，汪雅君略带愁容地说："我们要不要先点菜？"

"先点。等她来了好说话，你说呢？"

"也是。可是……"

"你担心什么？"

"不要我们菜点好了，结果她不来哦。"

顾新铭停了几秒钟，说："不会，她会来的。"

顾新铭就按了呼叫铃，这回进来了一个领班模样的人，态度更加殷勤得体，见多识广的样子。于是双方有商有量，顾新铭一口气点好了冷菜、按位上的汤、小炒、主菜，汪雅君刚想问"是不是差不多了"，只听领班说："再加一个蔬菜，差不多了。你们才三位。"顾新铭说："好，要不要甜品？"汪雅君说："我不要了，胖。"顾新铭就说："那就先这样，等一下客人到了，再让她看看要什么甜品。"领班说："这样最好了。"就出去了。

静了一会儿，汪雅君说："现在是五点四十，时间还早……约好是六点。不过幸亏我们到得早，不然只能坐那间包房，就蛮尴尬。"

顾新铭说:"这种时候,请客的人一定要早到的。事先电话里、微信里再怎么说,总不如自己来看看,七七八八、边边角角有什么问题,到了才能发现,也才来得及调整。"

汪雅君说:"还是你有经验。这些地方,听你的总没错!"

顾新铭看了妻子一眼,心里觉得舒坦多了。在这种时候,如果只是说一句"对呀"或者"还真是这样",却忘了赞美男主人,那只是及格。大部分上海女人都不会只是及格,她们会明确归功于丈夫——不过,大概率,她们只会说前一句,但是他顾新铭的太太还会加后面一句。一个"总"字,与其说是在一个很长的时间跨度中认可和抬举丈夫,不如说更多的是显出一个妻子对丈夫的欣赏和信赖是长期的,近乎"始终不渝"的意思了。

不管怎么说,自己选人的眼光比儿子强多了。

服务员轻轻敲了两下包房的门,然后打开,司马笑鸥到了。

司马笑鸥长得眉清目秀,小巧白皙,介于职业和休闲之间的米色套装显得她身材苗条而气质大方。城市里白领女郎从大学毕业到三十五岁是看不出年龄的,要不是顾家夫妇知道她今年二十九了,猜测她的年龄是困难的。

顾新铭和汪雅君都站起来迎接她,态度热情而有轻微的不自然。不自然并不是因为热情是假的,而是因为想充分地把热情表现出来,却要把热情背后的愧疚藏起来,可是彼此都知道这愧疚就是热情的一部分来源,所以很难藏得天衣无缝。而且,似乎也不应该把这份愧疚藏得天衣无缝?不好拿捏。毕竟面对这种局面,他们也没有经验。

司马笑鸥的脸色比想象中的要好，她似乎不是来赴这样一个滋味复杂、注定不会轻松愉快的宴会，而是参加一个商谈合同具体条款的工作晚餐。表情的主调是礼貌，还有着理智的清醒和一点儿不那么在意的清淡，还有一丝不易察觉的戒备——似乎在防范谈判对方在表面友善之下的算计。

"小鸥来了，快坐，快坐！"

"路上顺利吗？服务员，倒茶！"

"顾伯伯好，汪阿姨好。"司马笑鸥说，表情和声调都很正常。

三个人坐在旁边的沙发上，喝了几口茶，这时候冷菜上来了，汪雅君说："冷菜上来了，我们边吃边聊？"

顾新铭让汪雅君坐了主位，然后自己和司马笑鸥分坐在她的两边。这个他们事先没有商量过，就自然而然这样坐了——因为这样，便于汪雅君就近给客人布菜和倒饮料。

桌上的冷盘有四个：一个冻花蟹；一个卤水小拼盘；一个四喜烤麸——这是本邦菜，兰亭惠也有几个融合菜，多少有几个本邦菜和川菜的菜式，四喜烤麸是上海家常菜，本来上海人下馆子不会点这个，但是做起来挺麻烦，现在许多人也都偷懒在餐厅里吃了；一个桂花山药泥——山药泥自然不成形，为了好看，用模子压出了一朵朵花的形状，上面浇了糖桂花和蜂蜜，雪白花朵上面有两种深浅不同的黄色点缀，看上去精致讨喜。卤水拼盘是在六种里面自己选的，他们选了卤水掌翼和猪利——广东人真有趣，为了讨口彩，猪舌永远叫作猪利，因为"舌"谐音是"蚀本"的"蚀"，而"利"就是"一本万利"的"利"了。

汪雅君看着猪舌，心想：名字叫得好听有什么用？有些事情，蚀就是蚀，亏就是亏。就拿小鸥来说，恋爱了两年，然后分手，两年的青春，伤透的心，怎么看都是女孩子蚀本呀。

上海话猪舌也不叫猪舌，而叫门腔。顾新铭心想：如果真是吃什么补什么，那今天自己和汪雅君确实应该多吃门腔，变得会说话一些，才好。

世界上，人和人的关系不但最复杂，也最难以预料。就说眼前的司马笑鸥吧，和他们是什么关系呢？两年零一个月之前，他们就是陌生人。两年前，她成了他们的儿子顾轻舟的女朋友。一年半前，她和他们正式见了面，他们也都认可和喜欢这个女孩子。半年前，他们已经把她当成了自己的准儿媳妇，高高兴兴地谈论起婚房和婚礼的问题。那个时候，是他们和这个姑娘的人生轨迹最靠近的时刻，几乎再进一步就成为一家人了。但是三个月前，顾轻舟突然说和她不合适，死活分了手。于是，现在，他们其实已经没有关系了。

不要说司马笑鸥，就是汪雅君和顾新铭都觉得非常突然和难以接受。顾新铭对太太说："大概儿子看上别人了。不然不会这么绝情。"汪雅君说："小鸥这么好的姑娘，这死小鬼还要哪能？""哪能"是上海话，"怎么样"的意思。顾新铭说："我找他谈谈。"

他找了一个中午，特地到顾轻舟的单位门口，和儿子单独吃了一顿午饭，然后傍晚回到家对太太说："看样子，只能让他去了。"汪雅君说："那么他是有别人了吗？""可能吧，但好像没那么简单。他反正拿定主意了。"汪雅君不接受："这是什么话？我找他谈！"顾新铭说："你是他妈妈，你和他谈可以，但是你不要激动。"汪雅君血压有点儿高，控制血压的药又时吃时不吃。

当天晚上母子谈话很快进入对抗模式。顾轻舟喊："她爱不爱我，你比我清楚？"汪雅君说："就是比你清楚！你这个没良心的！你要是看上别人就承认，不要敢做不敢当！"顾轻舟气势低了一些，说："我要怎么和你说呢？我们这一代，和你们不一样，大家都是脑子很清醒，在做一个选择。""那你为什么不选择小鸥？她哪一点配不上你？""她好多地方都比我强，问题是这一点你们知道，她自己也知道，我们在一起我有一种学渣被要求上进的感觉，我不喜欢。""你不爱她！如果你爱她，为她上进上进有什么问题？啊？""是，我发现我不爱她，按照你们的标准，我可能从来没有爱过谁。""你！你不要和我耍无赖噢我告诉你，我直接怀疑你有问题，你是不是有新的女朋友，把人家肚子搞大了，所以要急吼吼和小鸥分手，赶紧去娶人家？""拜托，老妈，这是上世纪的故事了好吗？我遇到更合适的，换个女朋友也很正常，但是因为你说的原因结婚，你觉得我会那么土吗？""你！"汪雅君有点儿头晕，顾新铭赶紧进来把母子分开了。

花了两三个星期，夫妻俩终于弄明白了，顾轻舟确实有了新的女朋友。这位是正宗上海人，李宝琴，二十五岁，大学本科学历，小公司文员，工资只拿来自己吃饭和零花的，父母是挣足了钱退隐江湖的生意人，所以这姑娘的名下，有价值两千多万的房子一套，地段好，房型好，保时捷一辆，结婚时还有丰厚的嫁妆。唯一缺点是，这姑娘年轻而不貌美，长相乏善可陈，开足了美颜也很一般。夫妻俩一致认为：完全不如司马笑鸥。不漂亮不说，这种家庭出来的，就是个地主家的傻闺女，娇气加刁蛮，已经够顾轻舟受的，而且什么也不懂，什么也不会，其实是没法一起过日子的。顾新铭说："结婚是终身大事，可要选对人。"顾轻舟说："都说结婚选对人，可以少奋斗二十年，如果选她，我可以少奋斗三十年。"夫妻俩一起失声说："你真的要选她？"顾轻舟说："如果结婚，我就选她，可是我还不一定想结婚呢。"汪雅君说："你到底和小鸥有没有谈恋爱啊？现在有没有爱上别人啊？我怎么听来听去，都没有什么感情呢？"顾新铭说："儿子，我也不是很明白，不过作为老爸，我要提醒你：婚姻对男人也是大事情，你要理智。"顾轻舟说："你们两个人商量好了再来和我搞脑子，好不好？一个要我讲感情，一个要我讲理智。就很搞笑。"

汪雅君觉得头晕，只能坐下了，"儿子，不要说人家小鸥想不通，你总要让妈妈理解你呀。哎哟，我怎么会生了你这么个儿子！"顾轻舟听见母亲带了哭腔，停住了要离开的脚步。顾新铭说："你和爸爸妈妈好好谈谈。不管选哪一边，另一边至少不要出人命。"顾轻舟转过身来，带着不耐烦和无奈说："出什么人命啊？你们不要以为司马笑鸥爱上了我，她也是——在可能的范围里选中了我而已。如果有更好的男人出现，她一样会头也不回地走开的，你们不知道吗？"顾新铭说："可是你们互相选中了，对方没有改变心意，你改变了呀。"顾轻舟说："因为李宝琴出现了，而且她主动追我了呀。"汪雅君说："你有女朋友，她怎么可以这样？""奇怪，为什么不可以？如果谈恋爱了就不可以换人，那为什么要谈恋爱？都相个亲，然后直接去民政局好了！你们讲点儿道理好吗？"顾新铭问："她能让你和小鸥分手，说明你动心了，那么你看上李宝琴什么呢？是她家有钱吗？"顾轻舟说："在有钱的家庭长大的人不一样，她做人不那么起劲，不会什么都很在乎很紧张，也不要求我上进，大家在一起很轻松，可以一起享受人生。另外，他们家有钱，也是个优点啊，结婚的房子、车子都是现成的，将来我不用按揭，你们留着钱养老，有什么不好呢？我就想不通，你们到底生什么气？！"顾新铭说："人生哪有这么便宜的事情？儿子啊，你太年轻了！"汪雅君说："没有爱情的婚姻是不道德的呀，儿子。"顾轻舟像听到好笑的段子那样，一下子笑了起来，"你的老校长恩格斯说的，对吗？"再次转身走了。汪雅君对着他后脑勺喊一句："她父母有没有文化？还宝琴呢，不知道这是《红楼梦》金陵十二钗的一个吗？那种家庭、那种长相，怎么好意思叫这个名字！"顾新铭说："好了好了，名字不是重点，至少没有叫宝钗吧。"汪雅君说："哪怕她叫林黛玉，我也不要！我就是认定了小鸥做儿媳妇！"

外面的防盗门咣当一声关上了，顾轻舟出去了。顾新铭说："看来他是真的拿定主意了。"汪雅君说："我反对！我们怎么对得起人家小姑娘？怎么对人家父母交代？谈得好好的，该做的、不该做的都做过了，然后莫名其妙就分手？人家肯定要骂我们上海人没家教不像样，说这家父母都睡着了吗？儿子这样也不管？"顾新铭叹了一口气："我知道你反对，我也反对呀。我当面和他说了：爸爸妈妈都喜欢小鸥，你要分手，她伤心，我们舍不得，你放掉了她也很难再找到这么好的了，希望你珍惜。其实你和她结婚，是我们家高攀，要不是你是上海人，有主场优势，估计你打破头还娶不上人家呢。他说：不是你们要和她结婚，是我在选人过一辈子好吗？当初你们谈朋友，你们结婚，我干涉过吗？"汪雅君忍不住笑了，然后笑容一敛，更生气起来："这什么话？他跟谁学的，三十岁的人了，讲话这副不正经的腔调！"顾新铭长叹了一口气，说："你也知道他三十岁的人了，所以，我们反对也反对过了，后果自负的警钟也敲过了，也没办法了。"汪雅君一时不知道怎么回答，愣了好久，茫然地问："格么哪能办？"顾新铭说："让他去！"汪雅君想了想，也说："烦死了，让他去！让他去！"

上海话说"让他去"的发音很像普通话的"娘遗弃"，最后的一个字唇齿摩擦得厉害，听上去咬牙切齿，有愤恨，有无奈，更充满了鄙视和不屑的味道。

司马笑鸥是贵州人，自己一个人大学考到了上海，从此留在上海打拼，如今在一个大公司里有一个很不错的位置，年收入比当公务员的顾轻舟丰厚。她皮肤雪白，五官立体而精致，虽然一米六二的身高不够高挑，依然算得上是个漂亮姑娘，而且一看眼睛就知道很聪慧，智商情商双在线的那种。接触下来，明显要比顾轻舟成熟，有一种离家早的人特有的懂事和干练。顾轻舟虽然比她大一点儿，但从小到大没有离开过上海，其实反倒是温室里的花朵。司马笑鸥对未来的公公婆婆也是要温度有温度，要礼数有礼数。过年的时候，在回贵州之前，小年夜先请吃饭，双手送上一盒茶叶（是顾新铭喜欢的正山小种）和一盒燕窝，一看盏形和成色，汪雅君就一边惊叹一边笑着责备："哎呀，你这戆小姑娘疯了吗？这个太贵了！自家人，一定要送么，也送点儿碎的吃吃好了！"初六，一回上海就来拜年，再送大冬天里最好的鲜花和进口车厘子。去年，连他们两个过生日也有表示，顾新铭生日收到一个精致的栗子蛋糕，汪雅君生日收到一瓶法国大牌的面部专用精油，司马笑鸥说可以滴两滴在面霜里，加强对面部皮肤的保养，又不麻烦。汪雅君惊叹说："真是用心啊！精油滴在面霜里头，我还没有这样讲究过呢。"顾新铭开玩笑说："人家小姑娘出手这么大方，你不要开心得太早，你等着，以后他们房子的首付你是跑不掉了！"说这话的时候，汪雅君刚洗完脸，先不回答，从容地用无名指轻轻地往眼睛下方点上几点芝麻大小的眼霜，用无名指轻轻地抹开，然后用三个手指弹钢琴一样点匀了，才说："你以为吓得死我啊？不是准备好了吗？首付我们来，按揭让他们自己来。过两年要是生孩子，正好我们也退休了，可以帮他们带。"顾新铭说："还是要请个阿姨的，不然你吃不消的。"汪雅君说："嗯。都这么晚了，睡觉吧。你怎么还在喝茶？"顾新铭说："这是小鸥送的茶，还没喝透，不能浪费。"

那时候，这两个人，第一次有了要做公公婆婆的感觉，第一次以满意、喜悦、期待的心情准备迎接一个家庭新成员加入。当然，上海家长在孩子婚嫁时必须拥有的万事俱备、运筹帷幄的骄傲感，他们也有了。

而现在，把他们连接在一起的顾轻舟不在这里，他甚至都不知道父母要请司马笑鸥吃饭。只有他们三个人——一对心愿落空，还要来对曾经的准儿媳道歉、安抚的夫妇，以及一个因为受了伤害而随时可能拂袖而去的女孩子，坐在这个包间里，面对着四个冷盘，虽然是兰亭惠的招牌菜，但是看上去冷冰冰的。

"小鸥，吃呀，吃呀！"汪雅君用公筷往她碟子里搛菜，注意把每样菜摆放得整齐，互相之间保持距离，免得串味。

顾新铭看见汪雅君用调羹舀了一勺混合了金针菜、香菇、黑木耳、花生的烤麸往司马笑鸥的碟子上送，突然脸色一凝，眉头皱了起来，坏了！百密一疏，自己犯了一个错误，这道菜不该点。"烤麸"除了是上海家常的冷盘，也是过去上海人婚礼上必备的一道菜，因为，烤麸的谐音是"靠夫"，结婚后凡事依靠丈夫，"夫"能够一辈子"靠"得住，这是新娘一方的强烈心愿，往往也是新郎新娘两家的共同心愿，因此"四喜"是例行的口彩，"烤麸"（靠夫）才是真正的祈愿和祝福。司马笑鸥是被分手的，对她来说，顾轻舟根本靠不住，所以今天的席上出现这道菜，就大大的不妥了。顾新铭此刻只能舒开眉头，装出若无其事的样子，心里安慰自己：司马笑鸥毕竟是外地人，又年轻，应该不知道上海人这些"老法"的规矩和说法，如果真是这样，那就太好了。对天发誓，今天，他们两夫妻可是世界上最在乎司马笑鸥情绪的人了。

司马笑鸥慢条斯理地吃了一朵山药糕、一片卤水猪利、一个冻花蟹的蟹钳——蟹壳事先都是夹破了的，所以用筷子轻轻拨几下，四分五裂的蟹壳很简单就脱落了，一点儿不费事就可以吃到完整的蟹肉了。兰亭惠就是兰亭惠。最后是四喜烤麸，司马笑鸥没有吃，不知道是不喜欢吃，还是知道那个说法所以拒绝碰它。汪雅君这时候也发现问题了，看了顾新铭一眼，整整齐齐的衣服下面，两个人身上都出汗了。

这时候汤来了。一人一盅橄榄瘦肉螺头汤，打开汤盅盖，就闻到香味。"小鸥，喝汤！"喝一口，又清鲜又甘甜，连这三个没心思真吃饭的人也觉得好味到熨帖。"这道汤清热解毒、润肺滋阴，对人很好的。"顾新铭说。他真心希望，这道汤，或者说这种心理催眠，能在上海凉爽而干燥的秋天，从嘴巴到喉咙再到五脏六腑，为遭遇感情挫败的女孩子提供一点儿帮助。

三个人静静地把汤喝完，居然没人说话，好像突然一丝不苟地遵守起"食不言"的古训似的。

　　然后上了牛排。虽然每人一份，这个牛排小得出奇，只有成年人手掌心大，还比手掌心窄，但是服务生上菜的时候，领班特地进来介绍了一声："这是和牛牛排，请趁热用。我们的配方是专门研制的，所以建议贵宾自己不要再加任何调味，就这样享用。"看了这个阵仗，自然知道这道菜身价是高的，再一看上面的雪花纹，用刀一切感觉到那种质感，就知道不是骗人的，切一小方放到嘴里，果然是和牛。顾新铭说："是和牛，和我在日本吃过的差不太多。"汪雅君问："这不是日本来的吧？听说国内没有真正日本进口的和牛。"领班笑了一笑，说："请三位吃起来，边吃边听我说——如果有人说他们端出来的是日本进口的和牛，您不要相信，我们这是澳洲和牛。虽然不是日本进口的，但是我们是正规渠道进口的，而且是真正的有等级的和牛，像今天这个牛排，绝对是M6—M7等级的，绝对香，雪花分布很好，也不会太油。"顾新铭点头说："我刚才一吃，就知道不是日本和牛，不过东西是好东西。我就喜欢你们这样，有一说一，不要吹，不要浮夸。说的人踏实，听的人也踏实。"领班说："我们也最欢迎您这样的客人，见多识广，上海人说叫'懂经'，而且又客客气气。"顾新铭说："哈哈您客气，您客气。你们会做生意！"领班说："欢迎您多来！这是我的名片。"司马笑鸥没说什么，只是娴熟地用刀叉把小小的牛排切成四五块，然后一块一块送进嘴里，同时似看非看地听着，但她明显比刚进来的时候松弛了，神情深处的那一丝戒备也找不到了。

　　领班走后，汪雅君对司马笑鸥说："这牛排还不错，就是太小了，你年轻，可以多吃点儿肉，要不要再来一份？"

司马笑鸥说："不用不用，我不减肥，不过也要控制体重的。"说完这句话，她脸上有了一点儿笑影子。

"是啊是啊，你们这一代比我们好，从小有控制体重的意识，所以身材比我们这一代好多了。"

"哪里，阿姨您和顾伯伯都保养得好。"司马笑鸥一半被迫一半真心地说。其实这话本来是真心的——她过去和顾轻舟说过，上海人到底不一样，你爸爸妈妈身材、风度都很好，打扮也很得体，可是今天不是说这种话的心情和氛围，却又出于场面需要不得不说，于是一句真话刚说出口，就死了一半，好像是不合时宜的恭维。当她自己意识到连说一句真心话都这么尴尬，不由得叹了一口气。

顾新铭和汪雅君几乎同时叹了一口气。顾新铭有点儿可怜汪雅君，于是决定自己先开个头，他记得读过一本《如何有效交谈》之类的书，里面说，在面对容易引发争执和不愉快的谈话时，一定要用"我""我们"来开头，哪怕不得不说"你"，也不能说"你怎么生气了"，要说"我觉得你好像生气了"；不能说"你误会我了"，要说"我不是这个意思，但我表达得不好，好像引起你的误会了"。总之是要主动担责的意思。于是他说："小鸥啊，伯伯和阿姨也不能做什么，今天就是想请你吃个饭。"司马笑鸥浑身微微一震，马上垂下了眼帘，好像不愿意让人看见她的眼神。

汪雅君赶紧说："我们心疼你，可我们也插不上手。你也知道，孩子大了，爹妈简直成了弱势群体，根本管不了。你相信我，要是打他能把他打听话，我早就用家法打得他趴下了。"

司马笑鸥似笑非笑地说:"还不至于。"这句话有点儿微妙,是说顾轻舟罪不至此,还是说自己不至于沦落到这一步,要男方的家长用暴力来逼迫男朋友留在自己身边?汪雅君和顾新铭对视了一眼,顾新铭不开口,汪雅君只好继续说:"小鸥啊,我们都很喜欢你,真的,已经把你当成……家里人了,弄成今天这样,我真是万万没想到啊!我们心里也很难过。"司马笑鸥嘴边浮起一缕似悲凉似讽刺的笑容,说:"对不起,让你们操心了。"顾新铭马上补救,说:"千万别这么说!是我们对不起你。你是个好姑娘,你做得都很好,都是顾轻舟不好,他这个人不成熟,完全拎不清,不知道自己几斤几两,不知道如何珍惜感情,也不知道该如何选择人生伴侣,他将来肯定要后悔的。"想了想,一咬牙,把最严重的一句说出来了:"是我们教子无方,对不起你。"汪雅君也说:"我们真的很内疚,都没脸见你。"

只听司马笑鸥一个字一个字地说:"都是成年人,哪怕是犯罪,也是自己进监狱,哪有株连父母的?这事和你们没关系。"两个人听了这句话,抬起了头,看见她喝了一口茶,稳住了气息,继续说:"何况,谈恋爱,本来就是两种结果,要么结婚,要么分开。你们放心,我不会去纠缠顾轻舟,将来他和别人结婚,我也不会去砸场子的。"

两个人心头一宽,同时又一酸:已经没有希望成为儿媳妇了,依然有这样的态度,可见过去的种种懂事不是假的,真是难得的好姑娘,可惜江湖一去深似海,从此彼此是路人。汪雅君说了出来:"我们知道,你是个明事理、重情义的姑娘。顾轻舟配不上你,真的,你也许现在不相信我的话,过几年,就会觉得我说的是对的，到那时你还会庆幸没有嫁给他呢。"顾新铭喃喃地说："确实，你样样比他强。是他没福气，真的，是我们顾家没福气……"

司马笑鸥不知道是被打动了，还是触动了心事，低着头，好一阵子没有声音，然后，她好像下了决心似的，缓缓地抬起头，说："我这些天是很难过。但你们知道我心里最过不去的一个坎，在哪里吗？""你说，你说！"夫妻俩争先恐后地说。让司马笑鸥在他们面前倾诉一番，这是他们请这顿饭的最大希望啊。

"他可以和我分手，什么理由都可以——两个人在一起，要两个人都愿意，分手就不一样，只要一个人想分手，就只能分手。他可以不爱我，可是他不该说我不爱他，他说我只是快三十了，急着想找个人结婚、在上海安个家。我不是！我受不了他这样冤枉我！"

顾新铭说："这个他说得完全不对！"汪雅君说："他胡说！你只当他放屁！"

司马笑鸥说："我对他说，你不能这样说我，除非你从来没有爱过我。然后你们知道他说什么？他说：你们女人真奇怪，反正就这样了，爱过，没爱过，有什么区别？"她的眼圈和鼻子都红了，但是没有让眼泪流下来。

夫妇俩都沉默了，因为真的不知道说什么。没想到儿子如此现实，如此狠绝。同时也深深感到了自己立场的尴尬和语言的无力。

"伯伯，阿姨，谢谢你们这么接受我、疼爱我。我不知道他在你们面前会怎么说，我今天来，就是想告诉你们，我是真的爱过顾轻舟，是真的看上他，我也说不清为什么，我就是爱他这个人，想和他在一起，想和他白头到老，不可以吗？他要分手我没办法，可为什么我的感情还要被这样否定、这样不在乎？现在我也看明白了，我不是他要找的人，他也不适合我，所以，分手就分手，总比以后离婚强。"司马笑鸥的脸色苍白，嘴唇也失去了血色——口红已经在吃饭过程中消失了，所以现在是真实的唇色。但她始终没有流下来一滴眼泪，倒是汪雅君眼泪汪汪了。

好在装在青绿山水大瓷盘里的清蒸珍珠斑上来了。平时请客，点一条笋壳鱼或多宝鱼也就是了，但是今天，顾新铭觉得一定要珍珠斑。普通石斑鱼也很鲜，肉质也够弹牙，但是珍珠斑的嫩，是超乎一切石斑的，价格也是超乎一切普通石斑的，所以——今天必须要珍珠斑。顾新铭说："你给小鸥捡点儿鱼肉，这是珍珠斑，好吃，又不会胖。"汪雅君用不锈钢长柄调羹，一下子拨下来一大块雪白的鱼肉，放到司马笑鸥的碟子里。司马笑鸥慢慢吃掉了。

然后又上了一道脆皮百花鸡、一道黑松露汁烩鲜鲍、一道锅烧杂菌豆腐、一道白灼西生菜。

这时候顾新铭用另起一段的口气，说："小鸥，人这一辈子，总会遇到一些不开心的事情，也只能面对。我们呢，真的很喜欢你，也知道你一个人在上海，虽然事业有成，但是毕竟没有亲人，我们希望，以后像朋友一样来往，你如果遇到什么事情，自己解决起来有困难，只管来找我们。商量商量啊，需要我们出点力啊，我们都很乐意。"

司马笑鸥显然没想到他会这样表态，迟疑地说："这个……不用了。"

汪雅君说："小鸥啊，你如果不嫌弃，就把我们当成亲戚吧！我们是小老百姓，你知道的，他在出版社，我在学校里，都快退休了，但我们总归这把岁数了，好歹算是长辈，你有需要的时候，要想到我们，碰到为难事情了，不要一个人撑，发个微信、打个电话告诉我们，好不好？”

司马笑鸥愣了一会儿，脸上有混合着惊讶、委屈和感动的神情掠过，然后恢复了平静，说：“好的。谢谢。”她的双唇恢复了一些血色。

汪雅君说：“对了，甜品刚才还没有点，小鸥，你看看你想吃什么？流沙奶黄包？陈皮红豆沙？燕窝蛋挞？天鹅酥？他们的甜品也很不错的。”

“不用了，阿姨。”

“吃个甜品吧，心情会好。”

司马笑鸥幽幽地说：“心情，总要让我不好一段时间吧。整件事情，我也只剩这个可以决定了。”

汪雅君要说话，顾新铭用眼神阻止了她。这顿饭，司马笑鸥的情绪就像退潮的大海，虽然还有一浪一浪地往回卷，但是总体是浪越来越远去，海面越来越平静了。这下子回浪有点儿猛，也只能等它自己下去，这时候不能乱说话，这时候如果说错一句话，岂不是前功尽弃？这女人，就是性子急！

最后还是汪雅君做主，选了冰淇淋，顾新铭从来不吃甜品，于是她和司马笑鸥一人两球冰淇淋，慢慢地吃着。第一球冰淇淋吃完的时候，汪雅君说：“小鸥，阿姨送你一件礼物，是我们做长辈的一点儿心意，希望你收下。”她从背后的手提包里拿出一个红色的丝绒盒子，打开，里面是一个老凤祥金手镯，没有花样，光面的一条，看上去有点儿像藤条做的，出人意料，有古朴的感觉。

司马笑鸥睁大了眼睛："阿姨，您这是做什么？太贵重了！我不能收！"

"你听我说，我们上海人家，孩子大了，总归要买个手镯的，是为了保值，所以都不讲时髦，就是买老凤祥的。这是我去年买的，当时觉得足金手镯比较土，你肯定不会戴，也就是给你压压箱底，所以给你选了这个实心的。"

司马笑鸥说："手镯还有实心的？"

顾新铭说："虽然是实心的，但分量不重，也就五十克，你看，标签还在，也没多少钱的。你收下吧。"

司马笑鸥说："我心领了，但我还是不能收。"

汪雅君说："这是我心里想着你买下来的，不可能以后去给别人，所以我一定要给你，你也一定要收下，听见没有？你不要多说，你就收下！"语气里有伤感，也有赌气。顾新铭知道，这是妻子本色出演，一定会有效果的。

果然，司马笑鸥听出了这语气里的真实感情和江湖义气，终于慢慢伸出了手，接过那个丝绒盒子，"那我收下了。谢谢阿姨，谢谢伯伯。"

司马笑鸥吃第二球冰淇淋，心想：这么好的一对父母，如果能是自己的公公婆婆，该多好！本来就应该是的！这个镯子，本来是他们给自己的结婚礼物，谁知道突然一脚踩空，什么都变了……又想：连他们都这样对自己，可见顾轻舟是何等无情、何等过分！最可恨的，他变心不要紧，还要把过去的感情说得一钱不值……一想到这里，忍了整顿饭的眼泪涌了上来，来势汹汹，在失控之前，她猛地站了起来，匆匆地说："我先走了。谢谢伯伯阿姨！再见！"就推开门走了。夫妇俩追到包房门口，只看见她纤细的背影飘一样消失在走廊尽头的光影中。

顾新铭拉拉汪雅君，两个人回到餐桌前，坐下来。一坐下来才觉得非常疲惫。

顾新铭说："有点儿累。"

"我头痛。"汪雅君说。

"都老了。"顾新铭说。

"想想当初，我们什么都没有，还不是照样结婚、生子？哪有这么复杂？"

"是啊，你当初那么漂亮，怎么就那么傻，我什么都没有，就嫁给我？开头还是和我父母挤在一起，后来单位总算末班车分了房子。你跟了我这个穷人，这三十多年，真是不容易。"

汪雅君白了丈夫一眼，说："不要说得那么作孽相，我们的房子涨了多少倍，你怎么不说？再说你也不差呀，兼职啊，股票啊，拳打脚踢，这三十年可没少挣。关键是你的心思都在家里，嫁给你这种男人，心里踏实，夜里也睡得着。"

顾新铭得到妻子的赞美，心里甜丝丝的，说："是你不容易，当年那么相信我，嫁给我这个穷小子，和我白手起家。"

汪雅君看看丈夫几乎全白了的两鬓，不由得伸出手去，拍拍丈夫的手臂，说："还是你好，当初选中我就是我，三十年来一心一意的。不像某些人，本事嘛没有，还要那么花！"

顾新铭说："他拎不清！他以为人生这么便当啊？往往是越想走捷径，越会走弯路的。"

汪雅君说："就是呀。一开始如果不是真心看上这个人，以后有点儿风吹草动都过不下去的呀。现在这些年轻人，真不知道在想什么！他们懂什么？一辈子长着呢。"

顾新铭转移话题说："不过，你也不要光生气了。如果——我是说如果啊，他一定要和这个小李结婚，也不是一点儿优势都没有。"

"什么优势？就有钱啊？一个一米八的男子汉，怎么可以想这样当小白脸吃软饭？"

"他们房子和车都现成，确实省力很多，不过关键还不在这里，关键是，我问清楚了，对方父母没读过大学，早婚早育，现在女孩子的父亲才五十岁，母亲还不到五十岁，而且又在上海，将来他们生孩子，不要说坐月子，就是帮忙带孩子，女方父母应该也靠得上。"

汪雅君眼神闪了几下，然后沉默了，顾新铭知道她在心里盘算，一时不知道该说什么。半晌，只听汪雅君长叹了一口气，"没劲！你说，是我的儿子要谈婚论嫁，怎么说也是喜事，怎么我这心里就这么不痛快呢？"

顾新铭也长叹一口气，"我和你差不多。大概我们都落伍了，都是老人类了！"

汪雅君说："那我们真是选对人了，不管新旧，夫妻最要紧是两个人谈得拢。"

顾新铭看了看妻子，他发现曾经是班花的妻子，不知何时，双眸不再如水清澈，眼角也出现了细密的皱纹，像开片瓷器上的裂纹。

顾新铭说："不管了，我们好久没有两个人出来吃饭了，今天就当我们二人世界吧。"

"是啊，这么好的地方，刚才吃得没滋没味，菜都凉了。"

顾新铭说："现在帮儿子擦好了屁股，接下来我们放松，慢慢吃！"

"你说得这么难听，好像我们刚才在搞危机公关一样，我可是真心的。为什么一定要送她那个手镯？让她派用场的。我们对人家说得好听，什么'你有困难来找我们哦'，这就是嘴巴上讲讲的，一点儿都没用的！人家小姑娘也是要面子的人，以后无论如何不会来找我们的。她一个人在上海，还是给点儿东西防身吧。给她那个，是千足金的，分量也有了，平时放着呢，保值；万一碰上难处，拿出来，总还可以抵几个月房租。"

真是一个好女人！顾新铭想。他突然有一点儿想站起来拥抱一下这个女人的冲动，这是一种他好久没有体会到的感觉了。当然作为一个上海人，这种外露的方式，是和他们绝缘的，即使在四下无人的包房里，他也不会这么做。就像在上海话里面，根本没有"我爱你"这句话一样。

他特别温润地看了看妻子，好像想用眼神抚平她眼角的细纹似的。然后高声唤："服务生，来一下！把菜都拿去热一热！"

（原载《人民文学》2022年第3期）

潘向黎，文学博士。生于福建泉州，十二岁起移居上海至今。出版长篇小说《穿心莲》，小说集《白水青菜》《十年杯》《我爱小丸子》等，专题随笔集《茶可道》《看诗不分明》《梅边消息：潘向黎读古诗》，散文集《万念》《如一》等，共三十种。获鲁迅文学奖、庄重文文学奖、冰心散文奖、中国报人散文奖、朱自清散文奖、花地文学榜年度散文作家、《钟山》文学奖等文学奖项。作品被译成英、德、法、俄、日、韩、希腊、蒙古等语种。出版英译小说集《缅桂花》及俄译随笔集《茶可道》。现供职于上海作家协会。

暮色与跳舞熊

◎鲁　敏

　　一直画，差不多到肚子饿了的时候，西力就下楼去找点吃的，嘴里念叨着：手机、钥匙、口罩。

　　租屋地势偏高，从坡道往下走，总可以看到挂了一整天的太阳，半藏半露地落到对面的楼群之后，那楼群就成了铁灰色的钢面，几只黑瘦的鸟突然惊起，墨水点子一般溅到半空。到傍晚了就是这样，看到什么，都成了点、线、面。走到十字路口，高高矮矮各个方向的路灯杆子、指示牌、栏杆，像不清晰的线条与小方格缠绕成一团。

　　西力四面扫视一圈，熟悉的踏空与悲怆又来了：我这是在哪儿呀，出门往哪儿去呢，这世上有谁在意我，这一天天的算个什么。脚下没有停，闷头顺着路走。查过，这可能属于"黄昏综合征"，也叫"暮色反射"或"日落现象"，原来说的是老年痴呆患者的阶段性症状，后来指涉所有人群，主要指黄昏日暮时分出现的情绪和认知功能问题……既然是一种病症，就这么着吧。反正什么都可以算病，拖延症、社恐症、选择恐惧症、幽闭空间症、咖啡依赖症。

　　走到小馆子，老习惯，顺着墙上菜单的顺序，昨天是炒面，今天则是炒饭，固然炒饭跟炒面炒粉也谈不上多大区别。坐在习惯的那个位置上，正可以看到斜对过的慧谷广场，来来往往的人群中，粉红小熊又在那里跳舞了。所有人都戴着口罩，相比之下，反倒显得小熊像是裸面，有种毛绒动物特有的莫名性感。

去年那一波疫情过后，关闭多日的门市纷纷重开，"Q乐园"也是其中之一，并推出这么个卡通跳舞熊来招徕顾客。跟小馆子寥寥七八行的菜单一样，西力也十分熟悉这只"跳舞熊"的所有招牌动作，它不仅照搬了表情包上的那几套连环舞，还自创了几个小花招，但因为这身玩偶服大了点，它蹦跳的步子总也迈不开，膝盖弯度不对，比划的剪刀手也只能到脖子那里，可正是这样，显得尤其滑稽。加上它显然也有着努力搞笑的自觉，总是使劲甩动小耳朵，故意凑近拍照的镜头，或是舔食手上并不存在的蜂蜜，确实也会吸引到高高矮矮的小孩。他们围住它，扯它抱它，摇晃它，它于是更加地疯了，就势跌坐到地上打滚儿，笨手笨脚没法起身，假装向孩子求助。有时孩子已被大人拉走老远，它便只好自己爬起……

吃饭时西力就一直望着小熊，盯着屏幕一整天，眼角都有些烂了，已不敢再刷机，能有这个跳舞熊在面前蹦跶着"伴宴"也算不错，可以说是一整天里，唯一叫他感到亲切和放松的活物了。反过来想，西力也算得上是最留意它的人吧。

毕竟，除了小孩，谁会当真在意呀，何况这只小熊也实在有点傻乎乎。它肚子上贴着"Q乐园"的二维码，显然是有任务，但得看对象吧，它不管，为了吸引并逗弄附近的小孩子，不论前面走过何人，背着行李包的外地人，笔挺西装男，捧着冰淇淋的胖女生，拉着小推车的龙钟老太，它都同样卖力地迎上去，摇头摆臀地跳上一圈，直到对方不耐烦了，才仓促而大幅度地把肚皮亮出来，姿势显得有点色情，尤其从西力这个角度看来。这叫他不大舒服，于是垂下眼皮，落回到桌上的炒饭或炒面或炒粉上。极偶尔的，会有人扫它肚皮上的码，它便立即谄媚地点头哈腰或是撅起屁股扭几下。

　　隔着灰蒙蒙有点刮花的临街玻璃，西力每天就这样看着，一边无知觉地往嘴里大口投送。吃完之后，会到慧谷广场去散几圈步，由于心里那淡淡的单方面的亲切感，他会以一种若有若无的方式趋近那只小熊。

　　它的连体服，准确来讲，不是粉红，而是皮粉色，这颜色近看有点显脏，肚皮下方一圈，被小孩子们摸得较多，有几块污渍，裤腿堆在脚脖子上，连同整个脚底板，全是泥灰。但暮色恰到好处地掩护了这些，反倒使它显出一种家常的柔和，似乎它并非毛绒玩偶，而就是一只真真切切的跳舞小熊，跟来来往往的大人小孩老人，是并列的一种存在物种。西力垂头慢慢走着，只要走到它十米以内，那小熊就会主动趋近了，左右脚交替踮起，两只手在鼻尖下划来划去，一边使劲但其实也蹦不了多高地原地跳，每个不准确的动作，都奉献出毫无保留的热情。

　　等它跳到正面，西力就抬眼平视，出于起码的礼貌，不排除有好奇，因为小熊这身卡通服太严实了，一点瞅不到里面，唯一的出口，应当就是它眼睛这里，可眼睛的位置，只能看到两只深褐色的透明球，折射着薄薄的暮光与刚刚亮起的路灯，五颜六色，里面的眼珠却一点儿也看不清。这反倒更加叫西力产生一种自愿糊涂的愉快确认：看，它不就是一只彻头彻尾的小熊！他心里不禁热乎起来，忍不住也往它身边快迎两步，近到差不多都能听到它的喘气声，能碰到它毛茸茸、脏兮兮的巴掌了。可他毕竟不是小孩子，总不能也去摸也去抱吧，只能掏出手机来，扫它肚皮上的二维码，虽然已扫过许多次，但愿它认不出。正好也有口罩遮面，估计确实认不出，反正小熊每回也都认真定格在那里，等他扫完，即刻送上它的花式鞠躬，然后认认真真伸出胖胳膊，引导西力往后左方的Q乐园那边走。

Q乐园是个综合儿童游乐场，里头有泡泡球池、攀爬架、陶泥手工区、小白兔小仓鼠饲养区、夹娃娃机、跳床、攀岩馆，全是半大小孩，到处闹哄哄的。这当然不是西力的理想去处，但也不至于讨厌。实际上里头的大人比小孩还多些，即便隔着口罩，仍能看出一张张面孔下的疲惫和敷衍，走上两圈，反倒让西力脚下感到一点重力和方向，恍惚感也随之消失了。小熊的指引很有道理，看，人们的生活不就这样嘛——他开始觉得小租屋里的那种清冷，是值得的，孤独就是他的自在与拥有。遂掉转头回家，当天的这一份黄昏综合征也在渐重的夜色中暂告治愈。

并且这种疗效还有一点点多余的溢出。当天晚上，继续挠着头进行插画时，直至熬到后半夜时，西力都还会时不时想起粉红跳舞熊，它的笨拙姿势，它的二维码肚皮，它堆在脚面的长裤腿和黑灰脚底板，还有它的眼睛，透明球上流光溢彩的光线。想想就觉得不错，但也有点淡淡的不满足，要能对视多好，要能看到它里面真正的眼睛多好。他根本不在乎它的性别、年纪、长相、性格、口音、是否有趣之类，或者干脆点说吧，他排斥、否定它的"人类"性，它只是一只跳舞小熊，而这就是他需要的、也是它所能给予的全部。

有天西力扫完码，照旧转身去往Q乐园，边上被人叫住，是一对小情侣，叫西力替他们跟跳舞熊合个影。一直这样，拍照的远远多过扫码的。有次看到一个壮汉，抱着它又捏又揉，最后甚至一把举起小熊来，小孩们看着它两脚两手在空中乱蹬乱划全都笑坏啦。总之小熊十分熟稔此道，西力这边手机还没调好，它已跟女生各分左右站好，向中间的男生投怀送抱了。四五张不同的亲热姿势之后，男生主动问西力，你也来一张吧？把手机给我。好像这是个免费福利，不拿怪可惜的。

　　西力本能地摇手后退，他不爱拍照，偶尔外出游玩，最多拍点小狗小猫，当然也因他向来是独来独往。不过拒绝别人的好意，更叫他为难。嘴里正支吾着，小熊却以它不由分说的热情一下靠拢上来，肥粗的胳膊环上西力的腰，男生顺手拿过他手机，高声吩咐道，笑起来！起——司——你也搂紧些啊。

　　这时小熊不仅胳膊环着他，连硕大的脑袋也顺势靠到西力肩上，嘴里故意呼哧呼哧地模拟着生气。这才发现，小熊个儿挺矮啊，才到他肩膀。西力有些失笑，不觉也把手搭到它身上。

　　拍照时泄露的笑意，一直延续着，时隐时现在西力嘴边。回家后，画一会儿插画，就要拿出手机看两眼合照。主要看小熊，看他们整体的那种感觉，一人一熊，搂得像模像样，居然显得那样自然，怎么看都舒服、搭配。小熊的眼睛呢？这下子能看清吗，西力把图片放到最大，还是不行，最多能看到褐色玻璃球里模模糊糊的那对小情侣。突然想起家里父母，每每打来电话，总是不停嘴地问，自以为旁敲侧击，其实都指到他鼻子上了，不找份正经工作吗，何苦租个房子空耗，实在不行回老家找个对象？他当然也不想让他们伤心，可诸种平淡冷淡的状况确实难以回复，也难以说清。这会儿看看照片，心里突然生出一丝谐趣，顺手就把他跟小熊的合影发了回去——这似乎就是一个很好的答辞，概括说明他生活的各个方面，更说明他的心境与态度。

电脑突然死机，不知里头画稿能抢回多少的那个下午，好像还嫌不够糟似的，又接到蓝色书系的编辑留言，说因其中两册出了问题，整套书稿都叫停出版，这就意味着，除了那几片薄树叶似的预约金，一百多幅定制插画，全部悬而无用了。等于白打一个多月的竿子，半颗枣都没落下，本来还想着用这笔稿费换台新电脑呢。

沮丧地呆坐，越发闷热，饥饿感倒是准时来了。西力起身往外，下坡时都没有留意到太阳是否落下，只觉得到处都暗乎乎的，暮色里像是被倒入了墨汁，在街面上四处流淌。今天的菜该轮到鲢鱼豆腐套餐，端上来却觉得腥气未尽，米饭明显夹生，换了一碗，仍然夹生，只好重新叫面条……跳舞熊还在那边，踩脚、扭腰、剪刀手、送飞吻、假装滑倒。奇怪，西力坐了这么久，发现它没吸引到一个小孩，也没人合影，更没人扫码。小熊今天完全唱独角戏了。其实慧谷广场上人倒是蛮多，甚至可以说还比平时多一些，男人挽着女人，大人拖着小孩，个个走得飞快，衣发飘动，仿佛要倒，又仿佛要飞。西力怔忡地望了好一会儿，才明白过来，哦，这是起大风了。怪不得刚才没看到太阳，早给刮跑了呀。

等外头落起大而疏的雨珠，面条才端上来，西力想起啥也没带，又想起窗户好像没关，书桌上东西全都铺着，忙打了包提上冲出去。才跑到广场背后，雨已密集如箭，浇得眼睛都睁不开，刚才还奔跑的行人全部消失了。这条背街长道没有商户，也没长廊，只有两根类似柱子的合拢处，形成一块窄窄的壁檐，西力只好不管不顾跑了进去。本是狼狈又懊恼，抹抹眼镜上的水，定睛一看，一个大失笑：粉红跳舞熊也在这里。

不过这里已是太挤了，主要小熊身子很占地方，它边上还有个胖老头。胖老头一见他进来，就把下巴上的口罩又拽上去。西力刚才太急，口罩落小馆里了。而他们脚下，还有个三四岁的小孩，听那胖老头嘴里的嗔怪，当是这个小孩把跳舞熊拽到这里来的。小男孩的卡通口罩已经湿透，映出两片翘嘟嘟的嘴巴，正咕噜噜地编故事，小熊找蜂蜜小熊要冬眠之类……西力有点愧疚地尽量贴着柱子，还是无可避免地紧靠着小熊，它已半湿，身上的毛绒头子黏结起来，黄黑了。它的大脑袋靠在后面的墙壁上，一只胖手正被小男孩紧紧拖着，由于潮湿和挤压，肚皮上的二维码皱巴巴的。哈，不跳舞的跳舞熊。西力可真乐意跟它一块儿躲雨呀，心里掠过租屋里的桌子，东西全都一团糟了吧，算了。

"几点了？哎呀几点了，我得回去吃药哇。"老头沉吟着自问自答，掏出手机，隔着口罩冲电话里嚷，送伞或送药，对方看来耳朵不好，地点又闹不清，反复追问。小男孩也摇晃起小熊伴奏，"老狼老狼几点了？小熊小熊几点了？"先是小声，继而越来越得意越大声。挤挨的小空间突然极嘈杂。西力下意识地寻找小熊的眼睛，好像要跟它交换一下眼色。天光暗黑，这半爿街也没有路灯，小熊的玻璃球眼睛，黑中隐隐有亮。

聒噪中，小男孩突然改口，大叫起来，"恩恩！宝宝要！宝宝要恩恩!"好像分秒也等不及了,小手已经开始要拉自己裤子了。这可是紧急信号。胖老头立刻掐了电话,不管外头是风是雨,横拎起小孙子就冲了出去。

柱檐下突然安静下来,只听到哗哗哗的雨声,好似一道巨大的帘子,把他们两个包围隔绝在这个角落。小熊没有动,头仍然靠在后墙,两手搭在圆肚皮上。西力稍微调整了一下站姿,只能说不挤了,还是挨得挺近,近到好像是遗世独立相依为命,心里一时高兴又凄然。

但老是不说话,好像也不对,刚才那小男孩可一直在讲故事呢。西力稍微扭过身子,斜对着小熊,看看它那黑乎乎的大眸子,仍旧是动物般的纯粹无知,可又像是人类的尽在不言。甭管它是什么,到底对他有没有印象?或者,可以提示一下。于是吭哧着开口,"我每天傍晚六点左右,都路过慧谷广场,当场扫码加关注、办会员,但一回家,就取消,第二天扫的时候,我再重新办理。不知这样,能不能算你的任务?"

小熊没吭声,好像还在维护着它这个形象的整体约束——西力知道,像迪士尼乐园就有严格规定,为了所谓的世外乐园气氛,所有的卡通人偶,都不得表现出人的思维与行动,比如,不可以听得懂语言类指令,不可以像人类一样生气,不可以认识现代交通工具或通信工具等等——他肯定想多了,这只是区区Q乐园的一只卡通小熊罢了。显然小熊是听明白了,它略略转过头,把胖手从肚皮上抬起,轻轻碰一下西力的胳膊肘。这小小动作的反馈,叫西力觉得很舒服。怪不得那小男孩要一直拉着它的手,谁不想拉着抱着搂着呢。西力涌上一个荒谬的冲动,随即暗骂自己一句，退而求其次地想，能这样一起靠着，也挺不错啦，并且他又想到一个更挨近的理由，"我腿吃不消了。要不咱蹲着吧。"

果然，小熊顺从地，挨着墙角蹲下，一蹲到底，差不多坐了下来。它肯定更累，下雨之前刮大风那会儿，它不是一直在蹦跶嘛，再说那脑袋多重。西力往边上让让，给它腾出地方，但地盘就这么大，他和它还是明显更近了。他的左腿和它右边那只毛茸茸的小短腿，有部分交错相叠。可真叫人满足。

既然这样了，为了更加地熟悉彼此，西力觉得他应当介绍介绍自个儿。于是清清嗓子，说起他的插画。打小就这样，喜欢涂涂画画，尤其是四格漫画，别的啥都不行，成绩不好，大学不好，工作也不好，尤其这两年多，接二连三地，要么被裁，要么工资欠着，要么老板跑路，要么干脆公司倒掉。哪儿都指望不上，只能靠插画，看能不能养活自己。他让自己笑了笑。随后也老实讲了今天上午刚刚被黄掉的合约，讲了再也拿不到的插画稿费。也承认他还不够拼，总会分心摸鱼，每夜熬到一点两点，最差劲的，是临睡前还会四处翻找，吃喝点垃圾食品才算完事。这就又讲到他不断试吃不断淘汰、最终保留下来的六种口味的泡面……当然他也注意营养，晚饭会去巷口吃"大餐"。讲了他定点的小破馆子，讲了它家菜单上的七种招牌菜，价格22～35元不等，其中他最中意的是牛腩面与香肠煲仔饭，但他不会因为这两个偏好而改变顺序。讲到他啰里啰嗦的爸妈，讲到那天发去他和小熊的合影。又讲到今天上午突然趴窝的电脑，多少天的心血恐怕片甲不存，讲到这会儿正泡在风雨里的写字台，桌上可有他好不容易下决心买的原装咖啡豆，老贵，而他忘记夹上袋子了……

直到外面雨声小下来的时候，西力才意识到自己嗓门有点大，说得太多，且有些不自觉的夸张。小熊不知啥时，把它的脑袋歪过来一点，搁在西力肩上。挺重。没准正是这份重量，让西力没有注意对舌头的控制，想想吓人呐，他什么时候跟人说过这许多话，还说得如此私人，如此絮叨。西力猝然住了嘴，像犯了个只有自己才明了的大错，不过心里也在辩解，它只是一只熊嘛，要是跟任何一个"人"说这么多碎头巴脑的，那就太奇怪了。跟熊就没什么了。

　　这样一想，西力也没有觉得尴尬，只是收了口，默默地望着雨，雨越来越稀，不久就变成星星点点。天色亮白了一些，但亮白中也还是夹杂着暮色里的雾然。西力不大甘心地又寻找着小熊的眼睛，那里还是一如先前的黑亮玻璃球，可能因为他这边吐露太多，心境略有变化，觉得那看向他的眼睛里，比之稍早，深邃了许多，并同样有着满腹的心事。西力略感不安，瞧，他只顾着讲他自己，小熊呢，小熊肯定也有啥的吧。

　　这时雨已经完全停下，外面很快有了走动的人影，远处有三个小孩尖叫着，踩踏浅浅的雨坑。他们两个，已不合适再挤在这片狭窄里了。

　　出来之前，西力想不起来了，是谁更主动，还是同时，总之小熊和他抱了一下，不紧也不松，挺像一个营业性的抱抱，就像以前隔着玻璃看过它无数次这样抱过路人。可西力分明又觉得，不一样，这个抱抱不一样。起码，在这个大雨刚停的黄昏时刻，它完全是他的小熊。

电脑送出去修了一下，所幸损失不大。被雨水泡坏的书和画本晒了好几天。咖啡豆长了霉只好扔掉。新接到一家电子刊的专栏配图，稿费和截稿时间都很苛刻。就是这样的，日子没有变好的趋势，也没有变得更糟。小馆子的菜单调整了几个新菜，味道还可以。小熊的衣服想来是洗过了，远看不觉，走近前了扫码时，觉得它的皮毛一根根竖起，还发出一股淡淡的香草味。西力抓住靠近的时间与小熊对视，小熊黑亮的眸子向他微微抬起，里面是华灯初上的映射……可西力知道，即便隔着口罩，小熊准会认出他、记得他、于众人之中另眼看他。

他承认，对于小熊，他心里总有更进一步的想法，这当然很可笑，因为他完全说不清，所谓进一步的想法是什么。一个人，能跟一只熊怎么样呢，一只粉红跳舞熊。他一边自嘲，同时也琢磨着，思而不解。他有点害怕，想躲避这越来越真切的念头，可害怕中又有着喜悦和期待，而这种期待又为每一天和每一天的细节都赋予了意义——同样是听着歌洗澡、听父母讲车轱辘话、顺着菜单点菜、电路坏了找房东、下楼取快递、泡面出了新单品、看中的电脑放到双11购物车，似乎都有滋有味了，因为他跟小熊聊过其中一些，小熊知道他在如何生活，而这生活里新发生的部分，没准下次可以跟小熊继续聊。原来，西力恍然觉悟，随即又十分困惑，他想要的就是跟小熊再多聊聊？这想法是不是太平常了一点，甚至也谈不上多大的难度与障碍……不，西力总觉得，不完全是聊天那么简单，他肯定还没有找到他所需要的那个什么。但不着急，他愿意慢慢来，就这么控着，尽量地延长这种模糊不清的愉悦，延长某种奔向的过程。

5月13日的事情，发生得很突然。

当时他已扫过小熊肚皮上的码，走到Q乐园里面，正顺着"8"字形的主通道，一路飘飘忽忽地走，听着各个区域的小孩发出那种各种如果不是亲耳听到永远无法想象的欢乐尖叫。广播大喇叭突然响了，开始西力并未在意，后来见坐着的一干家长们都开始跑动起来，纷纷呼儿唤女，情形颇像上次那场暴雨的突然降临。西力立住，终于听清广播里再三再四的重复。原来刚刚在儿童医院门诊发现一例疑似染疫的男童，男童参加了篮球兴趣组，四天前上过一次球课，球课共有十来个小学员，其中有一个，中午在Q乐园玩了有个把小时。所以这里接到指令，大家就地待着，等专门人员过来统一处置。西力看看手机，电量尚足。旁观四周，大人和小孩们搞清情况后，也都不急不跑了。Q乐园开放了WIFI密码，几处的大小屏幕索性放起老少咸宜的猫鼠动画片，还有免费的饮料开始供应，一时倒也融融。

忽然惊奇地发现小熊，它也回来了，倚在靠入口处的彩色广告牌下，脑袋软软地搁在栏杆上，连屁股后的小短尾巴也显得毫无生机。几个小孩不顾大人的拉扯，想去拽弄，小熊却立刻退缩着，指指身上，动作虽小，却也十分准确，好像连它自己也嫌弃自己似的。动作很有效，孩子们散了。等了不到半小时，就来了一队专门人员，招呼大家过去排队检测，小熊则被留下，跟木马地垫球拍飞镖栏杆什么的，一起被喷洒消毒。西力随着人群往指定方向移动，不时扭回头看，心里莫名地不忍起来，甚至疼痛。虽然理智上知道这毫无道理，小熊那一身，网上到处能买到，消消毒或是扔了都无所谓，它之所以是他的小熊，并不是因为那套衣服，可，要没那一身，它又是什么，他到底在心疼什么呢，西力突然慌乱起来。

测完之后，要等送检结果，可能还有医学观察和研判的需要，总之广播里有了时间拉长、少安毋躁的预告，外面开始陆续送进吃的，还有薄毯和行军床，数量不太多，西力与一些爸爸们便自觉分散到各处的角落。西力坐在一处延绵曲折的攀爬架下面，头顶绳索交叠，挂下丝丝拉拉的彩色线头，简直像是紫藤架，而头上通亮的大灯泡，则是一轮清月，甚至能感到脸上微微有风。今夕何夕，今人何人啊，仿佛被拉长加厚的黄昏综合征，西力沉入了巨大的恍惚……

被人轻轻推碰，西力才知道自己睡着了，忙摸出手机，一看已是夜里十二点多了，身边被放了一盒牛奶和一只小圆面包。四周安静幽暗，角落有两盏顶灯，动画片关成无声，只偶尔听到小孩子按捺不住的笑闹和大人含糊的责骂。怔怔中戳开牛奶，才发觉确实渴了，又撕开面包，机械地往嘴里扔。上学时食堂打饭菜也好，实习时加班的盒饭也好，馆子里大同小异的快餐也好，反正只要放到他面前的，总归都要吃光喝光。就这习惯，饿不饿都一样。

正吃着，走道那边过来一个瘦小的女人，匆匆把几个纸盒子归置在脚下，随即手脚像是断了一般，垂挂着。想来当是刚才发食物的员工。歇了好一会儿，女人才木偶似的，僵硬地，也从盒子里取出一盒牛奶，无声地吸起来。西力这时已一口气吃光，正想接着打盹，女人开口了，"饿的话，这盒子里还有。"西力四处望望，其他人隔这里还老远，那这是对自己说的了，忙欠身摇摇头。女人好像担心他客气，索性拿出另一种长面包和一盒酸奶，直接送来，并顺势坐在他边上。西力不太乐意，但还是勉强接过，出于该死的惯性，又往嘴里塞起来。总是这样的，对陌生人，主动开口难，拒绝什么的，更难。

可能因为多给了一份食物，这女人不仅坐下，还大有说上几句的意思，"想想也挺好玩的，否则这半夜三更的，怎么可能大家都在乐园里一起睡觉。小孩们其实才高兴呢。"她音质有点哑，语调是主妇的那种家常感。西力愣住，停了一秒，继续咀嚼，他实在没有聊天的打算和能力。好在女人又自顾往下，"我前面走了好几圈，带小孩来的，有的是爸爸，有的是小姨，有的是保姆，有的是外婆。如果是妈妈带的，最好认，只有她们，总是在追着小孩喝水、擦汗。笑一笑拍个照。要尿尿要恩恩吗。讲礼貌呀快叫叔叔好呀。蓝色用英语怎么讲，绿色呢。数数看这里有几条金鱼？你可真棒奖励一朵小红花……"她忽高忽低变换语气地模仿，最终还鼓起掌来，"哈哈哈，了不起。妈妈们都太了不起了。哈哈哈。"她的笑声和巴掌声，都显得有点大。西力咽下嘴中食物，分辨着，听不出她是讽刺还是赞赏。叫他松了一口气的是，女人并不需要他接话。

"我就不行，太不行了。我绝对、绝对不是一个好妈妈。我家小宝……"她语速放慢，终至不语，摇头晃脑的姿势静止在那里，视频卡顿住一般。西力小心地瞟她，嘴里也不敢动了，以免吞咽的声音有所不敬。女人掉入她的情绪，不断下沉，连西力都能感到那仿佛是要在水底窒息的憋闷。临近濒死，女人终于吐出一口气，像是又从水底升上来了，她往后仰着甩甩头，恢复到先前那种絮叨的语调，"我也是滑稽吧，看到每个小孩都能想到我家小宝。喜欢吃手的，不敢爬滑滑梯的，沙子揉进眼的，爱揪人头发的。就连看到大小孩我也会想呢，哎呀，我家小宝，不是也会背起个书包嘛，会打游戏的嘛，爱吃炸鸡嘛，能玩个滑板的嘛。"看来她喜欢这种排比式的表达，但西力有点困惑，听这口气，不是虚拟的，可也听不出过去时还是将来时，甚至都缺乏空间感。她的小孩，是不在她身边，是已经长大了，还是说特别小？是不再会长大了，或者不能待在她身边了？有一点是肯定的，这貌似聊天的独白充满了深海般的无底之痛。

西力无措地垂头看着地上的纸盒子，他想应当顺口问一下，起码表示点什么。她口中的"小宝"到底是怎么了？这跟她到Q乐园工作有关系吗？如果是这样，不是每时每刻都会刺激着她吗，还是说，她正需要这样的痛苦来转移或惩罚另一种痛苦。西力心里胡乱猜测着，不知该如何劝解或安慰，以致心里都生出了几分排异感，这女人碰醒他不算，多塞给他吃的不算，坐在他边上不算，为什么还要跟他说这些呢。要从谈心的角度来说，这既不是地方，也不是时间，他也完全不是合适的对象。他连两次恋爱都只是单方面好感，他不了解女人，不了解孩子，更不了解做妈妈做爸爸的人，他只是路过的，是局外人，偶然困在这凌晨时分的儿童乐园里的呀。

好在，老天爷来帮他了。广播里忽然吱吱几声，一个显然也带着睡意的声音响起，非常简洁地通知大家，结果无异常，可以各自回家……各处的灯光一下子大亮，蒙蒙中惊醒的人们还有点吃惊，甚至夹杂着几声低微的抱怨，意思是不如索性让我们睡一觉算了。说归说，四下里的气氛已明显松动起来，彼此招呼着动身。西力如蒙大赦，大块咬掉最后两口面包，站起来整整衣服，一边看不出什么幅度地向身边的女人欠下身，要向门口去了。

女人手脚也挺快，早把几只纸箱交叠着一起抱在胸口，方向却是相反，朝着员工通道那边，抬脚之前，像是突然想起什么，扭头问道："哎，后来你电脑，修好了吗？"

西力条件反射地点点头，脚下已是迈出，女人"噢"了一声也没停步。两人随即错肩而过，几乎只是两秒钟的事。

可她，怎么知道我电脑坏了……西力最深处的一根弦被拨动，却是空洞之音，随即闪过巨大的异样，或者是愤怒？欺骗感？不知是什么，总之胸口都疼起来，庞然的沮丧与跌落。不，不应当啊，他只告诉了跳舞熊，它就是一只熊，它只是一只熊，它永远只是熊……

第二天西力一直闷头睡到中午，醒来洗了一个热水澡，同时在心里严厉纠正了昨夜的幼稚病。选择了几支最易沉浸的马友友大提琴，把自己摁在桌边，以远远低于平时的效率画了快两个钟头。抬头看看窗外，还早着呢，肚子也并不饿，但西力决定出去吃东西。下坡时太阳还斜飘在楼顶上方，暮色的惆怅与空虚果然也没有发作。他用一种打气的心理，一路上给自己叮嘱，待会看到小熊，就当什么也不知道吧，千万要做到一如从前，仍旧认真扫它的二维码，然后照它的指引，仿佛第一次，去往Q乐园……

走出巷口他就知道，多虑了。

远远就可以看到大半人高的黄色围挡，延绵地拦住慧谷广场东、南方向两条道，所有的金店、奶茶店、咖啡店、牛排馆、美甲铺都是白花花的拉门一落到地，平时满地滚人的广场整个空荡荡。他常去的小馆子因为隔着个岔路口，倒还是开着，但不可堂食。只得点了今天应当吃的油泼炒面，等待时划拉了一下本地疫情分析，口吻保守。于是一路上看到啥买啥，提着香蕉、馒头、辣酱和饮料等，沉甸甸地一路返回。心里倒是没觉得太糟糕，回想刚才出门时那一番心理建设，得承认，其实是松了一口气。想想自己真太差劲了，因为有点怕见小熊，居然觉得，这么来一下暂时性的封控，也不算太坏。扭身进楼道时，还是看到了当天的日落，无限遥远的太阳在他屁股那个位置，带着可以感知的热度，投来薄薄的余晖，仿佛一声悲喜交加的叹息。

此后半个多月，对西力来说影响不大，仍是接单子或单子黄了、画画或摸鱼、拖稿或交稿。外卖打包所食，照旧顺着菜单。所缺少的，只是慢吞吞下楼、坐在老位置、眺望广场的那一套动作。可没了这小小的一套，日常生活的刻度与秩序好像就失去了绳索维系，散塌了，不成形了。

可能西力主观上也在放大这种感觉，尤其每到黄昏时分，飘浮感更是变本加厉，伴随室外光线从蓝白到淡黄又到暗红，最后浸入一天中最沉重的黑金，死死罩住狭小的租屋。他往嘴里一勺一勺塞饭食，眼神无处搁置、无处停留，唯有小熊——它并不存在，正因为不存在，反倒异样突出地"杵"在他的面前，旧时片段再现——它跟小孩子们追打搂抱，它左倒右歪的舞姿，它跌倒，它扭动着屁股逼近，连小尾巴的细小抖动，都可以看得十分清楚，温柔的夕阳照射中，它的粉红绒毛仿佛镀上了一层金光，让西力有种纯粹又澄明之感……随即，暴雨天气里的小熊覆盖了画面，它湿漉漉地挨着他，一对黑洞不见底的眼睛，冲他投来无需多言的眼色，西力向它絮絮倾谈……接着，是多给他一份面包牛奶的小个子女人，挨着他坐下，语焉不详的排比句式……粉红跳舞小熊、雨中拥抱的小熊、凌晨时分诉说的女人，分裂、重叠、融合，叫西力迷惑和怨恨。当然，理智总会在最后一刻光临，带着姗姗来迟的冷静与一丝丝人情味儿，小心地给西力分析，他所亲爱的小熊和那小个子女人，是一体化的。你想，怎么可能单单痴迷于一张卡通皮？当然，这也不代表他就非得喜欢那张皮下面的人，毕竟，从那晚上所有的观感来讲，不仅他跟她，可以说完全不是一回事，她跟小熊，也完全不是一回事！他开始恨她，真的，她不该问出那一句，她戳破了他的小熊，他拿走了他所能找到的最好寄托呀。

而与这种怨恨同时，西力也一直在努力。虽然这努力可能是无意识的，因为他完全不明白自己为什么要做这个努力——他在尽量、尽量地，企图把那个女人给美化一些，以期能与他心爱的小熊，稍微搭配一点、合适一点。毕竟，很快就会再次见到的，最符合事实与理性的做法就是，知行合一，熊人为一，不是仅仅把对方当作它、当作熊，同时还要把它看作人，看作朋友。无论如何，在他迄今所有的社交经验里，他跟那个女人之间，得算是最亲切、最体己的。

他竭力回忆那个女人的相貌，当时光线不行，只记得是小鼻子小眼，头发乱蓬蓬的，个子矮小，衣着则全无印象。他当时毕竟处于子夜的困倦中。说话声音呢，柔和吗，可能也谈不上，她一直讲孩子，都没聊其他的。从这些元素，可以说明她是朴素的，有着清贫的单纯，挺能吃苦，对孩童有爱心，对陌生人有同情心。还有什么吗，再想想。其实真正击中他的，正是最后两秒钟吧，那脱口而出擦肩而过的询问，她还记着他的电脑，不放心是否修好，而他又那样敏感地，几乎是刀刻火灼般地接受到这种关切。太稀罕了，他第一次被别人惦记，以致他只愿意把这安放在小熊身上，只有来自小熊的关切，才是适配和贴切的，才叫他踏实……是的，只能是小熊。

就此打住，不要再想那个女人，越是进行这种捏合与拼凑的努力，越是让西力感到别扭——再使劲也没有用，他实在是感到，自己并不能跟那个女人成为朋友，普通的都不行，更不要讲达到他对小熊的那个程度。

荒唐的是，即便意识到这一点，仍然不能改善西力的空虚与期待。随着时间的推移，随着这种半隔绝的飘浮状态越拉越长、越拉越稀薄，他一天比一天地渴望着，想再次见到小熊，想有进一步的依偎与托付。这显然是个悖论，难以向外人道，更难以向自己道，可分明又如此真切，西力被这拉扯的力量撕裂成两块。可真疼。

街市重又恢复后，慧谷广场的人流却没有很快回到从前的挤挤挨挨。旅行社的铺面转租了。金店门可罗雀。时装店也只上半天班，且试衣间不可使用。Q乐园说是又做了几次消杀，推迟了一周才开张，开张后没有再出现那只粉红跳舞熊。

没有了小熊的广场看上去倒也没什么不对，不久就有一个卖氢气球的瘦高男人，花花绿绿的，四处缓慢移动兜售，孩子们像小鱼一样围着他转，乐趣可一点儿也没少。也可能只有西力才惦记着它吧。磨磨蹭蹭又过了十来天，西力每天都在心里催促自己，得去Q乐园问问，小熊到哪儿去了，会回来吗，啥时呢。但老是提不起劲，主要也是怕人家笑话，他又不是小孩了，还打听这个。

直到有天下午，电脑又突然死机，怎么都活转不了，看看天色还早，索性抱到上次那家维修店，却发现老板换了，技术员因疫情所困要一周后才来，只好先把电脑寄在彼处。两手空空地回来，正好顺路经过Q乐园，无可回避，反正也没有了劳动工具，西力伸伸脖子，像要挨一刀似的，径直进去了。

好久没来了，或者是时辰不对，发现Q乐园里远比从前清淡，中间的大泡泡球池子和迷你沙滩都给围挡了起来，两只蓝色酒精桶上歪歪斜斜地搁着一张牌子：暂停使用。西力从攀爬架那里绕了一圈，找到员工通道方向，张望着往里寻摸。

一个胡子拉碴的男人正好往外走，不等西力开口就截住他："找哪个？"声音硬撅撅的，一点没有和气生财的意思，西力不禁嗫嚅，音量更低了三分，"嗯，你们的跳舞小熊，呃，不在广场上扫码办会员了？"

"还办啥会员？都他妈的要倒闭了。你看看，你看到没？有几个毛人？"他宽宽的身子堵住过道，骂了几句娘，突然想起来，"你意思是，要办会员？"

西力一愣，几乎要点头，想想不对，忙摇头，一边小心地，"我的意思是，生意不好做么，更需要促销。原来那个小熊，还是蛮有效果的，小孩子们都挺喜欢……"边说边看对方脸色。胡楂男人打断道："也就是个噱头。现在哪里还养得起噱头呢。"他又瞅瞅西力，眼神犀利地上下打量，"噢，敢情，你这是来找活儿的，来扮小熊？"

西力低头扫一眼自己的衣衫，看上去很落魄吗。他不介意，倒是觉得这个误解像是天注定，天撮合，他可不就差一份工吗。于是沉吟着，等老板接着往下。

胡楂男人的表情已发生变化，口气有了老板的威严，"就算是个卡通人偶，也跟所有员工一样，得有试用期。你先来做一周看看，嗯？"他停了停，可能是误解了西力游离的神色，退一步，"那三天吧，三天是起码的。如果合格，后面再谈工钱。"西力其实无所谓，可以长期，他只是担心一点，"那原来那一位，会再……"

"哦，正好借这次停业把她给辞了。她太麻烦了。在广场还好，反正她是熊嘛。可每次回来这里，卡通服都脱掉了，她还是自说自话的，追着要带着人家的小孩玩，搂搂亲亲抱抱，没轻没重的。有些家长很反感她这样，你想，现在小孩多金贵，外人哪里碰得……"

"为什么？她自己没有小孩？"西力让自己的语调尽量显得像闲聊，心下却紧张起来，几乎有点惧怕。

"妈的当初也是同情她，才应下的。这小熊的点子，就是她出的，自荐说她擅长蹦跶打滚，最会逗弄小孩子。早先确实也呼啦啦的，给我们带来一些会员。可这也拦不住投诉啊，我总不能跟在后面替她一个个地跟家长解释吧。您就行行好，把小孩借她抱抱吧，她太惨了，自家小孩出了那样的事情……"他咂咂嘴，皱起眉头，嘴唇闭了足有两秒钟，"问这些干吗，我这可还有事呢。你想好了，要干，就试个工。不干也无所谓。这小熊，也就为她特设的，工资不高，也没指着多大的效果。现在生意都这样了，马上泡泡球和沙滩都要拆掉了。讲实话，有的没的我也是无所谓了。"

看来是打听不出了，但显然，她小孩的事十分之残酷，以致连这位胡楂糙汉也不忍转述……西力忙点头说愿意，并且现在就可试工。老板转身带他走了几步，拐到一个库房模样的房间，打开灯，只见一堆乱糟糟的童椅、篮球、木马、三轮车，有的缺腿，有的少轮子，粉红小熊的衣服软塌塌卷成一团，扔在这些破烂当中，如果不是特别熟悉它的颜色和毛发，西力几乎都不会认出。

老板拎起来，抖落抖落上面的灰，又用袖口擦擦它两只黑黑的玻璃球眼睛，两头扯扯，向西力扔过来，"说不定还穿不下呢。这得小个儿才行。"

西力心中有一丝丝的愉悦。毕竟，他让粉红跳舞熊重又出现在广场上。匆匆行路的人们对它视若平常，似乎没人意识到，小熊曾经消失过一个多月。倒是卖彩色氢气球的瘦高男人稍微往另一个区域挪了挪，以此表达与小熊平分地盘的不犯之意。

衣服果然小了，加上大头小身的比例，腿部绷得特别紧。西力想起以前看到的小熊，脚脖子上总是堆着几层褶皱。最不舒服的是头，厚厚的大脑袋压在顶壳上，中心位置不大对称，两边乱倒，脖子分外地吃劲。黑白鼻头是用另外一种材料缝制的，贴合处一圈毛拉拉的线头，又痒又刺。最难受的是眼睛，两只玻璃球虽然挺大，但位置偏下，西力得垂着眼皮，以一个不足90度的视角看往外面。如果是大人，勉强只能看到对方腰部以下，小孩倒大都能看个囫囵。然而小孩子一出现，作为小熊，西力不免就得跳起来，要比划剪刀手，跳毽子舞，当然，还要亮肚皮，扭屁股，配合照相，还要抱抱……可能只有半个小时吧，或者只有十来分钟，已感到脖子酸痛无比，浑身汗透。怪不得老板说要试用，这不是谁都干得来的。

可西力喜欢这样，宁愿这样，并且一点也不肯偷懒或惜力，凭着所有能记得的画面，他全力以赴地模仿他的那只小熊，好像借此就能抒发出某种亲密而绝望的、永远不在同一个次元的情感。只有通过这身体上的辛苦，通过这狭窄的空间，以及只有自己能听到的大声呼吸，西力才依稀能感到一种故人重逢的喜悦，以及……就此别过的哀伤。我爱小熊，再见了小熊。西力在玻璃球后面热泪交流。透过泪水，他看到，准确地说，是感受到了落日时刻的到来。

慧谷广场上暮色将至，最后一缕金黄色的夕阳，穿过楼宇的缝隙，穿过清凉的空气，正打在小熊身上，使得它的皮毛在奔跑和颤动中闪闪发亮。

（原载《长江文艺》2022年第11期）

鲁敏，女，1973年生，现居南京。江苏省作协副主席。1998年开始小说写作，已出版作品《金色河流》《奔月》《六人晚餐》《虚构家族》《墙上的父亲》《惹尘埃》《伴宴》等三十余部。曾获鲁迅文学奖、庄重文文学奖、冯牧文学奖、《人民文学》小说奖、汪曾祺文学奖、《中国作家》奖、中国小说双年奖、《小说选刊》读者最喜爱小说奖、《小说月报》百花奖等。

宋骑鹅和他的女人

◎ 徐则臣

　　沿运河上行的驳船都不搭载她。一个女人，挺着个大肚子，上船不吉利。还带着个四岁的小姑娘。宋骑鹅的老婆，我们都认识她。小龚装着手里的那根没抽完的烟，车停在码头边不动，一手装模作样地搭在方向盘上，以为我没看见，又悄悄续上一根烟。我懒得说破，也盯着那女人看。我想小龚跟我一样都有点惋惜，一朵鲜花插在了牛粪上。她男人，宋骑鹅，一年前因为强奸罪被判了，关在淮城的监狱里。整个鹤顶都知道这事。不是因为宋骑鹅强奸，而是因为宋骑鹅家里有个如花似玉的老婆还去干这种事，大家想不通。又一个船主上上下下打量过她，还是拒绝了。

　　"第几个了？"

　　"什么，仝所？"小龚一愣，脸立马红了。这很好，说明他还年轻。二十啷当岁，多好的年龄啊。"第五个。真可怜。"

　　"事不过六。"我把脑袋搭在座椅后背上，闭目养神。

　　两分钟后，小龚说："仝所，第六个了。"

　　"去问问。"

　　小龚已经跳下车。又两分钟，小龚回到车门前，说：

　　"她要去淮城。到看守所看宋骑鹅。"

　　从鹤顶到淮城，四十七公里，再拐去看守所，二十公里左右。

"油够吗?"

"足够,全所。绰绰有余。"

我犹豫了一下。她挺着个大肚子。哪里不太对劲儿。

"让她们上车吧。"

这段时间除了在所里处理公务,闲下来我就会到外面跑跑。警员小龚主动请缨开车,他说从小就喜欢军绿色的吉普。要做好一个所长,待在派出所里处理案子固然重要,四处走走看看更重要,你地盘上的人和事弄明白了,你就可以科学地预判,阻止众多事件的发生。这话不是我说的,版权在我的前任老刘。他做所长时,一年有八个月时间在路上,鹤顶的犄角旮旯都留下了这辆旧吉普的车轮印。事实证明他是对的,在全县乃至全市,鹤顶都是犯罪率最低的乡镇。其他乡镇的所长都羡慕他,这刘头,整天在外头瞎跑,麻烦事就是不找他。老刘退休的时候跟我说,一般人我不告诉他,就一句话:治病不如防病。我信老刘的,绝对的经验之谈。接了老刘的班,伤痕累累的吉普也继承下来,第二天我就坐着上路了。不到一个月我就把整个鹤顶转遍了,每条巷子都钻过。不过没关系,再来第二遍。还会有第三遍、第四遍,直到我也退休,把这条经验传给我的下一任。

宋骑鹅的老婆和女儿坐在后排的两个座上不说话。感谢的话刚上车就说过了。我从车内后视镜里看见这女人的左嘴角有颗痣,相书上说,这样的女人招人疼,洋气一点的说法是:有风情。说谢谢时她的嘴巴稍稍有点往右歪,一口南方口音。我们都知道她是宋骑鹅当伙计的船主的女儿。能把船老大的漂亮女儿搞到手,这小子还是挺有点手段的。

没到午睡的时候，小丫头很精神，两只大眼睛经常往后视镜里看，弄得我和小龚瞟一眼后视镜都像做贼。要是一路都不吭声那就太怪异了，我问宋骑鹅的老婆：

"宋骑鹅在里面还好？"

"嗯。"她扫了一眼后视镜，"五个月前去看他，胖了。"

五个月前？我突然明白为什么有点怪了，我想小龚一定也清楚。宋骑鹅是十三个月前犯的事，折腾来折腾去，抓到了判完了已经过了一个月。满打满算，在里面也有十二个月了。我记得这么清楚，是因为那会儿我刚从警校的所长班进修回来。也是像现在这样，我们开着车穿行在鹤顶的大地上，老刘坐在副驾座上侃侃而谈，开车的是我。老刘把案件的来龙去脉向我一一道来，希望我接手所里的工作后，也能火眼金睛，像米袋子里拣沙子一样，把坏人给揪出来。上任后我又请老刘喝了顿酒，过了八两他的舌头大得不行，但还是清晰地说："完美收官。完美收官。"他对这个案子相当得意。

一年了，她的肚子竟然大了。看样子没八个月也得六七个月了。据我所知，以现有的法律，这一年里她应该没有机会在看守所里过夜，宋骑鹅更不可能溜出来。那么——小姑娘打了个尖利的喷嚏。小龚扭头告诉她如何摇上车窗玻璃，窗外的野地里草木葱茏。我这一边是运河，水面上游动着一支二十六艘驳船首尾衔接在一起的船队。

"见到爸爸想说什么？"小龚问小姑娘的时候瞥了我一眼。我笑笑。

"说爸爸我要有个弟弟了，"小姑娘轻声说，有点害羞，"也可能是妹妹。"

"淼淼，别乱说。"她妈说。

"对不起。"小龚咧咧嘴。

车里再次陷入沉寂，但这辆早该退休的吉普隔音效果极差，轮子底下崩出一颗石子的声音都听得一清二楚。还有风吹动河边芦苇叶的喧哗，以及穿行在芦荡间的各种鸟叫。离中午越来越近，气温在攀升，沉默的不适感消失之后，我也感到了午休提前来临的昏沉。我摸出一根烟，在右手拇指和食指、中指之间捻动，头一回闻到了干烟丝的香味，慢慢就闭上了眼。

可能十来分钟，也可能只有几秒，宋骑鹅老婆突然开口。我睁开了眼。

"到了那里，能等我一会儿吗？"她说，但口气完全不像在征求我们的意见。"就十分钟，顶多二十分钟，说句话我们就出来。"

大老远跑过来就为了说句话？小龚看看我，我正掩住嘴想打个哈欠，忍不住了。

"我就问他，想不想要这个孩子。"她应该在拍自己的肚子，嘭嘭。

那个哈欠打到一半，生生憋了回去。我被噎得眼都瞪大了。小龚这一次没看我。我咳嗽一声说：

"可以。"

看守所没想象得那么荒凉，起码在那周围你能找到两个小馆子和一家招待所，零零散散还有几十户人家。在看守所门前停下，下了车，宋骑鹅老婆背上包，牵着孩子走了几步停下来，把孩子丢在原地，一个人走回来，隔着车门对我说：

"这孩子不是他的，所以我要问问他。"

然后转身去牵孩子的手，往看守所大门走。她的表情无比平静，就像在跟外人展示一件衣服，如果她男人不能穿，那就把它扔掉。小龚对此颇为吃惊，这话她都敢说。我笑笑，这正是这女人的聪明之处。她在我们眼前挂了根胡萝卜，只要我们有了好奇，就会敞开车门坐等她们回来。但现在首要的任务是抽上根烟，然后找个地方吃点东西。

两根烟之后开始吃饭，很简单，就是一碗面。吃完了大汗淋漓。二十分钟过去了。我让小龚别着急，哪怕只说一句话，前前后后的路要走，程序得合法，哪是你一路小跑就能直接冲到目的地的。

"那，仝所，"小龚说，"当年宋骑鹅的案子到底是怎么一回事？"

我让饭馆老板结账，再来两笼包子、两瓶水，给宋骑鹅妻女备着。回到车上，我跟小龚说起上一个惊动了鹤顶的春天，那会儿他还在警校等着毕业。

故事开始时，小鬼汉里的芦苇已经铺天盖地。小鬼汉，听名字就知道不是个讨喜的所在。这是一片生在鹤顶段运河边上的芦苇荡，浩浩荡荡几百亩，到晚上风起苇尖，阴沉喧嚣如有十万伏兵。冷兵器时代和抗日期间，据说每一丛芦苇旁边都曾缠绕过一具尸体。鹤顶人都很少去，进去了绕不晕的也没几个。有一天下午阳光大好，一个打野鸭的划了小船进去，在曲里拐弯的芦苇丛中发现一条小船，船上有个四肢被捆绑起来的年轻女人，眼睛蒙着，嘴里塞了一条毛巾。打野鸭的救了她，然后陪着去派出所报了案。

那女人二十九岁，两天前搭了一艘运木头的船，打算到淮城去坐火车。中午跟船上的人搭伙吃午饭，他们一定让她喝酒，她就喝了两小杯。只记得饭后头有点晕，等醒来，已经在芦苇荡里的小船上了。四肢被捆在一起，看不见，也喊不出声。那时候几点根本不清楚，只听得鸟叫越来越稀薄，天也越来越凉。幸好船上留了床被子，她一直往被子底下钻。不仅仅是因为冷，还因为芦苇荡里涌动的声响。习惯了声响之后，更让她恐惧的是突然出现的寂静，以及静默中陡然响起的凄厉鸟鸣。作为女人，她不需要并拢双腿就知道自己被强奸了，而且不止一次。

她不记得运木船的编号，连船的特征也说不出个所以然来。这很正常，运河上的货船长得都差不多。但她记得船上有四个男人，一个五十多岁，络腮胡，是船老大；四个人口音都不一样。姓孙的女人能提供的信息就这么多，她的背包也不见了。

说实话，这样的案子让人挠头。水上的流动性太大，很多人真就是一去不复返。那段时间老刘掉了很多头发，脑门上精心保存的那一撮也被他焦虑时不小心揪没了。老刘得意处，首先在于他的判断比较科学：如果绑架和强奸者在运木船上，他们一定会回头，把受害者留在小鬼汉里，为的是再干一次坏事，否则没必要；他们将很快出现，要不受害者很可能会饿死在小鬼汉，也有可能出现其他危险或者被发现，他们对自己的时间有足够的自信；第三，嫌疑人中应该有熟悉小鬼汉的，照打野鸭的描述，藏着孙姓女人的小船停在一处十分隐秘的芦苇荡里，一般人没这本事。鉴于此，老刘从河道管理处拿到了前几天经过本地的所有运木头船只的记录，让警员在鹤顶的码头守着，相关的船只逢过必查。他自己跟往常一样，坐着吉普满鹤顶转悠。

老刘跟我说，他不是瞎转悠，他把鹤顶吃水饭的人家都反复查看了个遍，跑船的、打鱼的、水上养殖的、码头上跑出租带货的，一个没落下。他确信有鹤顶的"内鬼"。

两天回来三艘运木船，经受害者指认，一艘镇江的船被扣下。船上只有三个男人，口音不同，没一个是本地的；船老大的确是络腮胡。但三人坚称他们只有三个人，也从没见过受害者，更不可能跟她一起吃饭。络腮胡说，长途跑船谁会让一个陌生女人上船？祖宗的规矩不能坏。麻烦来了。

老刘问受害者："确定四人？"

"确定，"受害者说，"那一个比他们都白，也比他们胖。"

"口音呢？"

"跟你们有点像。我对声音不是很敏感。"

跑船的胖的不算少，但白的不多。风吹日晒，白面团几年也得变成荞麦色。老刘突然想起昨天中午，吃过饭他一个人从所里出来，沿运河街溜达，看见一个白胖脑袋从一扇院门里露出来，嘱咐闺女注意脚底下，别被石子绊倒了。那时候运河街的水泥路面只修了半截。小姑娘答应着，还是蹦蹦跳跳，没走多远，踩到一颗圆溜溜的石子上，一屁股坐到地上。老刘顺手扶起她，问：

"这是要去哪里啊？"

"买酱油呀。"小姑娘张开双臂，神气地比画，"我爸带回来一条这么大的大鱼，做红烧鱼给我吃。"

老刘记起了宋骑鹅的名字："你爸骑着鹅抓到的鱼吗？"

"不对，我爸是坐在船上抓到的。"

白白胖胖的宋骑鹅刚回来。他让警员把宋骑鹅带来，跟受害者和三个嫌疑人对质。宋骑鹅与三个嫌疑人声称相互不认识，他也没见过受害人；但受害人确定宋骑鹅就是她在船上看到的那个白胖子。她说，喝完第一口酒，宋骑鹅的脸就红了，因为人白，皮肤过敏就更显眼，她不会看错。

"这好办，"老刘说，"上酒。"

宋骑鹅端着粮食大曲的手开始哆嗦，嘴凑在杯口迟迟不喝。这已经足够了，他的脸慢慢红起来。不是难堪的红，是过敏红，闻着酒味都不行，肥白的腮帮子上红色呈块状分布。老刘一拍桌子，大喝一声：

"宋骑鹅，招了吧！"

宋骑鹅看看那三个人，他们拿白眼珠看他。宋骑鹅说："我不认识他们。"

"宋骑鹅！"老刘又大喝。

"我认识他们，"宋骑鹅低头说，"他们不认识我。"

先笑出声的是脸最黑的汉子，他说："你他娘的宋骑鹅，你这叫什么屁话！"

接下来船老大和瘦麻秆伙计也笑起来。

瘦麻秆说："算了，别为难骑鹅兄弟了。"

船老大先用眼神询问他们俩，然后问："决定了？"

黑脸和瘦麻秆咳嗽一声，响亮吐出一口痰："多大事！兄弟，想说啥就说啥吧。"

宋骑鹅斗争了足有一分半钟，脸越涨越红。我回到所里后，据老刘和当时在现场的同事转述，宋骑鹅憋得嘴唇和两腮直抖，突然抓起酒瓶子，咕咚咕咚一口气灌下了半瓶，呛得一串咳嗽。咳嗽停息，他用衣袖抹抹嘴，说：

"跟他们没关系，我干的！"

黑脸和瘦麻秆相互看对方，一块儿笑起来，瘦麻秆笑得拍起了大腿："就你，宋骑鹅？你行吗你？"黑脸也说："兄弟，你确定？"

络腮胡一人给了他们一脚，板着脸训斥："正经点，这是派出所！别瞎放屁，要拿事实说话！"他转向宋骑鹅，"骑鹅，你照直说。"

"是我干的！"因为绷着脸，宋骑鹅的腮帮和嘴唇反倒不抖了，"我一个人干的。我没听你们的劝，下了船还是把她弄到小鬼汉了。"他笨拙地转过身，指向受害者刚才站立的位置，为了避免精神上再受刺激，我同事已经把她带离对质现场。"我强奸了她！强奸好多次！我有罪！我认罪！"宋骑鹅哭起来，嘴越咧越大，身体慢慢委顿到审讯室廉价的地砖上。

沉默。

后来，船老大和黑脸和瘦麻秆逐一走到他跟前，语重心长地拍了拍他肩膀。

"这么顺利就破案了？"小龚问。

"你要多复杂？"

"没别的疑点？比如——"

"这就是结论。"我深吸一口烟，吐出三个套在一起的烟圈。受害者是外地人，案子拖久了对谁都不好。"你知道什么样的结果才是最好的结果，小龚？"这个问题对小龚显然过于唐突。当时老刘问我，我也蒙。所以我跟老刘一样，半分钟之后自问自答："凡事莫要节外生枝。"

一个小时后，宋骑鹅妻女从看守所大门里走出来。母女的脸上都看不出鲜明的表情，好像她们只是例行去了趟杂货店。小龚把包子和水递过去，她们狼吞虎咽地吃。天早过午，该饿了。

车启动，我们往鹤顶走。有一段路况不好，小姑娘在颠簸中睡着了。从后视镜里看，宋骑鹅老婆也闭上了眼。但我一直琢磨什么时候开口合适，有些问题真是想不通。小龚也是，我们俩的目光好几次在后视镜里碰了头。午后气温迅速上升，夏天似乎要扑面而来。几乎在我又一次看后视镜的同时，宋骑鹅老婆睁开了眼。她说：

"他同意了。"

小龚问："同意什么？"

"要我肚子里的孩子。"

"哦——"小龚的声音长得百感交集。

"他，不能生。"

我把脸转向她，但转到一半就停住了。不能生不意味着他就得要别人的孩子。

"我跟他说了，如果他不要，我就跟别人过。怎么不是一辈子。"

"他就答应了？"小龚插了一嘴。

小姑娘的脑袋磕出一声响，吧嗒一下嘴又睡了。她把女儿往怀里搂了搂。"这个也不是他的。"她的脸上依然风轻云淡。

如果真不能生，这也不意外，但我还是把脸彻底地转向了她。

"他不行。"说这句话时，她正看着窗外一棵棵倒退的杨树，眼睛里显得白多黑少。我干脆直说了：

"还是不太明白。"

"他一直，不行，但他是个好人。"

"一直？什么时候开始？"

"认识他的时候。他给我爸打过几年下手。我爸是船老大。"

我等她继续说。

"我家就我跟我爸，我妈早死了。习惯了把船当家，岸上那个房子我们很少住。我知道他喜欢我，我爸也希望我俩好，让他做上门女婿。我爸说，水上的饭吃不了一辈子，你身子骨再硬也硬不过水。但他不行。真不行。我也没办法。后来，我遇了事，你知道的，好几个人。跑船经常会有这种事，天长日久在水上，一个个早憋红了眼，二两猫尿一下肚就成了畜生。我怀孕了，谁的种都不知道。信了几个江湖郎中的野方子，也没打掉。

"肚子一天天大起来。坏事传千里，半条运河上的人都知道了。他还想着我。我还是不同意。是你你也不答应。当然他也没明确说出来，就是对你好，好到招人烦。我家的船没多久出事了。我爸喝高了，把别人的船给撞了。你真得信命，船走得好好的，怎么就冲上去了。把人家船撞坏了不说，把人一船货也给弄沉了。赔得吐血，我们家船整个搭进去也填不上那窟窿。他把所有的积蓄都给了我爸，条件就一个，我跟他。没了船，我就跟他来鹤顶了。"

"去年那个事，你怎么想？"我试探性地问。

"还能怎么想？"她说，"想干他还得有那能耐。但他哭着喊着非要认，我有什么办法。"

"没别的原因？"

"你什么意思？"

"随便问。你可以当作没听见。"

她两个嘴角一翘，竟然笑了。"我怕什么？一个守活寡的，破鞋一只。"她的眼里猛然放出肆无忌惮的精光，"过日子不就那么回事吗，有什么不敢说的？敢做，我就敢说。那段时间我跟别人好了。后来留下了这个种。"她又拍起自己的肚子，"他自己过不去那个坎，我也使不上劲儿。过日子，就这么回事。能给我根烟吗？"

我扭着上半身，指指正在瞌睡的小姑娘和她的肚子。

"都习惯了。"她接过烟，自己点上。吸第三口，呛着了，眼泪流出来的同时，她哭起来。

"对不起。"我不好意思地转过身。

"没事。你是警察，你想问什么就问什么。"她响亮地抽动鼻子，尽量把烟雾往车窗外吐。"平常他们都在我背后指指戳戳，没一个敢光明正大问的。想说我都没机会说，憋死我了。你只管问。"

"抱歉，我就是职业病。那姓孙的女人，藏小鬼汉，跟宋骑鹅有关吧？"

"这我真不知道，也没问过。我就知道家里少了一床被子。"

"姓孙的女人说，还有人给她送过一次吃的。"

"我相信。"她说，"他是个好人，人义气，菜做得也好。"然后停下来，很长时间没声音。我扭过头去看她，那根烟早就抽完了，她在一声不吭地哭。见我看她，她又抽一下鼻子，用右手拇指掸掉眼泪，"不想说了。"

现在路面整齐，旧吉普跑得也平稳。小姑娘睡得很沉，妈妈给她调整了一下睡姿，让她汗津津的脑袋枕在自己腿上。小姑娘咕哝了一声。

一直没说话的小龚问："她说什么？"

"说她爸是世界上最会讲故事的人。"宋骑鹅的老婆说，"说梦话呢。"

（原载《花城》2022年第1期）

徐则臣，1978年生，毕业于北京大学中文系，现任《人民文学》杂志副主编。著有长篇小说《北上》《耶路撒冷》《王城如海》，中短篇小说集《跑步穿过中关村》《如果大雪封门》《北京西郊故事集》等。曾获老舍文学奖、冯牧文学奖、华语文学传媒大奖等多个奖项。2014年，短篇小说《如果大雪封门》获第六届鲁迅文学奖，同名小说集获中国好书奖；2019年，长篇小说《北上》获第十届茅盾文学奖、中国好书奖、中宣部"五个一工程"奖。部分作品被译为英、法、意、西班牙语、阿拉伯语等二十个语种。

拿一截海浪

◎ 弋 舟

时隔多年，贺轶宁驱车还乡，奔赴女儿的婚礼。一条狗从盘山公路左侧的陡坡滚下来，被他那辆租来的比亚迪汽车撞飞。那条倒霉的狗，倒像是辆没刹住的车，裹着股黄尘腾空而来。它的"制动"失灵了，或者干脆就是条疯狗。俨然一条浑圆的土黄色麻袋从天而降。事实上，贺轶宁一刹那也以为被自己撞飞的是一只塞满了土豆的麻袋。对，就是塞满了土豆的麻袋。土豆与麻袋，在贺轶宁的故乡经验里，缺一不可，全然是一体的——土豆必然要塞在麻袋里，而麻袋，如果不塞满土豆，就不能称其为麻袋。离乡多年，故乡打在他灵魂里的烙印，一瞬间，在这突发的状况下被激活了。

塞满了土豆的麻袋凭空而来，先是砸在车前盖上，继而跌至车头，还未落地，又被击发般地撞向天空。贺轶宁看着它像一颗炮弹，射向足足有一百米远的前方，落地后，巨大的惯性让它继续在路面上翻滚，直至被弯道处的山体挡住。

车身在跳跃，在震颤，骤然被安全带勒回椅背的那股力道，让贺轶宁感到有把刀将他的身体劈成了两截。

这辆租来的比亚迪刹车也不是很灵光，几乎同时冲到了弯道处才停下。那条垂死的狗挣扎着拱起了背，它的肚子破裂开，红红白白，污血与内脏糊在公路上。空气中是橡胶烧煳了的味道。盯视了片刻，麻袋的幻象从脑子里打消，贺轶宁倏忽认清了形势。但他还是感到恍惚，身体与灵魂仿佛都不在此刻的现场。

他伸手去摸放在副驾驶座椅上的手机，手机摔在下面了。他侧身去捡，被安全带勒紧的前胸一阵刺痛。他闭上眼睛，顺顺气，解开安全带，缓慢地调整一下坐姿，艰难地俯下身，努力伸长右臂，用指尖一点一点将手机划拉到手里。重新靠坐好，他镇定下来，拨通了女儿的号码——这会儿，她应该穿上婚纱了吧？

女儿是做房地产销售的，一度扮演幸福的业主，为公司的宣传册拍过穿着婚纱的造假照片。女儿把那本宣传册寄到了海南，他一直留着，尽管上面的女儿一点都不像女儿。但这次是真的。

"贺音，"他说，"我出事故了。"

"12点能赶到吗，爸？"

车前盖被砸出了很大一块凹陷，他又一次顺了顺气。

"——噢！怎么了？什么事故？"

"撞上了一条狗。"

分明是鼓了下勇气，他才能抬眼去看那条倒地的狗。狗在抽搐，体积有很大的一摊，不知原本壮硕，还是毙命前可怕地膨胀了。

"一条狗，爸？"

"对。"

"没事吧，爸？"

"不太好，应该是活不了了。"

血从狗嘴里汩汩地向外冒，狗的獠牙却在晨光里洁白无瑕。

"我是问你没事吧，你没事吧？爸！"

"我没事，应该没事。"

他胸腔那里开始感觉到尖锐的痛。

"车呢？"

"不知道，也没问题吧。"

"你觉得你还赶得到吗？"

他一下子不知如何作答，感到自己也说不准。

"我都说不让你租车了，叫个车不是更好吗？"

是的，他想，自己不但可以叫个车，还可以在昨天傍晚落地后就直奔固原，为什么要在银川逗留一晚呢？

"我给你带了礼物，想自己拉给你。"

这是个说得出口的理由。贺音在手机那头沉默了。

"我得挪下车，"他说，"前面是个弯道，停这儿很危险。"

"车能动的话就赶快上路吧。"

"那条狗……"

那条狗站起来了，正向他蹒跚着过来，拖地的肠子像粘连的胶水，将狗的身子藕断丝连地和路面黏作一处。

"肯定是条野狗，别管了。"

他盯着车窗外，好像听到了喑哑的呜噜声。

"它站起来了，在叫。"

"别管了，"贺音说，"要不怎么办呢，你要给它叫辆救护车吗？"

当然不，他在心里说，看着窗外那条狗再次扑倒在地。

"当然不。"他说。

"爸。"

"嗯?"

"实在赶不及也没关系。"

女儿吸气的声音被他听到了。那是很长的一口气,人往往在做重大决定的时候,才这么吸气。

"你不希望我赶到吗?"

"爸!"

"我在听。"

"如果车还能开,就挂了手机赶紧上路吧。"

"你要忙起来了吗?"

"是,"贺音说,"这是婚礼,我是新娘,我们不要为了条狗添乱,好吗?"

"好。"

"我现在要弄头发,实在没时间了。"

"那快去吧,快去。"

"你没问题?"

"快去吧。"

他挂断手机,发动车子,将车倒至安全的位置。正当他准备重新上路的时候,又一条狗出现在前方。是条脏兮兮的黑狗,骨瘦嶙峋,屁股后面光秃秃的没了尾巴。它从弯道的另一方绕了出来,如同明星闪亮地登上了舞台。

贺轶宁下意识地升上了车窗玻璃,一时间不敢相信这都是真的。

黑狗冷静而稳重地立在公路中央,像一个断案的执法者。它并没有靠近那条奄奄一息的同伙，只是一动不动地看着车内的肇事者。

没错，贺轶宁觉得这条狗就是在和他对视。他见过很多狗，但没有被哪条狗这样直愣愣地对视过，不禁有些发虚。他长摁了一声喇叭。黑狗退缩了一下，来回捯腿，抽风一样，继而重新站稳了脚跟。贺轶宁伸手摸水，发现那瓶矿泉水也滚落在座椅下了，他嘟哝着，再次艰难地捡起了瓶子。喝了半瓶水，他发动了车子。车速不快，他很慎重。但那条黑狗视若无睹，丝毫没有避让的意思，不过是微微地发着抖。比亚迪停在了距离黑狗十米远的地方，他再次长摁喇叭。黑狗的耳朵竖起来，它居然不退反进，向前逼近了几步。贺轶宁不由自主地将车倒后了一点，随即暗骂自己是个没用的蠢货——这不是露怯吗？

这截公路是六盘山上的省道，路面逼仄。他目测自己难以从黑狗当道的现实下脱身。除非将它也撞飞。

"真是见了狗了。"

他低声诅咒，给自己点了支烟，审度着眼下的局势。过了会儿，他重新启动引擎，发狠向前冲去。在发动机的轰鸣中，黑狗跳将起来，有个本能的躲避动作，而后竟趔趄着，腾空反向迎了上来。那感觉，就像是空前地闪了下腰。贺轶宁手脚并用，急打方向盘，同时踩下刹车。汽油和空气在汽缸内猛烈地爆炸燃烧。车体飘移，他应激着倒车，但无法确认车子是被左侧的山体弹了回来还是被自己驾驶出的结果。

"见了狗了！"

他大叫。腾挪后的黑狗也是半天找不到重心，嘶吠着踉跄。

而那条卧地不起的狗，显然遭到了碾压，肚皮上有一道刺目的轮痕，周边全是秽物，如同引爆了一般。

贺轶宁拼命定神，抖索着用手机拨号。他先是拨了110，立刻挂断，继而又想拨120，好在最终还是准确地拨通了122。

"交通事故报警电话。"

一个普通话不是很标准的女性接线员说。

"见狗了！我撞了条狗！"

"一条狗？"

"是，还有一条……"

"什么意思？"

"还有一条黑狗，挡在路上！"

"你冷静一些。"

"好。"

"你没问题吧？"

"没有，我有什么问题？"

"那就继续驾驶吧，肯定是野狗，不会有人追究你责任的。"

"我知道，肯定是野狗，但是我过不去了，它挡着我。"

"谁？"

"狗，黑狗！"

"你在车上吗？"

"是。"

"那没问题，它又咬不到你。"

"它不让路，我总不能再撞死条狗……"

他听到对方咻咻发笑。

"你开慢点儿，"对方说，"嗯，从狗身边蹭过去，它会躲开的，一定会躲开的，我不相信它不躲，顶多就是冲着你叫两声。"

"我试过了，别说开慢……"

手机已经被挂断了。

他抹了把脸，木然靠进椅背。死狗肯定是死透了，但狼藉遍地，死相有股喧闹的、热气腾腾的活力。活着的，那条无畏的、没有尾巴的、骨瘦嶙峋的黑狗，靠近了它的同伙，仿佛怀着某种审慎的悲伤，一边低吠，一边警觉地看向他。它始终不碰死掉的那条狗，只是不时伸长舌头舔一下公路上迸溅着的血污，然后又重回挡道的最佳位置。人和狗对峙在六盘山上。

"躲开，"他咕哝着，"是它撞的我，不是我撞的它。"

他让车身向前拱了拱，不易觉察地前进了一个车轮的距离，然后，再向前拱了拱。死狗横尸在车子的左前方，贴地的尾巴竟然像一颗心脏似的兀自跳动。他继续让车子蠕动着前进，直到那条黑狗突然弓起了背，冲着他龇出獠牙。他停止了冒进。它蓄势待发，黑毛因为参开，通体变成了一种森然的、说不清的颜色。让贺轶宁恐惧的是，他感到自己的恐惧里有种古怪的喜剧性，隔着车窗玻璃的黑狗仿佛只是一团抽象的概念，这团概念悬浮在他的道路上，既邪恶又滑稽，既残忍又诡异。

他短促地按了声喇叭。

黑狗身体后顿一下，又迅速前倾，抖擞着，却似乎更逼近了几寸。

"妈的，我得去参加贺音的婚礼。"

他的确是冲着狗说的。黑狗舔着地上的残骸，被它舔过的路面泛出一层油脂般的光亮，像是给柏油路面打上了蜡。

"我从海南飞回来的，把路给我让开好吧？"

他歪了下头，再次看到一侧的死狗。它真是死得无比壮观。他让车子再次向前拱了一下，感到车轮轧上了什么软乎乎的恶心东西。黑狗的身子降低了重心，它在低吼，全无妥协的意思。他打着手势，它的眼睛不受干扰，始终聚焦着他的脸。

"我有十五年没回宁夏了。"

他低声说，让车身再次前拱。现在他和黑狗的距离差不多就是一个车头那么近了，它要是一跃，便足以扑在车前窗上。他闭上眼睛，轻微地踩下油门。张开眼睛，他看到黑狗稳步后移，退出了车子前进的那一小步。黑狗的前半身低俯，没有尾巴的屁股高过了脊背和狗头，看上去都不像是一条狗的屁股，也让狗看上去都不像是一条狗了。再一次，他重复之前的操作，眼睁睁地看着黑狗歪歪扭扭却是冷静沉着地跟着退后。他进一步，它退一步，但决不让路。

世界倏然阒寂，是那种比无声更加无声的静默，但又是陡然地喧哗一片，哨音般的尖削。他分明感到自己的听觉转化为了视觉，有道可视的声音，像大幕一样从空中落了下来。席地漫天的大幕里，他看到了自己的前妻，贺音的母亲，黄笑锦，亦步亦趋地后退，倔强地拦阻着他的去路。此刻，他的脑子里还原了十五年前离家时的这一幕，又一次绝望地领受着某种古老的顽强，就像此刻这条黑狗与他形成的困局。

他缓缓地将车子倒后。黑狗没有跟进，前腿直立，恢复了正常的站姿。倒退几十米，他停了下来，看着那条狗慢慢向前迈进，又一次开始舔舐路面上的脂肪和血沫。他把头靠在车窗上，拨通了向红的手机。

半天没人接听，他又拨了一次，最后放弃了。拿起矿泉水瓶，他喝光了剩下的水。这时向红回拨了过来。

"已经在路上了吧?"

她的声音不像是刚睡醒的样子，听上去竟有些像刚才的那位女接线员。

"在路上了，天没亮就动身了。"

实际上，他差不多已经开了三个小时的夜车。

"来得及，你别太赶，注意安全。"

"遇到了点儿麻烦。"

"怎么了?"

"撞了条狗。"

"狗?"

"是，它自己掉下来的。"

"掉下来的? 怎么回事?"

"噢，好像是从山上滚下来的，我还以为是一麻袋土豆。"

"一麻袋土豆……"

"是啊，那时候不是经常用麻袋装土豆吗。"

"哦，那还好。"

"还好?"

"先不说了，你没事就好，"她说，"我这儿有些事正在处理。"

挂断手机，贺轶宁又给自己点了支烟。那条黑狗已经不看他了，顾自舔着路面，慢慢地，打着转地舔到了死狗身边。他一边抽烟，一边想，狗会不会吃狗？

贺轶宁五十五岁了，在宁夏时，他做过数学老师，公务员，上岛后，他做过一家报社的财务，狼狈时开过餐馆，当过旅游品加工厂的业务经理，但世界于他，就算穷尽想象，仍有许多的未解之谜。比如，狗会不会吃狗这样的问题。此刻，他为自己的无知感到了痛苦，因为无知和无能，还有无力，杂糅成了一股无助的、对自己深感厌弃的情绪。现在那条黑狗似乎也无视他了。它专心地舔着路面，不时抬起头龇下牙，像是嘴里的滋味过于浓厚了。

这时他想到了后备厢的那截海浪。如此剧烈的折腾，那截海浪不会碎了吧？为了这截海浪，他差不多跟自己的老板翻了脸，最终谈下了价钱，用光多年的积蓄，他还要补上自己的年终奖金。他在这家公司干了快六年，时间不能算短了，但显然也不足以让他得到额外的优待。那截砗磲雕刻的海浪，五十多厘米长，通体紫色，有着耀眼的亮丝和绿色的肠管，算是公司的镇店之宝，尤其现在国家还开始禁售砗磲，就越发宝贵。当然，价格不菲。其实就算给他更大的优惠，也显而易见地超出了他的购买力。为了这截海浪，他现在算得上是一无所有了。在岛上混了十五年，他并没有成为一个"成功的人"，他全部的努力，如今都交付给了这截海浪。

那条黑狗怜悯地看着他。它像是舔饱了，嘴上脏兮兮地粘着同类的脂肪和毛。

"滚开吧，"他吼，"把路让开，不想死就给老子滚远点儿。"

他拍打着方向盘，又用空矿泉水瓶向它挥舞，但那条狗纹丝不动。他沮丧地靠进椅背。

后方响起了汽车喇叭声。后视镜里出现了一辆灰色的丰田越野车。来车在距离他几十米的地方停下，他看见一个穿着皮衣的男人从车上跳了下来。他按了下喇叭，提示对方有危险，但那男人远远地打着手势，还是走了过来。他的心悬了起来，举目张望，天啊，那条黑狗竟凭空神秘地消失了。

"伙计，"男人趴在车窗外向他打招呼，"遇上麻烦了？"

"是，你看，喏……"

他降下了车窗，有些语无伦次，震惊的情绪一时难以平复。

"噢，还真是个麻烦，你这个事故不算小。"

男人好像这时才看清那副惨烈的场面，一边说，一边击节赞叹般地拍着手。他看到对方还戴着一副皮手套。

"是它自己掉了下来。"

说完贺轶宁就后悔了，觉得像是个懦弱的推诿。

那个男人转身走近死狗，背略微有些驼，似乎年纪不算小了。但他的派头，还有皮衣和皮手套，让贺轶宁一下子拿不准。男人弯下腰，手拄在膝盖上，看了会儿死狗，然后直起身子伸脚扒拉了一下狗腿。

"野狗，"男人用下结论的权威口气说，"够肥的，肯定没少叼羊。"

"还有一条。"

"在哪儿？"

贺轶宁下了车，他觉着自己再不下车就丢人现眼了，但他依然很紧张，眼睛四下打望，警惕那条黑狗不期然又蹿了出来。

"刚刚还挡在这儿。"

"跑了?"

"可能是吧。"

"正常,这条路车少狗多,经常有被大卡车碾爆的,黏在路面上像一摊长了毛的奶油,揭都揭不起来,养路工得用铁锹铲。"男人说得很生动,"你这条还行,算个全尸。"

贺轶宁不知怎么接话,因为男人说得好像他还占了个不小的便宜。

"你怎么不走高速?"男人摘了右手的手套,摸出盒烟,递一支给贺轶宁,问他,"为了省钱吗?"

"我有十五年没回来了。"

他想说的意思是:离家太久,自己已经不怎么认路了;还有就是,他也想走走老路。

"可以导航嘛。"

他又不知道怎么接话了,好在男人转身又去看那条死狗。

"可不能扔在这儿,"男人说,"拐弯的地方,吓了人容易出事故,咱得把它弄走。"

"怎么弄听你的,兄弟。"

"兄弟?"男人回过头,冲他扬了下手套,"我都快七十了,吃过的羊比你见过的都多。"

他愣住了。

"搭把手。"

"什么?"

"把狗抬走啊。"

男人说着已经用戴着手套的左手拎起了死狗的一条前腿，见他没跟上来帮忙，回身将右手脱掉的那只手套扔给了他。还好，他接住了。

戴好手套，他拎起了死狗的后腿。

"你不要吧？"

"什么？"

"这狗你不要吧？"男人嘴里叼着烟，说话像是嘶嘶地吸着冷气，"眼看着入冬了，正好煮一大锅。"

"不不不，我不要。"

他跟着男人走，觉得这条死狗有一头猪那么重。

"我是回来参加女儿婚礼的。"

他也不知道自己为什么要补充一句。

"真的？"

"真的。"

"恭喜啊，她多大了？"

"二十七。"

走到丰田越野的车尾，那男人掀起后盖，和他协力将死狗扔了进去。他惊愕地看到，车里居然还有头活着的羊。

"那就祝咱闺女新婚大吉。"男人"嘭"的一声合上后盖，向他伸手说，"给我吧。"

"什么？"

"手套。"

他连忙摘下右手的手套，看着男人戴回手上，大功告成似的又拍了拍手。然后，男人上了越野车，按一声喇叭，左手从车窗伸出来，摆一摆，扬长而去。

他站在公路上，感到全身发软。在这条归乡的路上，他碰上了两条和他势不两立的野狗，又碰上了一条礼遇他的硬汉，两者叠加，只能令他倍感自己的无能与软弱。他差不多是拖着腿回到了车里。摸手机的时候，他才发现左手上血腥的秽物，可能是刚才脱手套时弄上的。发动起车子，他拨通了女儿的手机。贺音的声音明显有些不耐烦。

"解决了，"他说，"幸亏有人帮忙。"

"那就好！"

"就要入冬了，那人说可以煮一大锅。"

"爸！"

"怎么了？"

"你别扯东扯西了。"

"噢，你忙你的。"

"对了，"在他以为手机要挂断的时候，贺音又急迫地问，"那条狗是什么颜色？"

"什么颜色？"

他看了看自己左手的手指。

"到底什么颜色啊？"

"你问哪条？有一条是黄色的，还有一条是黑色的。"

"黑狗！"

贺音大叫了一声。

"是，那条挡道的……"

"刚才刘叔说黑狗不吉利！"

贺音像是在冲着手机喊，随后终止了通话。

他感觉腹内有什么东西涌了上来，狠狠地顶住了他的嗓子眼。"刘叔"是贺音的继父，他离家不久，黄笑锦就嫁给了这个男人。他拼命地吞咽，起初还有口水，后来就仅仅是徒劳地做着吞咽的努力了。

转过一道山弯，不期然，那个硬汉的丰田越野停在前方，而硬汉本人，牵着一头羊威风凛凛地站在车后面。贺轶宁把车停在路边，茫然地看着他牵着羊走过来。

"羊给你，"男人在车窗外大声说，"算我给闺女的份子钱。"

"哎呀不，"贺轶宁喉头的不适丝毫没有缓解，有那么一个瞬间，他感觉自己要汹涌地哭出来了，一生的委屈都要决堤而出了，但是并没有。他只能吞咽着说："这也太贵了。"

那男人不由分说，自己动手拉开了比亚迪的后门，将那头羊硬生生塞了进来。

"不不不。"

"一个男人咋这么婆婆妈妈的？"

"太贵了太贵了。"

"你还给了我条狗呢。"

"不是……"

男人拍拍车顶，摆手示意他上路，然后顾自上了自己的车，又一次从车窗挥手作别，继而驱车扬长而去。

贺轶宁回身看羊。那头羊与他面面相觑。它半趴在后座上，如同一座宁静的、吉祥的圣物。这让他想起了自己的那件礼物。那昂贵的砗磲，那截海浪，它在后备厢中是否还完好无损？他不再急于赶路了，仰靠在座椅里，等着胸中的潮汐退去。他用手机搜索"黑狗"的说法，嗯，的确是不吉利；但也有辟邪镇妖之说。他还搜到了一条丘吉尔的名言：心中的抑郁就像只黑狗，一有机会就咬住我不放。

感觉缓过来点劲儿，他拨了向红的手机。没人接，等手机里传出"请稍后再拨"的提示音后，他开始说话：

"十五年了，我知道，你过得不好。你也看见了，我过得也不怎么样。你说了，当年的事，没什么对错，谢谢，你这是在安慰我，我知道。当年，黄笑锦不让我离家，她选择原谅我，可我没法原谅自己。你俩是从小一起长大的闺密，咱俩倒弄在一起，这事儿不能就这么抹平了，也抹不平啊。这些年，我是越来越狼狈，那个岛上，除了海浪，什么都跟我没关系。十五年来，贺音只去岛上看过我两回，她跟我没太多话，估计要不是黄笑锦让她去，她自己是不愿意见我的。今天她结婚，我想拿一截海浪给她。"

他闭上眼睛，重温了一遍自己说的话，那些话，像是写在纸上了一样，可以被他重新检查一遍。然后，他在心里撕掉了这片假想的纸。这没用，而且还有点猥琐。一场开头就注定没法善终的情事，欲火中烧的荒唐，多年以后，再说这些话，显得多么苍白和可笑啊。

昨晚落地银川，从机场的租车点提了车，他就去见了向红。她老得让他害怕，穿着件臃肿的棉服，一头短发一多半都白了。虽然他有心理准备，知道现实总是和记忆里的不一样，但他还是没法相信，当年就是这个女人令他难以自控。至少，那时候她有苗条的胳膊，还有很白的牙。他没想再跟她发生点什么，如果有的话，那也只是握住她的手，彼此相对无语一会儿——他倒真的这么想象来着。实际上，他和她在一家小餐馆吃了饭，自始至终，她都没跟他说过半句如今的状况。他送她回家，看着她走进一座老旧的小区，只一瞬间，就混淆在院子里的老人之中。老人们在跳广场舞，他们都比五十岁出头的向红老，但看上去，也都比五十岁出头的向红年轻。嗯，他们压根没拉手，更别提相对无语，因为两人谁都没有那种去表演不管是百感交集还是心如止水的兴趣了。

他下了车，这时才发现车子的左前灯撞碎了。他竟然还想了下还车时自己得赔多少钱。现在这辆比亚迪不仅出了车祸，后座上还塞了头气味熏天的羊。走到车尾，打开后备厢，他把那只靛蓝色的礼盒抱了出来。有那么一会儿，他不确定自己要不要打开礼盒，因为他不敢保证，如同一场战争的洗礼，经过这番颠簸，那截海浪还会完好无损。他不敢保证，自己还能不能接受更加糟糕的结果。

捧着礼盒，他像是捧了一只命运的盲盒。

随后他被眼前的风景迷住了，目力所及，天高云淡，秋阳普照下的六盘山群峦起伏，宛如生辉的海面，排列有序的山峰不动声色地涌动，绵延不绝，就连间或生长的树木也像极了海面上的浮标。

"不过是从一片海去了另一片海，"他对自己说，"不过是从一片海回到了这一片海。"

接着，他又一次看到了那条黑狗。黑狗蹲在前方的公路中间，像一尊叵测的、命运的化身。它仿佛怀着某种审慎的悲伤，遥遥凝望着他，凝望着这个站在海面一般暗自涌动的山道上，拿着一截海浪，又好像双手空空的人。

注：作品题目出自诗人蒋浩的《我辈复凋零》。

（原载《钟山》2022年第3期）

弋舟，生于20世纪70年代。有大量长中短篇小说见于重要文学刊物，作品入选中国小说学会年度排行榜，当代中国文学最新作品排行榜，获郁达夫小说奖，《小说选刊》年度大奖，《小说月报》百花奖，《西部》文学奖，《青年文学》奖，《十月》文学奖，鲁彦周文学奖等多种奖项；著有长篇小说《跛足之年》《蝌蚪》《战事》《春秋误》《我们的踟蹰》，长篇非虚构作品《我在这世上太孤独》，随笔集《从清晨到日暮》，小说集《我们的底牌》《所有的故事》《弋舟的小说》《刘晓东》《怀雨人》等。

骆 驼

◎ 李　亚

　　时间从来没有错过一分钟，整整五点半，他们保准进入操作间开始腌制兔子。烟熏兔子肉专卖店的老板耶律红旗和老板娘萧银芬芳，都是时间观念格外强烈的人——好像时间就是一颗熟铜锻造的钉子，深深钉进了他们的脑袋里和命运里。

　　他们第一步要在工作台上把一只只兔子固定在钢丝网上。每张钢丝网就像单人床那么大，说不清是碳钢的还是不锈钢的，就像一张张青灰色的魔鬼之脸布满严肃和阴森的表情。整张网上十分规则地排列着小指头那么大的刺钩，这种纯铜的刺钩在明亮的灯光下闪烁着金色光芒。每只兔子都被这种金色的铜钩子钩挂着四肢和后脑勺，固定在钢丝网上。尽管已经扒了皮开了膛，肠胆之类无法食用的内脏摘除了，但是，心肝肺之类的可食用内脏依然完好无缺地留在原处。这些兔子的生命虽然消失了，但还有很多顽强的末梢神经仍然活着，尽管以这种姿势被固定在钢丝网上了，它们还不甘心似的四肢颤动肌肉抽搐，好像马上就要龇着两颗大门牙尖细地叫上几嗓子——尽管做这个行当很多年了，每天早上在做这个活儿时，老板娘萧银芬芳仍会产生这种宛如尖锥刺耳般的别扭感觉。她甚至隐隐觉得这是一种不祥的预兆。耶律红旗有什么样的感觉她不知道，在她眼里，他在做熏制兔子这一全

098

套活儿时就像一个手艺娴熟的老行家，或者就是一个从来也不会出错的机器人——从他僵硬的目光和呆板的表情就知道他做这件事情早就没有了什么感觉，包括对待其他很多事情，他的感觉和他的心肺都像远行者脚上的老茧，即便突然踩在一个枣核上他也浑然不觉。

耶律红旗家的烟熏兔子肉作坊虽然规模不大，但操作间基本是全自动化的。柳林铺这个镇子上的发明家多如过江之鲫，发明成果层出不穷，所以，耶律红旗家作坊操作间的设施还算不上是最高级的。工作流程是这样的：他们将兔子固定满一张钢丝网，这一网兔子就会自动滑行到上方有喷水装置的台面上，经过绵密强劲的一束束针尖般的水流冲洗之后，这张台面就会自动下降，然后前进到冲压装置下面，经过一道巨厚钢板的三秒重压之后，这一网挤干水分压裂了骨头的兔子就滑进了奶白色腌制池子里。等到这个腌制池子装满之后，从上面就会降下一大块边缘有凹槽的木板，严丝合缝地扣在腌制池子上。至于这块一尺厚的巨大木板是枣木的还是檀香木的，就像池子里按照祖传秘方配制的老汤一样，自然属于不可泄露的秘密。这个腌制池子是瓷质的，是他们两口子亲自去南方那个有名的陶瓷厂特别定制的，运回来时，镇子上很多人都看到了。

耶律红旗家的烟熏兔子肉专卖店就在镇子最繁华的街区。每天开始售卖之前的半个小时甚至一个小时，从店门前开始排起的两路纵队已经蜿蜿蜒蜒顺着流粉河北岸向东延伸，几乎到了距离镇子五六里的天姥山脚下。这两条购买烟熏兔子肉的队伍里，不仅仅是柳林铺的居民，还有很多坐火车钻了十七八个山洞的异乡人，每天都有几十个坐飞机来的外国人——这类顾客当中，除了一部分闻名而来的远客，大多数是曾经来柳林铺旅游过的回头客。萧银芬芳听惯了顾客赞美他们家的烟熏兔子肉口味变化多样，还有很多顾客对他们家的神奇秘方的猜测。事实上他们都不能理解，除了那些家传秘方之外，每一只兔子里还加入了他们两口子对事物的庄重态度和对爱情的迥异之见，也有辛酸哭泣和强颜欢笑，当然少不了自我唾弃和对世界的疑惑，包括他们对人生对未来的种种祈祷与放弃……所以，尽管配料相同工序相同，但出炉之后每只兔子都有不同于另一只的味道，即便同一只兔子，其不同部位也可能有着各自的味道……这让他们家的烟熏兔子肉名扬九州。

从早上五点半腌制兔子，到上午十一点四十分开始售卖，这一漫长的过程机械又枯燥，要是拍成视频最多只能剪出十秒可看的，但这些就是他们重复了几十年的事情。所以很长时间以来，萧银芬芳总觉得自己每天都有大半天时间像木头人一样漂浮在人世间。直到出炉的兔子一只只带着糖稀色的甜蜜开始被售卖时，她才会走到店门外边的红心火龙果颜色的遮阳伞下，坐在一把天蓝色的塑料椅子上喘口气。女儿耶律含烟沉迷于收钱，老板（她总是这样称呼他）耶律红旗沉醉于挥着一把锋利的竹刀分割兔子肉……从来不喜欢也从来不做这些事情的萧银芬芳此时则无所事事，她甚至有些落寞似的坐在遮阳伞下，点上一支雪茄烟，一边心不在焉地敷衍着顾客们的种种问询，一边抽着雪茄，时而悠闲地吐着几缕淡蓝色的烟雾，时而抬头看看天上的白云或者稀疏的雨点，有时候她会看到一阵黄叶飒飒飘落，有时候她会看到几只一边飞翔一边啼鸣的大鸟。

在很长一段时间里，每天下午四点四十分左右，他们两口子就会拎着音响到玫瑰小广场上跳舞，所以，萧银芬芳一直认为自己的人生每天都是从下午四点四十分左右开始的，只有到了这时候，她才真切地感受到肉体和精神就像还魂的青春一样，不仅又回到了自己身上，也回到了耶律红旗身上，而且多年来她的这一独特感觉从来没有变化过。他们在固定时间里到小广场上跳舞这件事，给镇子上的土著陈巨手留下了深刻印象。陈巨手就住在小广场西边，他家开了一个便民超市，店门口终年放着一把古旧的花梨木圈椅，他每天坐在这把圈椅里，从早晨到黄昏几乎看不到他移动，好像鬼魂长在圈椅里一样。萧银芬芳两口子在小广场跳舞的那些时光里，他每天坐在那儿一边全神贯注地观看，一边口水滴答老长。

萧银芬芳在跳舞时从来没有留意过小广场西边坐着一个"幽灵"在窥视她。有一次她的闺蜜"电鳗"给她说起这个笑话时，她印象里才隐隐约约泅上那么一团灰蒙蒙的形状。尽管柳林铺的女人从来没有真实年龄，但"电鳗"外貌看上去要比萧银芬芳年轻不少，也许她服用"葛洪"牌青春永恒丹效果非凡，也许她真的掌握了"葛洪"传授的驻颜术。"葛洪"也是镇子上的土著，长着一双特别夸张的斗鸡眼，头秃得只剩下十多根珍贵的头发。"电鳗"从前是镇子西边七八里处金矿上的，花钱从来不眨眼。她和萧银芬芳在一起不管聊多长时间，说的永远只有三句话，第一句是关于钱的事情，第二句是关于男人的事情，第三句是赞美萧银芬芳跳舞时的身条儿。萧银芬芳对第一句话无动于衷，因为在赚钱如同戏法一般的柳林铺，无论有多少钱都不值一提。第二句话她说得更加形象而幽默，不是因为她经验多，而是她的想象力太丰富了。第三句话则如同一把迷魂药，只需一粒就让萧银芬芳一下子进入谵妄状态里了。

这种状态下的萧银芬芳总是从最早的时候说起……最早的时候，他们两口子拎的是那种放磁带的收录机，虽然镇子上的人还弄不清楚他们跳的是探戈还是华尔兹，但都知道那台咖啡色的收录机是上海无线电二厂生产的，红灯牌的，可以使用交流电，也可以使用电池。当时简陋的小广场上根本就没有地方可以接一根电线，所以他们每次来时都要给收录机装上八节一号新电池。那时候的电器特别费电，最多也就是一个半小时吧，电量就不足了，舞曲就跑调了，但他们总是将就着跑调的舞曲，活像突然间中了邪一样别别扭扭地把一支曲子勉强跳完，然后收录机就哑掉了。耶律红旗二话不说，拎起收录机把八节电池抠出来就随手扔掉了，然后潇洒地打个响指，还要舔舔唇上的短髭。那个时候，老板那副短髭还是很霸道的……萧银芬芳每每说到这儿，总会打一个哑哑的响指，再伸长舌头舔舔上唇。她的舌尖每次都可以够到鼻尖那儿。还有，她一只脚尖支地一只脚尖高高翘到头顶上的姿势就像飞鸟一般，她跳舞用的那条纱巾天天都要变换颜色，永远就像变幻的幽梦一样飘逸，又像澎湃的梦境一样让人亢奋。

其实，他们当年跳舞的小广场原本是个有着几百年历史的牲口行……目前的小广场是青色大理石地面，有漂亮的楠木长椅，形形色色的观叶观果类植物，还有百十颗从来不长椰子的椰子树。尽管从来没有栽种过玫瑰花，但镇子上的人依旧把这儿称作玫瑰小广场。只有一点点小遗憾：在闷热的天气里即将下雨之际，一股历史悠久的牲口屎尿味儿就会像雨后的蘑菇一样从无限深的地下钻到大理石地面上来。每天一到傍晚时刻，小广场上灯火辉煌，很多人在广场上打闹跳舞或者梦游，或者绕着变幻不停的七彩喷泉在椰子树之间散步。这些庞杂的人群里既有小镇的土著居民，也有近几年陆陆续续来自世界各地的各种肤色的新移民。最喧嚣的是一支庞大的大妈队伍，她们特别喜欢虽然粗糙但十分健康的广场舞，那种壮观的阵势……后来也有不少半老不少的男人加入到了这支狂野的舞队里，比如，镇上图书馆的副馆长王柏韬。尽管王柏韬在自己的诗歌里无数次把小广场写成了一个充满丑恶和污秽的场所，但他几乎每天都要夹杂在这支庞大的大妈队伍里跳广场舞，招招式式都跳得像那些粗胳膊肥腿儿的大妈们一样好。

这几年，萧银芬芳两口子不像从前那样每天都来小广场上跳舞了，只是偶尔来一次。但他们还是坚守着自己的习惯，下午四点四十分左右就来到小广场上开始跳舞，他们跳的还是让镇子上的人龇牙咧嘴的探戈或者华尔兹，一个半小时之后，差不多是广场上的霓虹灯刚刚亮起的时候，他们就收起音响回家了。他们携带的音响也越来越高级、越来越精致了。尽管如今镇子上早没有人关注这类小东西了，但他们最后一次在玫瑰小广场上跳舞时，还是有人瞥见他们携带的音响就像一本《新华字典》那样大小，颜色就像一块加了草莓汁的奶油蛋糕。这个高级音响里安装了一块米粒大的永久电池，放出来的声音效果十分惊人，就像古老的火车过山洞一样又刺激又暴躁又迷人。即便是最后一次，萧银芬芳还是保留着从前的习惯，来小广场时打着那把红伞，就像平时那样，跳舞时把那把伞整整齐齐地装进伞袋里，跳完舞走的时候再把那把伞撑开，根本不在意此时天色已暗霓虹灯已经亮起来了，她只管打着那把说不清是什么红但颜色十分好看的布伞，如同一支色泽暧昧的花朵一晃一晃地融入夜晚的灯光里。

在自古以来就美女如云的柳林铺这个镇子上，萧银芬芳真的算不上漂亮，但目光毒辣的土著们都认为她骨子里闷着一堆火，而且时时向外边散发出缕缕烟雾般的气息——这是萧银芬芳五十岁之前给镇子上的人留下的基本印象。

事实上，五十岁之前的萧银芬芳在日常生活中并没有什么风吹草动的不轨迹象，就像五十年的岁月没有在她脸上留下什么痕迹一样。他们两口子当初刚来到柳林铺时，萧银芬芳那非常好看的颧骨上天生的两团粉红，到五十岁了依然没有改变，包括她那个固执的习惯——不管阴天晴天，出门逛街还是到图书馆看书，都要打着那把红伞。没有人说得清那把伞是什么布料的，也没有谁能说出那是什么红，大红深红绯红浅红艳红殷红嫣红……总之都不是。萧银芬芳当然知道是什么红了，但她不说。这个女人矜持地打着那把伞在街上走动时，不管是阳光还是雨水之光，围绕着那把伞都会幻化出一种迷蒙的光晕，映照得她就像一朵正在绽开的石榴花。每次打着这把伞和"电鳗"在街上或者在草木青葱的烟粉河边闲逛时，"电鳗"总是动不动就要伸出奶油蛋糕般的小肥手抚摸几下她的脸颊。即便和曹桂花一起前往小教堂里做礼拜，虔诚的曹桂花一见她这副招惹人的样子，就会用右手按着胸口。曹桂芳那种痴迷了还要兀自拿出假正经的样子，每次都像挠着了萧银芬芳的痒痒肉，她会一直笑个不停……这一切恍若昨天，想起来就好像都是刚刚经过的事。

萧银芬芳去教堂里做礼拜，很多人都认为是曹桂花劝说的结果。曹桂花是教堂里冯牧师最早的信徒，她先生说她被冯牧师那张巧嘴迷住了心窍。曹桂花家住在玫瑰小广场西边，很大的院子，临街的八九间房子开着超市，她先生就是常年坐在超市门口那把花梨木圈椅上手搭凉棚四下张望的陈巨手。镇子上的土著们最喜欢拿陈巨手那张叫驴嘴脸和他虔诚的太太背诵赞美诗的腔调相提并论。曹桂花连自己的名字都不认得，但这不影响她能把厚厚一本赞美诗倒背如流，还会背诵全部的圣诗，而且就像很多无聊寂寞的外国女文盲信徒一样逢人便唱赞美诗。镇子上很多信徒一开始都是被曹桂花背诵赞美诗的架势和吟唱圣诗的腔调迷住的，不过，曹桂花那鬼神附体般的架势和糖稀般的腔调都没有迷住萧银芬芳这位素来很有主意的老板娘。萧银芬芳之所以在很长时间里去教堂做礼拜，应该说，一开始是"电鳗"那种充满"邪念"的诱惑，后来，就像学会抽烟的人自动会抽烟了一样，逐渐变成了一种痼癖般的习惯。

那天下午曹桂花给萧银芬芳背诵赞美诗时，刚好"电鳗"也在场，她们正在镇子上最大的商场"三十三节"大厦九楼内衣专卖柜台买内衣。"电鳗"买了一沓子红的白的黑的紫的还有玫瑰色的文胸，都是大号的。她在试衣间每换上一种颜色的文胸就要掀开帘子让萧银芬芳参观。萧银芬芳买了几条内裤，有白底黄花的，白底蓝花的，还有白底碎石榴花的，她从来不穿单色的内裤，这种白底小碎花的内裤总是给她一种少女的感觉……曹桂花亦步亦趋跟在她们身边，就像胖天使那样手抚着胸口刚刚背诵完一首赞美诗，"电鳗"就毫不犹豫地走进了天使的队伍里。当时，萧银芬芳眼睁睁地看着闺蜜的真实用意就像浅水池子里的两三条鲤鱼那样在她心眼里游动着。

不过，头一次到教堂做礼拜，萧银芬芳就意识到"电鳗"不可能实现她那骚浪心愿了。冯牧师穿着令人肃然的黑色教袍，在做礼拜时，他的一言一行一举一动都是那样的真诚和沉静。尤其在信徒们唱诗和祷告之后，冯牧师读经的声音简直就像上帝一样蛊惑人心。我是耶和华，我从前向亚伯拉罕、以撒、雅各显现为全能的上帝，至于我名耶和华，他们未曾知道……冯牧师的声音、语气、节奏，还有表情，唉，几乎就像上帝一样一样的。当时，萧银芬芳就觉得冯牧师的那种来自天堂般的腔调就像一股温暖的水银在耳朵里极其缓慢地流淌着，然后以无孔不入的执着进入自己的五脏六腑之中。

每次礼拜结束之后，冯牧师都会站在教堂门前的台阶上，指甲剪得干干净净的双手在胸前抱着那本书脊和封面烫金、三面书口刷蓝的《圣经》，用他那高度白酒一样的目光注视着信徒们慢慢离去。这时候的"电鳗"总是低着头，好像灵魂被抽走了一样跟跄着匆忙走开。萧银芬芳也从来不去直视冯牧师的目光，因为一旦触到了他的那种目光，她心里就会奇怪地涌起一股要向人忏悔的欲望。有时候在街上，或者在巷子里，打着那把红伞的萧银芬芳虽然把伞压得低低的，但一瞥见那件款款慢行的黑袍子，就像瞥见了冯牧师的目光，那种想向人忏悔的欲望就像突然一股子胃酸泛上来，心里边随之就会产生一阵顽强的喜悦与淡淡的惶恐。有时候在夜里，这种欲望像一只温柔的大猫般压在心口，不仅让她恍恍惚惚陷入了不知是往事还是幻觉的情境之中，还给了她一种又迷幻又甜蜜的美妙感觉。

在冯牧师前往耶路撒冷朝拜那一小片地方之前，萧银芬芳的这种古怪情况保持了很长时间，好像真的被人施了蛊术一般。从初春一直到夏末，萧银芬芳几乎每天凌晨四点一刻左右就会自动醒来，总是先觉得脑壳里被人倒空了，接着一股甜美舒缓的感觉如同加了橘子汁的奶茶在轻柔的流淌声中注满了身心……而此刻，正是耶律红旗睡得最香的时候，他还会像睡觉的兔子做梦那样微微笑着放一串小屁。一直如此，不管心里在想什么，也不管大脑正在进行多么剧烈的活动，这个时刻的萧银芬芳总是一动不动，就像也正在熟睡之中。

　　那一天她终于忍受不了睡不着硬躺着的煎熬，好像在梦中似的轻手轻脚地爬起来，穿着白底碎花内裤到阳台上去抽烟。那时候他们家还住在镇子的北头，离教堂只隔了两条巷子。当时的柳林铺还不像后来几年发展得那样迅猛，就像镇子上的很多土著一样，他们家盖的也是那种笨头笨脑阳台傻大的两层土楼。萧银芬芳记得很清楚，她那天凌晨四点半左右在阳台上把窗子彻底打开时，巷子里弥漫着一股股做梦的气息，就像雨天钻出泥土的蚯蚓一样在地面上缓慢地蠕动着升到空中，进入人的嗅觉。萧银芬芳一直记得那种做梦的气息就像夏末里庄稼秸秆的味道。当年，镇子上所有的巷子都像鸡肠子那样不仅细小而且曲里拐弯，尽管目前柳林铺已经繁华到世界名镇了，但是，所有的巷子依旧像从前那样窄小。萧银芬芳那时候还没有开始抽雪茄，她抽的是当时比较流行的窄版香烟。她抽着烟，有意无意间瞄了一眼近若对面楼的教堂塔尖。晚上有时候待在屋里松松垮垮磨磨蹭蹭间晃荡到阳台上，她也会随意瞥一眼那个有着阁楼的尖影子：那只是个黑蒙蒙的尖影子。夏末的凌晨四点半，正是天色由朦胧快速转向明亮的时刻。她瞥见冯牧师正在教堂阁楼的窗前端着一架迷彩望远镜慢慢移动着朝巷子里张望。

　　柳林铺这个镇子有史以来就非常重视文化建设，仅仅是镇子上的图书馆从一开始就比市里的图书馆藏书要丰富百倍，地盘自然也要大很多。馆里不止有中国书，还有很多种外国书，这对于镇子走向世界是很有必要的。且不说这些年来世界各国涌到镇子上的移民逐年增多，就是每天来旅游的外国人也是络绎不绝，绝大多数外国人都喜欢在图书馆里坐一坐，翻看一下根本看不懂的中文书，再看看基本上能看懂的外文书，喝上几杯来自不同国家的咖啡，自然，他们最喜欢喝的还是图书馆那个叫王柏韬的图书管理员自己研制的甜蜜蜜辣丝丝的软金酒，一杯才区区五十六块钱，好喝到让人魂牵梦绕舍生忘死的地步。

　　萧银芬芳也喜欢这种软金酒，她每次来图书馆看书都会要上一杯。周三周五每周两次到图书馆看书是她少女时代在老家时就有的习惯。连她自己心里也非常清楚，与坐在图书馆里看书的那种感受相比，她看书获得的知识几乎等于零。每周都要到图书馆看两次书，不过是她少女时代老习惯的延续而已。唯一改动的是时间，少女时代去图书馆的时间是随机的，而在柳林铺，她都是在午后两点左右才会走进图书馆的大门，因为在这之前，她要专心致志地熏制兔子，还要短暂地午睡一会儿。说老实话，萧银芬芳不喜欢那个不管说什么话都要先翻一下白眼的老馆长，好像他时时刻刻都拉着一副瞧不起人的架势。她喜欢那个图书管理员兼茶座服务员王柏韬，那时候他还是个未婚小伙子，一个憨乎乎的傻大个子，戴着圆溜得不能再圆溜的近视镜，他服务热情随叫随到，所到之处可以不带灵魂但一定要带一本口袋版的金庸，无论和什么人说话，三五句话肯定会谈到金庸……虽然事情过去好长好长时间了，萧银芬芳依旧还能随时想起王柏韬说起金庸时那副手舞足蹈的狂妄样子。当然，她想起更多的是王柏韬说出她那把红伞的颜色时神情凝重得有点突兀的样子。王柏韬说她这把红伞的颜色就像鸽子咽喉的颜色。萧银芬芳从来没机会掰开鸽子嘴巴看一下它的咽喉，后来她猜想王柏韬也未必见过，自然了，后来她也知道了这个句子不过是他在某本书上看到的。但是，这个比喻当时就像划着了一根火柴，点燃了她的想象，勾起了她的好奇，在不知不觉中温暖了她的一点点难以言明的欲望。她记得当时自己几乎无法控制心里的嘈杂情绪，就要了一杯在图书馆茶座刚刚推出的软金酒，那种甜蜜蜜辣丝丝的滋味一下子迷住了她。

　　一年年过去了好多年，萧银芬芳那把红伞一点也没有褪色，还是鸽子咽喉那种颜色，照样有着永恒的魅力。王柏韬由一个图书管理员变成了副馆长，他研制的软金酒也改进了不少，尽管不再那么甜那么辣了，但喝完之后叫人舍生忘死的念头更加强烈了。而且，每次萧银芬芳来到图书馆，尽管王柏韬胸口佩戴着副馆长的标牌，但他依旧会亲自送来一杯软金酒。还是那种蓝脚黄柄的高脚玻璃杯。他也早已没有了讲金庸时的手舞足蹈狂妄大笑，总是彬彬有礼地坐在对面，像个老朋友那样给她说上几分钟话，不知是有意无意，他一边说话，一边伸出圆润白净的食指中指无名指三个指头轻抚她随手放在桌子上的那把红伞，就像一个文雅的教授一边和朋友聊天一边爱抚卧在腿上的宝贝猫咪。在那段显得有些漫长的日子里，萧银芬芳每次去图书馆，她小口小口地啜饮着软金酒，不动声色地和王柏韬说着话，她心里就会有一种美妙的感觉轻轻荡漾，就像一盆清水被一根鸽子咽喉颜色的羽毛拂来拂去。

尽管所有的女人一旦移民到柳林铺这个镇子上，百分之百就会失去了真实的年龄，但萧银芬芳很清楚地记得这一年自己正好是四十二岁，这个年龄段的女人内心的一汪湖水最容易被微风吹起涟漪——她觉得自己就像又回到了二十出头的青春期。专卖店那个烤炉和操作间的墙壁连为一体，从室内根本看不出它的形状，至于内部结构恐怕要比耶律红旗那格外复杂的大脑结构还要复杂百倍。至于它是用什么材料建造的，恐怕现如今谁都说不清了，因为经过多年的由低温到高温的反复冶炼，再加上有好几年在炉门前的巫术表演，烤炉本身也肯定发生了无法预料的变化，恐怕它早已拥有了连上帝也无法把握的命运和灵魂。

尽管柳林铺这个镇子早就有很多来自世界各国的移民，但外来的文化习俗生活方法思想观念对镇子的影响很小，柳林铺几乎就是一个神奇的魔法盒，在很短的时间内就把那些奇形怪状的思想意识变成了一种形状，甚至眉角之间言语神态以及走路架势甚至包括各种肤色，都很快变得活像柳林铺这个镇子上的人了。至于撒谎谣言自吹自擂好大喜功头脑眩晕行事荒诞等等，就像仗义讲理热爱发明遵守道德规范善于制造奇迹等等一样，都是柳林铺人身上必不可少的零部件。

所以，在柳林铺这个居民祖籍和肤色都比较混杂的镇子上，几乎所有事情都可能花样百出已经不是稀奇事情了。但是，所有居民包括新移民们都无法否认，镇子上的夫妻关系发展一直滞后，而且千百年来只有单调乏味的两种形式：要么两个人好得就像穿一条皮棉裤，要么是反目为仇拔刀相向……镇子派出所所长罗三枪的女儿罗晓莲，因为老公接连出轨屡教不改，遂趁他午睡时用一把崭新的文具刀朝向了他。因为这个事情既真实又荒唐，任何人说到夫妻反目拔刀相向这个话题时，罗晓莲及其刀法就成了必须提及的典型事例。若说夫妻两个人好得就像穿一条皮棉裤，那么萧银芬芳和耶律红旗他们两口子连其中之一也算不上，因为他们夫妻之间的那种好，形式过于单一，也没什么内涵，最要命的是几十年来从来没有什么新花样，不过就是每天下午四点四十分左右携带着音响在玫瑰小广场上跳跳舞，而且也不能从始至终，尤其是近几年来总是三天打鱼两天晒网，经常是本该到小广场上跳舞的时间他们却到天姥山游玩去了。

天姥山就在镇子的东面，顺着烟粉河向东五六里路就到了山脚下。距离柳林铺十分遥远的那个天姥山历史悠久，柳林铺这个天姥山的历史则是一盆浆糊，因为没有文字记载这座假山修建于什么时候，一切都停留在口头传说上，就像北京的景山是挖掘北海和什刹海的泥沙建造的一样，传说柳林铺的天姥山就是唐宋元明清五朝挖掘烟粉河的土石建造的。如今，肯定和从前一样，除了缺少崇山峻岭的大险境大气派，柳林铺的天姥山和许多旅游景点没什么区别。有高大而又茂密的树林，有小型的悬崖峭壁，有山洞溪水和人工瀑布，当然还有很多结了各种果子的果树，以及密林间总也走不完的石阶，包括每隔八百零一级石阶就会有的五七张楠木连椅。还有数也数不清的就像真的一样的人造山洞。鸟兽蛇蝎自然也有，但那只有在最旺盛的旅游季节，天姥山的管理人员和饲养员才会把它们放到山上来。

就像从前每天下午四点四十分左右他们就会到玫瑰小广场上跳舞一样，后来，除了周三周五萧银芬芳要到图书馆看书之外，他们两口子几乎每天都会在午后三点一刻左右沿着烟粉河去爬一趟天姥山。这个习惯，应当是他们第一次从炉门前软木椅子上爬起来以后养成的，也许正因为如此，萧银芬芳在外出时总是忘了携带那把鸽子咽喉颜色的布伞。这也是完全可以理解的，因为心中火焰能随时被燃起也能随时被熄灭的女人，说话做事总是难免顾此失彼。尽管近几年来炉门前的软木椅子使用频率越来越少，更多时候那把软木椅子只能让他们传递几个心领神会的暧昧眼神。但是，他们因此按时攀爬天姥山的习惯却坚持得越来越好了。

每次爬山都像到远方旅游一样，他们两个人都背着个鼓囊囊的双肩包，因为他们特别沉醉于爬到山顶进行一次野餐。一壶新泡的茉莉花茶是必带的，一包湿纸巾，必不可少的两个酒杯，两双筷子，一套竹刀，还有两个比挖耳大不了多少的竹篾片，两个苹果，有时是两个牛油果，有时候是一个红心水萝卜，肯定要有一盒又麻又辣又香又酸又苦又甜的蟹黄烤麸饼——这是镇子上美食家何小梅发明的食品。萧银芬芳第一次听说何小梅这个名字还以为是一个两眼水灵牙齿洁白一笑两个酒窝的小姑娘，结果却是个九十九岁的老太太……如今这么多年过去了，哦，就是再过去一百年，何小梅照样还是九十九岁，因为柳林铺的女人从来就都没有真实年龄，她们只有青春和苍老。何小梅发明的蟹黄烤麸饼就像萧银芬芳家的烟熏兔子肉一样享誉九州。哦，他们每次还都会带上中午售卖时特意留下的两个怪味兔子头——他们自己也拿不准哪个兔子头是什么味道。

耶律红旗从来不用铁刀切割兔子肉，他有一套祖传的竹刀，据说是他祖上在皇宫伺候朱洪武时使用的……每一把雕刻精美的刀柄上都镶嵌着三颗花生米大小的蓝宝石，阴森森的黑褐色刀刃，随便在人面前凭空一划，就有一股刺脸的杀气毒蜂般扑面而来。耶律红旗每天都是用这套竹刀按照顾客的要求分割兔子，哪怕挑筋断骨，也无不迎刃而解。即便坚硬的兔脑壳，他也只需用十字刀法划两下，然后就像掰开一个切好的梨子一样，兔子头骨四下分开，如同玉石雕刻般的一坨香喷喷的兔脑子呈现出来，丝毫无损。萧银芬芳每次看到那套竹刀都会思想浮动半天，她不知道竹子做的刀怎么会那样锋利，怎么会带着那样一股阴郁的杀气。但这不影响她用一柄细小的竹篾片挑着微小的一坨坨兔脑子送进嘴里，然后再喝一口软金酒——每次爬山，她都会带上从图书馆茶座饮品柜台购买的一瓶软金酒。他们每次都是在山顶那块青石盘上进行野餐，青石盘就像方桌那样大小，周边十几棵松柏围绕着，据说那个古迹斑斑的石盘是老子和庄子第三次论道所用……这个虚假的传说给很多游客带来了因明知道它虚假而产生的特殊乐趣，但给他们两口子带来的却是真实的快乐。他们左手茉莉花茶右手软金酒，一边慢慢地喝着，一边吃着蟹黄烤麸饼和味道好到说不准的兔脑子，一边小声言语着日常闲话和梦呓谜语，好像两只喁喁低语的斑鸠。每次都是这样，只要几杯酒喝下去，耶律红旗就会喋喋不休，畅谈自己如何想骑着一头花牸牛奔出山海关一路奔向故乡，等等。萧银芬芳此时也是醉眼迷离，已经分不清她老板是在回忆往事还是诉说自己的痴梦，但有一点她是可以肯定的，那就是，在这个时刻，他们夫妻就算撒谎也都是敞开心扉的。

他们就这样胡言乱语到夕阳西垂，两个人相互搀扶着踉踉跄跄地下山来。这时候正是镇子上的居民们上山锻炼的时刻，他们一路上会遇到很多老少街坊，也有新结交的移民朋友，比如秃头锁匠梁山伯，比如意大利人翁加雷迪，屠夫胡一刀，退休的派出所所长罗三枪，还有每个细胞里都充满了骚浪精华的"电鳗"（尽管她如今也上了年岁只剩下口头上释放几股子带电的骚气罢了），甚至那个假装瘫子乘坐电动轮椅的陈巨手和他太太曹桂花这时候也来爬山，当然也有不少来自远方的游客。有时候他们还会碰上跑到山上健身减肥的女儿耶律含烟——这个女孩子越吃越胖，越胖越吃，她每天傍晚都要沿着烟粉河北岸跑到天姥山上，只是很遗憾她减肥效果甚微——这些人，包括他们的女儿，只要和他们打照面，都会笑吟吟地向这对微醺的夫妻打听一下山顶上傍晚的风景怎么样。

在柳林铺，我只是一个沉湎于发明的人。这没有什么了不起的，因为在我们这个镇子上，发明家如同乞丐身上的虱虮……我正在发明的这个宝贝有着好听的名字：思想意识记录仪。只要我的发明成功了，任何一个人，就不再有什么秘密可言。如果想知道我的发明目前到了什么程度，请参见我的工作日志——从过去到现在，我已经用掉六百六十八本工作日志了，哦对了，不行不行，因为我的工作日志每一页都有着无限的商机和秘密。要想看到我的这些工作日志，那要办一整套相当复杂的手续，因为我已经把它们保存到花蝴蝶银行了……一年四季，春秋冬三个季节我非常繁忙，我把每一秒钟都花在这个项目的研究上。只有夏季，我不得不放下已经接二连三出现好兆头的模拟试验，为我的三舅舅伺候骆驼，以换取我在另外三个季节里的实验经费和生活花销。

我三舅乳名毛绳，他的学名叫什么请参看他的博士论文……那上面有他真实的署名。每年三月底四月初，毛绳舅舅都要从天边回到我们这个镇子上，他从来不乘坐飞机高铁之类的交通工具，他都是骑着骆驼返回故乡。随着毛绳舅舅一同回到柳林铺的，还有一万匹骆驼。漫长的骆驼大队一旦到达我们这个镇子上，他就把随之而来的一百二十个专业赶骆驼的"骆驼哥"解散了，让我带着临时招募的两百人来接手伺候他的那些气味呛鼻子的骆驼们，而那些来自边地的"骆驼哥"则去了上海或者北京南京深圳之类的大城市里任意玩耍，一直玩到夏末秋初的时候，毛绳舅舅再把他们招募过来，然后赶着在柳林铺十分愉快地度过夏季的骆驼们原路返回，经过长途跋涉进入草原然后在进入沙漠和天堂。

……这些年来，一到夏季，每天下午四点四十分，我都会准时把一万匹骆驼赶到大王台给它们洗澡。大王台就在镇子的东边，正好八里半地，过了天姥山再走几步就是了，东西流向穿镇而过的烟粉河流到大王台这里变成了一个巨大的浅滩，浅滩上布满了湍急的水流，过了这个浅滩，水流就会继续汇入烟粉河。毛绳舅舅每年夏季都是以这个浅滩为中心，设置一个几乎一眼看不到边的骆驼营地……我带着二百人给骆驼洗澡的景象十分壮观，我从前的小情人之一耶律含烟这个胖女孩每天傍晚时分都要爬天姥山减肥，她在山顶上曾经用手机拍下了这动人的一幕。我每年夏季都会招募这批短工，因为他们已经成了伺候骆驼的老手。自然了，所有的费用都由毛绳舅舅埋单。是的，时代发展很快，但不等于谁都可以给你白干活，尤其在我们柳林铺这个镇子上，从甜蜜的爱情到苦涩的香油，从庞大的伦理到微小的扣子，什么东西都是明码实价的。不过，毛绳舅舅既聪明绝伦又奸诈无比，他以爱护镇子上的环境卫生为名，给每匹骆驼的屁股上装饰了一个印着各种花草图案的帆布口袋。每天工作结束后，所有帆布袋子里的骆驼屎都会被集中起来，要想知道骆驼每天都吃什么，那就看看它们拉出来的屎……经过毛绳舅舅的魔法技术发酵后，再用特殊工艺制成如饼如瓦如方糖等等形状迥异的优质花肥，然后高价出售给烟粉河两岸的花农们。这笔收入要远远大于我的工钱再加上我那些临时雇工们的工钱。关于这些让人一想就不爽的事情，毛绳舅舅说，等我的发明成功了他就来投资使之走上规模化生产线……我的发明，我的思想意识记录仪，不是，绝对不是，我早已放弃了心电图和测谎仪之类的那种傻头傻脑的模样和方式了，一开始我就认为那类玩意太陈旧了，连最起码的创造性的外形都不具备。我的设想就是像抽血那样抽出半管子脑浆就行了，再加半瓶子酱油，也就是我自己研制的稀释液，经过密封式涡轮搅拌器搅拌四十五分钟之后，再流进反应釜……还是需要保密的哦！我的意思就是，经过化验分析，根据数据就可以知道人的思想意识在搞什么名堂了。当然了，死人的脑浆不行，人都死了那思想意识也就死了。这个要等何时出现无私奉献的人提供半针管子脑浆就可以付诸实施……我怎么是妄想呢？有史以来，所有的科学发明一开始不都是妄想吗？——毛绳舅舅经常这样说。哦，我的毛绳舅舅，他打来电话了——我的毛绳舅舅已经掌握了确切消息，此时，他用那种惯常的命令口吻告诉我，芍花节明天上午八点半准时开始。

柳林铺每年的芍花节几乎都是盛况空前的。花期已经不是大自然说了算，而是由镇子上专门研究芍花的那帮秃头科学家们控制的，从三月底开始那帮秃头妖怪就让芍花渐次开放，一直到六月底所有的花朵才会逐渐凋零，这期间他们还会制造几次错落有致的盛开高峰。整个夏季，世界各地来我们柳林铺观花旅游的人络绎不绝，尤其在五月份游客简直如同钱塘江大潮。毛绳舅舅做的就是这单生意，他的一万匹骆驼每天都打扮得像新郎一样，每天都是驮着各色人等在烟粉河两岸七十五里芍花之海里行走。每人需要多少钱？欢迎登录毛绳舅舅的主页查询。

骆驼们早已训练有素，它们的秩序意识比人类要强得多，最前边领头的这匹骆驼怎样走后边的骆驼就会跟着怎样走，如果领头的骆驼右前脚迈了一个小舞步，那后边的所有的骆驼都会右脚迈一个小舞步，那种情景就像海边浪花次第涌动一样美好。我给领头的这匹骆驼起了个好听的名字：马可波罗。这匹年轻英俊的骆驼一身沙黄毛里点缀着十几撮沙白毛，它神态傲慢，走起来就好像沙漠王国的王子那样目空一切。其实，它就像其他骆驼一样，刚来到镇子时都是非常肮脏的骆驼，浑身沾满自身粪便和泥巴凝成的固块，散发着汗水和尿液长期混合在一起的令人窒息的味道，双眼里生蛆了一样一股子一股子地向外淌眼屎，耳朵里的分泌物好像树干里有虫子在拱动，一股股湿漉漉黏糊糊的木屑末从虫眼里往外掉。毛绳舅舅说，骆驼耳朵里的这种分泌物散发着一股令人断肠的气味，因此骑骆驼的人很容易忧心忡忡，时时产生前途未卜的忧郁情绪，而且表情和眼神大都是僵硬的……哦，毛绳舅舅深知其味，所以，他才要求我和我的雇工们每天给骆驼洗澡，尤其要洗干净骆驼的耳朵，要用他新配制的双氧水冲洗每一匹骆驼的耳朵，再给每匹骆驼的双耳喷上柠檬味的干燥剂，一防分泌物散发的断肠气味，二防潮湿的花粉进入耳道后结成干痂，那会把一匹听觉敏锐的好骆驼变成一匹聋骆驼的……马可波罗的这一切都由我负责，是我骑在它背上，马可波罗之所以是领头骆驼，就因为我是这匹骆驼的灵魂主宰，它的行走与停步，包括见到漂亮的女游客它可以仰脸向天龇牙笑多久，都由我说了算。我临时招募的那两百人，他们是不能骑骆驼的，他们必须前前后后跑动着，以防止很多没骑过骆驼的游客摔下来。

　　当然了，喜欢骑着骆驼畅游芍花之海的也不都是外来游客，我们镇子上的人们也喜欢高高在上地骑着香喷喷的骆驼混迹于鸟语花香的队伍里。很多居民骑骆驼成了瘾，不是每年都要骑一次，而是天天都要骑着骆驼行走在芍花之海里，很多人连生意买卖都不做了。那些年纪越大的人越喜欢骑骆驼，比如已经退休的屠夫老胡最喜欢这件事，他搬动着自己肥硕的身躯，自从骑上骆驼就一直哼唧个不停，我知道他是一直在欢笑，只是他杀了一辈子猪，早就有了猪的习性，举手投足眉开眼笑之间，都特别像一头够分量可以宰了的菜猪。还有板鸭大匠刘婆婆，她做了一辈子板鸭，到了七八十岁的份上（嘘嘘嘘，这个岁数不可能是准确的），几乎变成了一只鸭子，尤其是探着头走路和伸长脖子说话的样子以及声音，真正的鸭子都没有她像鸭子。还有烟熏兔子肉专卖店的老板耶律红旗，这个人身材魁梧，厚嘴唇上一道短髭，显得十分剽悍，尽管他明明知道有多少钱在柳林铺都算不得什么，但他就喜欢仗着有几个钱，自己在街上挺着胸膛行走的那种架势和神态。虽然他熏制了一辈子兔子，到如今全身上下也没带有任何兔子的迹象，但他的衰老是眼睁睁可以看得到的，就像一张受潮的纸在阴死阳活的燃烧过程中变成了一小片灰烬。还有他太太萧银芬芳，这个相貌虽然一般但因为骨子里有着烈火般的骚劲儿而引人长期注目的女人，也衰老得不成体统了，她的头发染成柿黄色，因为脱落严重，她只好拧成一小撮像根手艺失败的麻花一样固定在后脑勺上，她身体也显出了衰老的特征，屁股变小，肚子变大，大腿变细，小腿变粗，这个差一点成了我丈母娘的女人，她说话的声音原本甜蜜蜜的，让人一听两腿就会变软，现在她说话的声音就像青春期变声的男孩用美声唱《四郎探母》……最可怕的是她嘴唇上居然长了胡子，别的女人老了上嘴唇可能会长胡子，她是上下嘴唇长了一圈胡子，天哪，像个毛洞洞。哦，原来她的那一轮线条轮廓十分鲜明的嘴唇就像我曾经的小情人耶律含烟一样性感……听镇子上的一些谣言专家说，萧银芬芳之所以变成现在这个样子，一个是她一天到晚抽雪茄烟的缘故，二个是因为她心里边异彩纷呈的各种梦魇全部消失了……

哦哦，还有谁？

对了，我骑着领头的骆驼马可波罗，如果每天只沿着烟粉河两岸的芍花海洋行走，那岂不是机械又枯燥的行程？连毛绳舅舅也不允许这样死板行走的……我只好自作主张，经常带领漫长的骆驼大队在整个镇子上穿行，让游客们尽情饱览这个闻名遐迩的镇子上的大量风情，让他们模仿学习我们柳林铺人用鼻子说话用眼睛吐口水用耳朵表示喜爱与厌恶……

　　我还会在著名的玫瑰小广场上绕行一圈，让游客们参观一下我们这个镇子上最善于诞生甜蜜谎言和美丽故事的地方。我，包括我的雇工们，每个人都可以按照自己的意志去想象和虚构，去给游客们讲述一个让他们哭笑不得的传说或者听上去十二分真实的故事。每次到了小广场上，无一例外，我都会居高临下向小广场西边张望一眼，每次都会看到老不死的陈巨手坐在那把圈椅里，这个善于装瘫子但站起来就会行走如飞的人，总是像举着一块砖头一样举着巨大的左手搭在眉前，我猜想这个老不死的鬼魂般的老头一定很迷恋观望，他在观望中会看到很多人从面前走过，会看到大群的蜻蜓蝴蝶绿螳螂和长翅膀的黑蚂蚁掠过他的视野，有时候他可能会看到一阵子细密的雨点和洁白的雪花包括牛卵一样大的冰雹落下来……在芍花绽放的季节里，几乎每天都会有一支漫长的橐橐响着的骆驼队就像一条悠扬的潺潺小溪一样，在他的注视下缓慢地流向远方。

（原载《山花》2022年第5期）

　　　　李亚，安徽亳州谯城人。著有中短篇小说多部，出版中短篇小说集《幸福的万花球》《初冬》等四部，长篇小说《流芳记》《花好月圆》等四部，获过《十月》文学奖、《小说月报》百花奖、《中国作家》鄂尔多斯文学奖中篇小说奖，鲁彦周文学奖中篇小说奖，全军文艺新作品奖一等奖等。

单耳子

◎ 石舒清

在我收到的资料里看到这样一桩事情，事情发生在邻县，也就是西吉县。从我县翻过月亮山，就到了西吉县。

那时候还是农业社，一天夜里，队里来了狼，在羊圈里把羊咬倒了几十只，主要是喝羊脖子里的血。竟然饲养院里狼也去了。饲养院都是大牲口，不像羊那样好对付，看得出牲口们和狼搏斗的痕迹，尤其牛，不但有蛮力，还有角，顶上一下，狼们是受不了的。但还是有一匹小马，让狼给咬去了一只耳朵，使它看起来显得怪异，好像不只是缺了一只耳朵，而是因此缺了很多似的，看起来都不像一匹马了。它的神情显得悲苦，这么多牲口，单单它被咬去了一只耳朵，这使它有些命该如此咎由自取的样子。不幸落在谁头上的时候，就会和谁成为一个整体，难分彼此，这原是没有办法的事。

其实马耳朵只有长在马身上才是最好的，用着足够，看着恰好，想一想狼把一只马耳朵咬去有什么用呢？吃大概也不是太好吃，而且也没有多少可吃，于狼而言，可谓收获不大，但是对马而言损失就大了，使它完全破相，使它简直不成为一匹马了。世上总发生一些损人不利己的事，使人不能不生感慨。但也止于感慨而已。缺失了一只耳朵的小马不但显得悲苦，还看起来有一种滑稽，好像生活在它这里不期然开了一个玩笑似的，它还有自知之明那样有些自卑，躲在其他牲口的后面不让看热闹的看到它。好像主要是人看它的热闹，牲口们倒还是老样子。一匹老马还主动在它的屁股上给它咬痒痒。慢慢地就也习惯了小马只有一只耳朵。都叫它单耳子。它除了单耳朵，其他也没有什么影响。慢慢地长大了，开始被派上用场，开始犁地或者拉车子。有人会故意在它的单耳朵上挥动鞭子，比如好几头牲口拉大车，单耳子这样子，当辕马肯定是不行的，它是被安排在旁侧位置，但是赶车的挥动鞭子的时候，鞭梢儿炸出响声来，却正好在单耳子的头顶，在它的只剩了一只耳朵的耳尖上，单耳子就知道这鞭子也许只是针对着它的，于是就得着信息那样，把单耳朵摆几摆，脊背那里闪亮着一发力，好像从它这里要带动着大家快起来，倒搞得其他牲口别扭了，这肯定会弄得其他牲口对单耳子有看法有情绪的。然而鞭子只在单耳子的头顶炸响又使得单耳子不能不有所反应。总之即使在劳动的时候，单耳子也是一个有些特别的劳动者。除去当不了辕马，有些事也是轮不到单耳子的，比如民兵们训练骑兵的时候，是轮不到单耳子的；大车要去城里交公粮，每一头牲口的鼻梁上要戴一朵红花，也是轮不到单耳子的；还有谁家结婚，借队里的马去娶亲，马不只戴花，也还要挂红，这样的时候，更是不会有单耳子什么事。单耳子只能用在一些不出头露面的下笨苦的活计上。不知道单耳子心里有没有特别的感受。说来牲口也有牲口的荣耀呢，就像牲口会有牲口的失落和难堪一样。单耳子在众牲口里面，一眼看去就是一个比众牲口多了点什么又少了点什么的牲口。这多与少使牲口在我们眼里成了很不一样的牲口。

时间就那么糊里糊涂木木呆呆过着，忽然晴空里一个响雷，说是要包产到户了，土地牲口等要承包给各家各户。一时间村里像娶了许多新媳妇似的兴奋和热闹，怎么分？抓阄！抓阄抓阄，都怕抓上单耳子。后来单耳子果然让村里一个说不起话的人抓上了。说是抓阄，但是据说，写阄的人是做了文章捣了鬼的，不信可以看看，好地好牲口都让那些有脸面说得起话的人抓走了。还有牲口农具等，好一点的，都一样，都叫人家抓走了，在你的眼皮子底下抓走了，还叫你没话说，都当众抓阄了，还想要怎样？但是说到底也有让人满足的地方，行了，有个牲口在自己名下就行了，还没有做到让你什么都抓不到吧？没有让你抓到一只老鼠吧？让你抓的还算是牲口吧？再说了，好的那些让自己这样的人抓到，让队长他们去抓什么？就都觉得还是这样的抓阄最好，最合宜，要是自己把好的抓上，让队长他们抓了孬的，那才真叫是一个尴尬难堪呢。所以每个人都以收获到符合自己身份和期待的东西为心安。

抓到单耳子的人姓牛，叫牛保川，他本来不抓，他要让他老婆抓，他觉得他抓不上好的就是个事，他老婆抓上什么都没事。他老婆说，都是男人抓，你叫我一个女人手往里头伸？他就抓了。一抓就抓到单耳子。赶紧看老婆的脸，老婆和几个女人说着话不理他，有几个女人揶揄的样子看着牛保川，那样子好像牛保川已经闯大祸了。牛保川虽然也觉得沮丧，但觉得由自己来抓，抓到单耳子真是再合适不过了。

牵着单耳子回家时，看着它赶苍蝇那样一动一动的单耳朵，看着它那温顺的听天由命的大眼睛，还有那种无论谁来牵也会跟着走的样子，牛保川觉得，就算怎样变幻着抓阄的法子，他都只能抓到单耳子，他深深觉得自己和单耳子就是分不开的同类。牵着单耳子回家，他好像已经牵了它很久，而它也跟着他走了很久。"牛保川抓了个单耳子，挨了婆姨的皮耳子。"那时候全民作诗，有了作诗的习惯和本事，有人就给牛保川做出一首诗来，以上是诗里面的两句，意思是说，牛保川抓阄抓到单耳子后，挨了老婆的几个耳光。说实话，这是没有的事。老婆虽然强势，但还没有强势到打牛保川的程度。而且单耳子除了耳朵问题，其他都算是牲口里的好牲口，力气、脾性等，都在牲口里算好的，要是抓到一头老驴，两个耳朵倒是齐全着，但是别的方面，能和单耳子一比吗？所以照牛保川的话说，他的婆姨确实是一个厉害人，但不是一个糊涂人，耳朵再长不就是个摆设吗？而且完全不影响听力，牛保川在单耳子被咬去耳朵的地方喊了一声，使得单耳子不适地把头摇了好几摇，正说明虽然耳朵没有了，听力却还在的，那么你还想要什么？

关于单耳子，暂时说到这里。

接着说说牛保川的老婆。牛保川的老婆，可能觉得自己嫁给牛保川多少有些吃亏，还给牛保川生了四个娃娃，三儿一女。作为一个女人生这么多够可以了，而且还生得有男有女男多女少，可算是会生。在老婆一面就可能更觉得吃亏，好像牛保川是占了她便宜的，而牛保川这么个人，就算占便宜也不该占她这么多便宜，因此慢慢地她就有了一个情人，就是原来在公社手工联社工作的，有工资的，后来不知为什么又给裁回家来，在村里当木匠的柳成堂。柳成堂不只手巧，长得也排场，天生就是做情人的人。两个人说好了就这样偷偷摸摸卿卿我我一辈子。都说得好好的，柳成堂忽然间就不满足了，他说他受不了自己喜欢的女人和自己睡过后，又和别人睡，他说他越来越受不了这个，不想还好，一想真是受不了，头就像个蜂窝要爆炸了，手里头蚂蚁虫儿跑着那样想打人。他说他害怕他们两个睡觉时，女人说给他的那些悄悄话贴己话，调转头再说给别人听，那他就会觉得他柳成堂就像个冷，叫人从头到脚哄了一遍都不知道。牛保川老婆说，咋可能，那些话这世上我就说给你一个人听，我跟他啥都不说，我在你这边是话痨，在那边我就是个哑巴。柳成堂说，那你两个总不能不行房事吧？行房事你两个就只是哑哑静静一声不响？恐怕没这么简单吧？女人说，你说了这么多，我说你一句了吗？你考虑我的心情了吗？你在我这边睡了，回你的家你又接着睡，我说过你啥？柳成堂就把手掌响响地拍了一下，说，正是这样的话呀，所以咱们两个的出路在离婚，你也离我也离，然后咱们两个到一起，不就没事了吗？牛保川的老婆确实没有想到离婚这一步，都一堆娃娃了，婚是好离的吗？离了给亲戚们咋交代？叫庄里人咋议论咱们？这一天天都够提心吊胆的了，这样的日子维持着都不错了，还要咋样啊，人心不足蛇吞象，就怕吞不了象，倒把自己的肚子憋破掉。女人苦口婆心说了老半天，以为是把柳成堂说服了，却听得柳成堂慢悠悠地说，好像这些要说的话是他从深井里一个字一个字捞上来的。柳成堂说，那么就是说，你不照我的来？女人说，好好地过着，就不要生是非了吧。她好像吐露什么机密一样咕哝说，其实她和牛保川在一起那样的事是不多的，牛保川都是照她的来。柳成堂好像只是在自己的情绪里，说，你要不体谅我的心情，那我就放开胡整呢。女人说，你想咋样？柳成堂说，我就夜晚间到你家去睡，一个炕上两个男人，我看你顾哪个。说着话，柳成堂的脸上显出一个莫可形容的笑来，就像明知道这是个下策，却可以很管用似的。女人忽然很恼怒地说，柳成堂，没想到你是这样的人，我不跟你说了，你自个捂着心口子想去。丢下这话，女人就走了，一时觉得心里苦巴巴的，没想到原本那么好的事情转眼间就落到这一步。

这之后的事情是，女人担心着柳成堂兑现言语，晚上来家里胡闹，于是早早就上了街门，同时觉得好像应该给牛保川说点什么，但是说什么呢？给牛保川能说什么呢？然而也没有见柳成堂来家里。柳成堂躲着不见面了。原本两个人创造条件见面，一月在一起总有两三回的，这一次眼瞅着一个月就要过去，柳成堂好像失踪了一样。女人觉得自己这厢坐不住了。一打听，说是柳成堂去哪里哪里做木活挣钱去了。女人觉得心口痛，什么挣钱去了，明显是躲我去了啊，也好，凡事总有个开头结束，想想以前的日子，该享受的都享受了，够了，难道要等到谁把谁杀在那里才完事吗？这种事，只要把握不住分寸总会弄到不可收拾的。罢了罢了，到此为止，难受总是难受的，心口子也不听话疼得厉害，但是，过段时间也就好了。却无来由生了牛保川的气，不给牛保川好好做饭吃，不让牛保川沾染身子，好像在刻意为谁守着贞洁似的，好像一切好事倒是被牛保川坏掉了似的。牛保川被女人弄得摸不着头脑，一肚子困惑牢骚加委屈没处说，就借着在茅厕里撒尿的机会，绷紧着脸尿出很大的力度和响声来。

小半年一晃而过，一天夜里，夜深得不可捉摸，星星像是散了游戏那样剩下不多的几颗，狗黑咕隆咚叫着，像是报告着夜的太平，这时候，就见一个黑影爬过牛保川家的院墙，向着拴单耳子的草棚子悄无声息摸过去了。

第二天早上牛保川家来了很多人，叽叽喳喳看热闹，真是够热闹的，原来牛保川家的单耳子被杀死了，肚子被划开，肚肚肠肠出来一大堆。单耳子大睁着眼睛，好像到死也无法明白过来。

（原载《上海文学》2022年1月号）

石舒清，1969年生，宁夏海原人。宁夏文联专业作家，中国作家协会会员，宁夏文史馆馆员。出版各种文学著作十多部。作品获第五届、第八届全国少数民族文学奖骏马奖，第二届鲁迅文学奖等。短篇小说《表弟》被改编为电影《红花绿叶》，获第三十二届中国电影金鸡奖最佳中小成本故事片奖。

山 雨

◎ 东 君

　　雨落在屋顶的时候你要庆幸，雨没有直接落在你的头上。老洪吐着烟，把目光从檐外的暴雨转向老麻的秃脑门说。晒谷坪上雨似蚕豆，发出一阵密实的噼啪声。老林和我坐在一个反扣的捣臼上，也吸着烟。

　　老麻望着檐下的旧灯笼问，这灯笼是不是上间佛灯？

　　老麻所说的上间就是中堂。上间有神灵护佑，故称上间佛；祭祀的灯，依例叫上间佛灯。但我还是要纠正老麻的说法，你看灯笼前面写着"三官"二字，就可以断定这是三官灯，祀奉的应该是三官大帝，我们这儿管他们仨叫三官爷。

　　老林抖落烟灰，说，你们再往左上方看，神堂阁里供着本家六神，一神一炉，是不是有点像大神们的烟灰缸？

　　老洪说，你们的说法其实都不太对。本家六神嘛，指的是门神、檐神、灶神、土地神等，不止六位——就像扬州八怪其实也不止八位——我们这儿的人习惯于把这些家宅内的本地爷统称为上间佛。所以，老麻说得没错，三官灯也可以称作上间佛灯。

　　老洪跟那些民间的火居道士打过交道，因此，我们一致认定他的说法最权威。从老洪口中我们还得知，上间佛只管家宅内的闲事，出了某个势力范围，他们就不管了，诸事拎得很清。这是一座废弃的老宅。六神尚在，人却没了。庭院间只有土花斑斓，野狗游荡。

老麻望着那一排溜摆放的香炉，说，这座老宅虽然不大，却供奉着好几位大神。难怪这一带的房屋都拆的拆，迁的迁，唯独它还孤零零地留着，像是被几位大神罩着。

老麻是拆迁办的主任，面对"本地爷"，他也不敢造次。我问老麻，你们为什么没拆这座老宅？老麻说，这是上头的意思。

说话间，一个老人走了过来，合拢雨伞，也没瞧我们一眼，就转到一隅，从纸包里取出一根蜡烛、四支香。他解开柱子上的绳子，把悬挂檐下的三官灯放下，打开灯笼罩子，在底部木板上插了一根红烛。我掏出打火机，递到他跟前，他也没理会，兀自掏出火柴盒，点燃蜡烛，继而盖上灯笼罩子；之后，就在灯笼上一个类似于茶壶嘴般的竹筒上插了三支点燃的香。这一切摆置妥当，他又回到柱子边，抽着绳子，把灯笼升至檐下，给绳子打了个结。剩下的一支香，插在一根柱子上的竹筒里。老人站在灯笼下，整了整衣裳，对着三官爷拜了三拜，口中念念有词。

我们依旧在抽烟。微风，烟丝缭乱。雨水顺着檐口的沟头落下来，打在石阶上，滴答作响。老洪说，我跟你们讲一个跟三官灯有关的故事。一九四一年暮春，日本人打到我们这边来，飞机扔下两枚炸弹，炸毁了孔庙大成殿两边的屋子。那时，我爷爷的部队就驻扎在大成殿隔壁的一座祠堂里。他们自知势单力薄，就分成三股力量，打算跟日本人周旋。黄昏时，我爷爷想找个地方躲宿。他走到一座老宅，看见檐下挂着一盏三官灯，就合十给三官爷拜了三拜，忽然，一声枪响，一颗子弹擦着他的头发飞了过去，击中长桌上的香灰炉。他摸了摸头皮，似乎还有点发烫。我爷爷不知道这冷枪是从哪儿打来的，他端起手中的机枪，顺着子弹打来的方向追出去，也没发现敌人的踪迹，但他自知行踪已经暴露，赶紧趁着夜色撤退到后山。我爷爷说，那颗子弹就是在他鞠躬那一瞬间打来的，假如他的脑袋抬高哪怕一厘米，都有可能毙命。我爷爷还说，自那以后，他无论到了哪里，看到三官灯就会跪下来磕三个响头。

站在一隅的老人轻轻地咳嗽了一声，说，这样的事我也曾听过。

他长得有些清瘦，虽然颊萎腮瘪，但气色不错，两块颧骨上还泛着一丝红光。他没有笑。也许是因为他不太习惯冲着陌生人微笑。

我也给你们讲一个跟三官爷有关的故事吧，老人微闭着眼睛说。

这座宅子，原本不是我们的，它的旧主人姓谢。谢家是本镇的名门望族。谢老爷身故之后，谢家就败落了，我们这些当年住茅草棚的穷人家就搬了进来。我们家分到了一间轩间，一间披舍。而谢老爷的弟弟就住在后院的一间柴房里。他有一个既难念又难写的名字，我们都管他叫谢先生。谢先生是独身的，我们暗地里都叫他天独自人。他跟邻里来往不多，跟我爹娘也没说过几句话。

谢先生怕不怕寂寞，我也不晓得。但凡有小孩子跑到后院，他总是乐意跟他们玩的。有孩子来讨零食，他就给他们每人分一颗糖果；有孩子来问字，他也会明明白白地写在纸上，饶有兴味地解释一番。也有些孩子，比如我，为了能吃到糖果，便故意向他问字。有一回，有个孩子拿了一根木炭在地上写了一个生僻字，问谢先生这是什么字？谢先生的喉咙里像是被痰塞了似的，过了许久才吐出一句话：学堂息，这个字，不许问，也不许提。

谢先生并不像我们想象的那样寂寞，他很会自得其乐。他有一方淳安的石砚，叫龙眼石砚，平常能呵气成雾，贮水不涸，他拿一支鸡毫笔蘸着，就在石板上写字。我不认得他写的字，但我喜欢看他手中的笔在石板上游动的样子。他家门口还有一个破水缸，月亮从天井上方投下影子，他就坐那里，跟水缸里的月亮玩。有一回，我口渴得厉害，想掬一捧缸里的水，却被谢先生叫住了，他说这水不能喝。水面浮荡着几片落叶，细看，还有一些小虫子，一伸一缩。谢先生告诉我，这是蚊子的幼虫，当地人叫它赤虫，书面语叫什么孑孓来着，字简单，但很多人都不会念。谢先生还跟我解释，这水里面有很多细菌，喝了肚子会疼。他又舀去浮在水面上的赤虫，说，喝水一定要喝烧开的水。

可我从来没有把谢先生的话听在耳里，记在心上。有一天，我不知吃了什么"不净的东西"，忽然生了一种怪病。起初是发热、呕吐，继而像中了毒一般，浑身酸痛。次日，脸色发黄。有人说是黄疸病，也有人说是食物中毒。我吃了药，打了针，都不见效。爹娘四处求医问药，都说"冇解冇解"。问问地头鬼，求求上间佛，也冇结煞。

有天午后，我躺在床上，听得外面有人弹三弦。我爹说，范先生来了，不如请他算个命。那时节，算命先生出来算命，总会弹几声三弦，就好比挑卖猪肉的会吹牛角、劁猪的会吹笛。算命先生让我爹报上我的生辰八字，沉默了一会儿，就把我爹娘拉到外面，压低声音说了几句什么。爹娘进来时，脸色异常难看。我娘原本动不动就骂我一声"短命儿"的，但自从听了算命先生的话之后，不管我怎么闹腾，也没有骂我一声"短命儿"了。我躺在床上，也隐隐约约觉着，我可能活不了多久。

有一天傍晚，外面下着雨，爹娘不知去了哪里。我一个人躺在黑暗中，眼睛黄热，脑袋涨痛，只想往墙上撞。疼痛加剧的时候，脑袋里像是有个带棱角的东西要撑破头皮，撑破帽子。我先是放长声哭，叫了一句"皇天三宝"，雨声中猛地传来一阵落地雷。我吓得不敢哭喊了。这时，谢先生走到我的床边，拨亮灯，说，你爹娘一直把我这个邻舍当作阶级敌人，因此我都不敢上你家探望。前阵子我听人说起你的病况，依我看，你得的是钩端螺旋体病，今天一早，我特意去长春院的老道那里求了几粒仙丹，来来，吞下去就没事了。他见我半信半疑，就说，服用仙丹之后，还得跟我念一段《三官经》。我那时头痛欲裂，也不管那么多，坐了起来，就把药吞了。他说，这仙丹很灵的，记得每天早中晚各服三颗，你藏好了，勿跟别人说起，包括爹娘。我点了点头。他随即念起了《三官经》。我不晓得《三官经》是什么经，他念一句，我也跟着念一句。他念经的时候，我记住的不是经文，而是那晚的雨声。

临走前，他对我说，除了吃药，平日里念念《三官经》，也许可以帮你化解一些苦痛。我照他的意思，背着爹娘，偷偷吃药，默诵经文，不出几天，怪病果真就消失了。爹娘说，他们昨天去了福田寺，在佛前给我许了愿，现在总算显灵了。我病好之后，问谢先生，那仙丹到底是从哪里来的？谢先生说，他给我吞的，并非什么仙丹，而是一种治疗钩体病的西药。至于这药是从哪里求得的，他一直笑而不答。

要说这个谢先生，真的不是一般的人。乡里的人说他早年留学日本，读的是早稻田大学。早稻田大学嘛，他们说，就是农业大学。种田还要跑到人家小日本那里去学吗？日子久了，乡里的人就发现，他在日本并没有学会什么种田的本领。我只见他下过一回地。一双白脚梗插在田地里，连田头的妇人都掩嘴偷笑。他插秧的时候，是像先生一样坐在反扣的木盆上，然后把秧苗放在长长的指甲上，轻轻一磕，再往泥里插下去。冇范冇范，这哪里像种田人该有的范？谢先生又被大家伙狠狠地嗤笑了一通。

我在早稻田学的可不是插秧、割稻这类粗活。谢先生说。

那你学的是什么？

跟你们说了你们也不明白的。

的确，谢先生做过一些叫人看不明白的事。他跟朋友办过酿酒厂，但因嗜酒，常误正事。酒厂办不下去，他又转而办酱园，起先经营有方，赚了一笔钱，还赞助过一场轰动一时的诗会。但酱油与诗，毕竟隔得太远。经营酱园，牵涉到方方面面的人与事。他干了一阵子，不耐烦了，就把酱园的股份全部送给了一位堂兄。他还在长春院当过道士，吃了一百零三天的三官素，就还俗了。人家问他还俗的原因，他说，想吃肉。

对我们乡里人来说，谢先生简直就是个异类。他们看不惯他那与众不同的样子。他们会说，他跟我们不是同路人。既然不是同路人，那么他的问题就来了。公社书记说，他那西装头太洋气，要剃掉；说话太文绉绉，要改。总之，从里到外，都要跟张三李四一个样。谢先生干脆剃了个光头。不说话。饶是这样，也不行。

有一年，乡里办起了一家樟脑油厂，工人就近取材，沿着山脚斫掉了一株又一株樟树，眼见着后山那十余株三四抱粗的古樟也躲不过斧锯，谢先生就看不下去了，写了一篇哀悼古樟的诔文贴在树上。可那些斫树的工人哪里会明白他的用意，树还是照斫不误。谢先生索性不顾斯文，跳了出来，说了一通不识时务的话，结果被公社书记在大会上通报批评了一番。不出三年，山上山下的樟树差不多都被斫光了，而樟脑油厂由于销路不畅，也停办了。原本被樟树覆盖的地方荒秃着，有点刺眼，公社书记就从县里面的桉树良种站引进一批桉树苗。书记听说谢先生早年毕业于早稻田大学，懂点农林知识，就向他请教引种栽培的知识，但谢先生又说了一通不识时务的话，惹得书记很不高兴。书记转过身，大手一挥，开始动员乡里的人：桉树要种，要漫山遍野地种，再过三五年，你们就可以看到一片参天大树了。谢先生听了，不再作声。

谢先生对我说，桉树就是抽水机，既吸肥，又吸水，你看好了，往后这片凡是桉树覆盖的地方，土会板结，水会慢慢枯竭。他还告诉我一些水中盐分上升多少、土地肥力下降多少的知识，可我怎么也记不牢。

谢先生毕竟是读书人呀，读书人最大的毛病是忍不住要发表自己的看法。他说了几句桉树的坏话，可是，那年头，说树的坏话也不行。有一句老古话叫指桑骂槐是不是？谢先生指着桉树，责问的是谁大家伙都明白。

自从有了"黑五类"这个词，谢先生也就被他们归入"黑五类"了。连谢先生本人也不晓得自己怎么就稀里糊涂地戴上了这顶帽子。我不黑，谢先生说，你们看我，长得白白净净的，我怎么会是"黑五类"？

谢先生被人关在福田寺一间黑咕隆咚的僧寮里，跟那个拒不还俗的老和尚一起，禁闭了很长一阵子。听说他在禁闭期间偷偷跟老和尚学习打坐，被人告发，就直接押到农场劳改。

一天清早，我挑水回来，看见了谢先生，头发乱蓬蓬的。他走得极缓，到了门口，上了一级台阶，门槛有点高，他想抬脚迈过去，可是，膝盖一抬，腿就松软下来，怎么也迈不过去。谢先生，我放下水桶喊了一声。谢先生回头扫了我一眼，点了点头。我把谢先生扶进了门，对着空荡荡的道坦喊，谢先生回来了，谢先生回来了。谢先生的老母拄着拐杖从上间后面走出来，那时她的眼睛已经瞎了，站在儿子跟前，一句话也没说。他瘦了许多，我说。谢先生的老母把儿子的脸和肩膀抚摩了一遍又一遍，才开口说，清减了没事，骨头还在，肉是可以长回来的。谢家老太太也是大户人家出来的，把"瘦"说成"清减"，就文雅了许多。

有一阵子，我时常跟谢先生在一起。他已戒酒，但吃烟，单是吃那种八分钱一包的经济烟。有时不晓得从哪儿弄到一些烟叶，自己包烟。他吃烟的样子像是要把肚子里的一股闷气吐出来。

我十五岁那年，还在读小学。学堂里只有甲乙丙三个班。校长也姓谢，是谢先生的堂兄，他把当年接手经营的酱园并入学堂，辟作教室。谢校长给上面打了一份报告，说师资不够，因此就请谢先生当小学教员。谢先生一人可以教很多门功课，语文、算术、美术、书法，他都教。谢先生有个习惯，每天放学前，他会走到纸篓前，把那些废纸一张一张捡了去。我们都叫他"谢纸篓"。我很纳闷，谢先生捡这些废纸做什么用？有一回，我发现谢先生坐在书桌前，把那些废纸一张接一张捋平，在上面写字。他写完一幅字，时常自署"米田共翁"，我问他，这是什么意思？他说自己在劳改期间扫过厕所。他这样说时，嘿嘿一笑。我一下子就明白了。

过年时节，公社书记来到我们学校，让谢先生写几副春联送到县里面。墨是徽墨，纸是洒金春联纸。乡里的人哪里见识过这么雅致的春联纸，都把头伸过来，看了又看。

谢先生写字的时候，书记手痒，也在一边挥笔写了起来。书记说，你是书法家，我是书记，都带个书字。你的字比我好，我的字比你大。这样说着，手中的笔就跟棍棒似的划拉了几下。

谢先生写完春联，书记瞟了一眼，说，这些字跟眼前看热闹的人一样，都认得我，我却叫不出名来。谢先生干笑一声，走开了。书记隔空掼来一句粗话。大意是说谢先生净写一些叫人看不懂的字。

当然，也有人看懂谢先生的字。春联送到县里面，那人就从字里行间发现了他的"反动思想"。这就给他埋下了祸根。

有时我就是不明白，谢先生这样一个好人，为什么下场就那么凄惨？给谢先生算过命的瞎子也给我算过一卦。他说我命骨生得好，命主星也好。算命先生的话怎么能信？命骨生得好，我的脚骨却折了；命主星生得好，两眼却看不到星了。不过，我后来细想，比起谢先生，上天对我还算是很仁慈的，我虽然瞎掉了一双眼睛，折断了一条腿，但好歹保住了一条性命。

怎么？老人家居然是一个盲人？我说，我看你刚才点三官灯，一点儿都不像个盲人呀。

老人摇了摇头。我心里嘀咕，既然他什么也看不到，点不点香烛，又有什么区别？

啊，雨像是停了，老人说，我原本要讲的是三官爷故事，结果却讲起了谢先生，不过，在我心目中，谢先生就是三官爷。

我们转头望着檐外，雨不是停了，而是变成一片随风飘展的烟雨。老人在檐下站了片刻，就打开了雨伞，向外走。我们扶搀着他说，老人家，雨天路滑，我们送你回家吧。老人说，不必了，这条路我不晓得走过多少回啰，哪里有个坎，哪里有块石头，我心里头都有数。他走路时，身体是向一边倾斜的，看得出来，他的腿脚略微有些不太灵便，若是不仔细看，跟常人也没什么异样。

老林说，我可以断定，他的故事还没讲完。

老洪说，我也可以断定，他还有一根香没插完。

我问，四根香不是都插完了？

老洪说，这位老人家应该是"三官会"的信徒，如果我猜得没错，他回家后还要在镬灶佛前插一根香。

老人的身影刚出台门，一片烟雨便飘了过来，我有一种错觉，他就是我和老洪、老麻、老林聊天时虚构出来的一个人物，我可以在另一个虚构的故事里把他移出这座老宅，移出这片烟雨。在我恍惚的时刻，老洪忽然追出台门，像想起什么似的唤道，老人家，请留步。老人想必是在我视线外不远处站住了。老洪又追了上去，不知跟他讲了几句什么，随后踅回，招呼我们一起送他回家。老洪在县志办担任编辑，我大致可猜到他的用意。

下坡，拐两个弯，就到了老人的家门口。是盲人给我们带的路，我有一种走夜路的感觉。门没关，外面的腰门却关着，分明是警告鸡犬不得入内。老人打开腰门时，从对门传来一声酒嗝，另一个老人从窗口伸出脑袋，隔巷递来酒杯，有客人呀，捉杯，捉杯。他又在吃寡酒，老人咕哝了一句什么，对我们说，我家可没酒，如果不嫌屋小，就喝杯白开水吧。屋子拾掇得倒也干净，有一股淡淡的煤灰气味。镬灶上有一个小小的佛龛，里面坐着一尊镬灶佛，外面有一个香炉，一个供奉干果、米鸡的盘子。镬灶旁是一个炉子，上头搁着一只犹如大肚佛般的茶壶。

老人给我们倒了四杯白开水——他不用问，就知道我们共有四人——然后又跟我们谈起了那位谢先生。

我十六岁那年读完高小，就没再念书。同一年，乡里出现霍乱，父母双亡。谢先生说，人世间有六种极凶恶之事，一是凶短折，二是疾，三是忧，四是贫，五是恶，六是弱。这六种事，你若摊上了，就念些经文，可以安神止惊。有人问我，你没读过几年书，为什么说话也文绉绉的？我说，你们不晓得，我有好几年，都是跟在谢先生身边的。茶余饭后，谢先生跟我讲的大都是一些文人逸事。有一回，我们喝茶闲聊的时候，我跟他说，我是否可以跟他学作诗，他忽然变得正色起来。他说，空头文学家做不得，你已经成人了，应该学些实实在在的谋生手艺。谢先生放下喝了一半白开水的搪瓷杯子，又接着说，我给你指明一条现成的谋生之道。我说，我读书不多，嘴笨，手又拙，不晓得自己还能做什么。谢先生说，你可以开一间开水房，供应开水。我说，家家都有茶壶，人人都会烧开水，我单是烧开水，能养活自己？谢先生说，你照做就是。不过，你烧的开水要有一个条件，水要上等。

水从哪里来？

这一带的水不行，要从远处的上游挑过来，如果嫌远，就去福田寺那边挑。福田寺旁有一口古井，最是甘甜，庙里的和尚平日里喝茶煮饭，都是用这口古井里的水。谢先生说。

烧水的柴火？

就从西塔山上捡拾，乡里的解板厂有些木屑或刨花，也可取来当柴烧。谢先生说。

烧水，要有个大镬，可我身无分文，去哪里买一口大镬？

福田寺被毁了，和尚都跑了，有一口大铁镬，挺沉的，弃在荆棘丛中，没人要，你可以叫上几条壮汉，设法把它弄过来。谢先生说。

水有了，柴火有了，大铁镬也有了，事情就这样成了。起初几天，双肩被扁担压出了马鞍白，后来那地方又隆起了一大块。日子久了，肩膀也渐渐磨得像水牛背一样厚实了。

我砍柴时会拜山神，挑水时会拜井神。走路时，我念几句谢先生教我的经文。别看我瘦小，这身子骨硬朗着呢。我可以从山上挑下一担柴火，也能从四里外的福田寺挑来满满两桶水。

有一天，我听得咔嚓一声。我以为是身上哪根骨头断了。上下摸摸，没有痛处。再看扁担，已从中间折断。我把这事说给谢先生听。谢先生说，从前有个和尚，天天给寺庙挑水，后来有一天，扁担忽然折断了，他却在咔嚓一声中悟道了。所以，你继续挑水，也会明白一些道理。谢先生读过很多书，说话总喜欢拐弯抹角。

我不明白他说的那番话，但我有一天总算明白了一个道理：用无色无味的水，也能做出有情有义的事来。

解板厂的工人喝了我烧的开水，都不再喝自家的开水了。他们问我，为什么你烧的开水是甜的，我们的开水有点儿苦味？

我没有把实情告诉他们。

我烧水，用的是福田寺的井水，每天挑两回，从不多要。有时落雨，就接点天落水；上山捡柴火时，顺便接点岩前水。总之，我没用家门前的河水烧过开水、泡过茶。

有几个干粗活的工人长年喝我烧的开水，身上的老毛病竟奇迹般地消失了，于是就对人说，我烧的开水简直就是治病的神水。这话一传十，十传百，来我这儿买水喝的人也就多了起来。我每天供应的开水不多也不少，价格也没涨落，一年的收入大概要比摆摊卖艺略好一些。

我这人真是三句不离本行。讲着讲着，就讲到自己的老本行上去了。呃，我这就讲讲谢先生。老人说着，转身从篮子里摸出一根香，点燃，插在镶灶佛前的香炉里，照例是拜了三拜。老洪朝我们使了个眼色，露出了貌似得意的微笑。

这件事我会慢慢跟你们道来，老人像说书先生那样用悠缓的口吻说道。

要讲谢先生呀，三天三夜都讲不完。谢先生的谱名叫道晖，字味温，号观堂。谢先生经历过很多事：他留过学，学的专业是寄生虫学，曾跟随冯玉祥的部队做过军医，当过道士、居士，教过书，坐过牢，也有人说他做过和尚，其实是误解，他为了混口饭吃，一度替寺庙抄过佛经，至于留光头，是自然谢顶的缘故，并没有真的出家祝发。在我记忆中，他总是穿着一件干干净净的长衫，戴一顶学士帽，跟我们常人不一样，他遇大恐怖不惊，遇大欢喜也静定。

有一阵子，谢先生不知道去了哪里，杳无音信。人虽不在，乡里的人还是不愿意放过他。他们听说我是他的学生，就让我在谢先生家的门口刷一句标语。他们把一桶土朱和刷子交给我。我说，我不晓得写什么。带头的人就说，就写消灭社会的寄生虫谢某某。我没法子，硬着头皮写下一行字，但我没有在土朱里拌胶，不出几天，那一行红字就被一场大雨冲刷得一干二净。

最后一回见到谢先生，是在老戏院门前的榕树下。六月天色，他头戴一顶纸糊的帽子，面容益发消瘦，眼窝深陷下去，透着黑气。那天的太阳着实有点猛，当头照着，我看见黑压压一片人头闪着青光。有个年轻人举着一面镜子对着谢先生的身子晃动着，说是要照出他的原形来。有时，那一道道光亮如同尖刀般，在他脸上来回切割。谢先生闭起了眼睛，身子瘫软在地，一身黑衣罩着，看起来就像一条在风雪中蜷缩的黑狗。有个小男孩用树枝挠了一下他的光脚板，没反应。围观的人觉着无趣，就转头走开了。

我从河埠头借了一辆板车，把谢先生拉回家去。有人掩着鼻子问，死了？我不作声。随后，我又把谢先生扛到后院，他的身子有点发硬，还散发着一股刺鼻的臭味。家中的老母早已去世，长年没人居住，有一股呛人的灰尘气。我粗粗清理了一遍床铺，让他平躺在床上，垫高头部，随即倒了一杯开水，把麦管插到他嘴里。他的舌头没动。我伸手探了探鼻息。那时是大热天，我却好像听到了冰窖里一滴水落下的声音。我的手也凉了半截。

我回到自家，烧了一镬水，打算给他清洗一遍。这可是福田寺的水，每一滴都是干净的。我按照习俗，给他擦身，前三把，后三把，然后挑了一件干爽的苎布衫给他穿上。

谢先生躺在床上，比从前似乎小了一圈。我念了一阵子经文，舌头累了，身子也乏了，就伏在床边一张布满灰土的桌子前，沉沉睡去。我醒来时，发现谢先生不见了。那一刻，我觉着他不曾来过这地方，自然也就没离开过。

我出了门，望着檐下的三官灯，对邻舍说，谢先生是个上间佛。邻舍不信。可我至今仍然相信谢先生就是三官爷的化身。

一炷香快要燃完了。老人背对着那炷香说。

一屋子的静。一段烟灰颤抖了一下，忽然掉落。我们都知道，老人接着还要说些什么。

这雨时断时续的，真叫烦人，老人说，小时候，谢先生给我们讲解一首《山雨》的古诗时，外面恰好也落着雨。他讲着讲着声调忽然变得异常低沉，他说，一个人在黑夜听雨感觉像是听瞎子在哭。那时候我不理解，雨和瞎子在哭有什么关系，我的眼睛瞎掉之后，才慢慢明白先生说的那番话。

这话说得真好，老洪转头对诗人老林说，你应该把它记下来，写到诗里面去。

老人说，我是背时佬一个，总想跟人聊聊过去的事，说不出什么高深的话，你们也不必记了。

谢先生在这边的小学教了几年书？我问。

三年，老人伸出三根手指说，我现在明白他当年为什么会留在这里教几个童子，那是因为他还留恋自己曾经住过的家。

他有没有给你们留下什么？

一片纸都没。

老人说这话的时候喉头滚动了一下，像是有点哽咽，接着又若有所思地"看"着前方，说，我们家族里出过一位教授，是我晚辈，早年间也在这边的小学念过书，做学堂息那阵子也不晓得从哪里捡到了一方石砚，偷偷藏着。他喜欢写墨字，上山下乡也一直带着它。后来他居然成了书法家，在北京一所大学里当教授。有一年，教授回老家过年，带回那方石砚，我说这石砚眼熟得很，教授就问我是否晓得观堂这个号，我说观堂就是谢味温先生的号呀。他一拍大腿，说，我这石砚原来就是谢先生用过的。他把石砚翻转过来，上面明明白白地写着两个篆字：观堂。教授见多识广，我对他说，我家也有个旧物，不晓得值不值钱。我带他去看那个搁置在镬灶间的大铁镬。他看了许久，就说，大铁镬内壁刻有铭文，可以断定是宋代铸造的大镬。我的娘哎，那时我就想，这可是不寻常的文物。没多久，文物馆的人果然就来了，说是要拉到文物馆去。我跟大铁镬相伴几十年，也有了感情。送走它之前，我就像第一回见到它时一样，给它细细擦洗了一遍。

听到这里，我的脑子就浮现出一个乌黑发亮的大铁镬来：它在一个阴暗的屋角安放着，如同一块沉默的石头。

老人喝了一口水，又接着说，后来，福田寺募缘重建，文物馆的人又把大铁镬送了过去，在一座亭子里摆放着。一位馆里面的老先生跟我说，你以为这大铁镬真是和尚用来做饭炒菜的？它可是大有来头。福田寺是坐西北向东南，对面有一座山，叫火焰山，从风水格局来看，是有冲煞的，因此，建庙之初，就铸了这口大铁镬作为厌胜的宝物。破"四旧"那阵子，大铁镬移走了，这座千年古刹居然就莫名其妙地毁于一场大火，有人说是一个疯头陀烧掉的，有人说是天火烧。总之，它是毁掉了。听他这么一说，我就想，我的罪过大了。可是，它移走了之后，我就接连碰到了倒霉事。我瞎掉了一双眼睛，后来又折断了一条腿。摊上这样的事，想来也是罪有应得。不过，眼睛瞎了，心里却亮堂了许多。

没了大铁镬，你怎么烧开水？

打那以后，我就不再卖开水了。我这日子过得也算安耽。再说，不久以后，乡里装了自来水，有了电茶壶，也没人愿意到我这里买水了。有一年，我手头闲着，打算在巷弄口的路廊里摆长茶，摆了几天，也不见人来喝，那年头乡里人都忙着办厂，谁还有闲工夫喝茶？不过，我每天还是用福田寺的井水给自己烧一壶。

你家门口堆积着那么多柴火，怕是二三十年也烧不完。

都是早些年从山上或解板厂捡来的废弃木头。

是桉树的木头？

对，我家附近的桉树早被人砍伐得一干二净，那一片地方建起了水泥房工厂。河流呢？这里的人对它好像从来没有停止过折腾，从前沿岸种满的桉树，让河水变了味，现在工厂里的污水排放到河里头，散发着一股更浓的臭味。可它毕竟是一条河呀。

老人这样说着，打开窗子。从窗口望出去，就是一条河。他虽然什么也看不见，但还是做出"看"的样子。

我已经看不见这条河了，只能听见河水流淌的声音，他说，我睡下的时候，河水在流淌，我醒来的时候，河水还在流呀流的。河比人活得长。在我出生之前，这条河就已经在这里了，在我死后，这条河还会在这里，还会日夜流呀流的。

老人说话的时候，我似乎还能听到一条河流在静静地流淌。那是从前的河流。

我们出来时，门外的雨已融入暮色，看起来只是一团饱含水汽的烟雾。远山浮在高低错落的楼房之上，仿佛随时都会飘走。我们出了巷口，站在一家小卖店的屋檐下，等待着一辆出租车。老洪转头对我说，如果你把老人家今天讲的故事记下来，稍稍整理一下，就是一篇很好的小说。出租车迟迟没到。老洪在抽烟，老麻在抽烟，老林在抽烟。我在烟雨迷蒙里还是有一种恍惚的感觉。车在雨雾中缓缓驶来。我坐在车里，望着前头黏糊糊的流动的车灯，感觉自己正从某个故事发生的地方一点点抽离出来。

过了很长一阵子，我以为，老人和他讲的那些故事早已被我淡忘了，但今天，却莫名其妙地从脑子里浮现出来。

我要说的是，这个故事，是我在雨天听来的，今天恰好也落雨，于是就想跟身边的人说点什么了。

（原载《芙蓉》2022年第2期）

东君，主要从事小说创作，兼及诗与随笔。著有长篇小说《树巢》《浮世三记》，另有结集作品《东瓯小史》《某年某月某先生》《子虚先生在乌有乡》《徒然先生穿过北冰洋》《面孔》等。曾获郁达夫小说奖、茅盾文学新人奖、十月文学奖、《人民文学》短篇小说奖。

牧羊人次松次仁

◎ 拉先加（藏族）　增宝当周（藏族）　译

一

藏族有句谚语：有福的牧羊人即使睡着，羊群也能回到自己身边。然而那天，牧羊人的这一心愿没能实现。

次松次仁醒来时看到太阳已从天空正中央稍稍偏移到了西边。南边一片乌云像个阴沉着脸的人正凝视着大地。他不慌不忙地侧身躺下，地上散落着之前吃油馍时掉下的残渣，好多蚂蚁围在上面。那些蚂蚁拥挤着为食物奋不顾身的样子，让他心中不由生出一丝对有情众生的悲悯。牧羊人次松次仁嘴里有时会冒出一句"有情众生，有情众生"。每当这样说起，麻囊下庄的人们就会嘲讽地说，拇指般大小的人儿说着石头般硕大的话。但他并不想理会。他是一个少言寡语的人，对他来说，生活中最多余的好像就是说话了。次松次仁对这些蚂蚁虽有一丝怜悯，但他还是非常顽皮地吹了一口气，那些蚂蚁一下子跟食物一道飘了起来。过了一会儿，他起身观望四周，山沟中的草木已变金黄，大地如同披着一层金色的外衣。整座山谷已然没了绿意，满目萧然。

次松次仁没看见自己的羊群，羊群没像往常一样环绕在牧羊人周围。他突然起身又一次观望四周，但羊群如同一朵被风吹走的白云没有了踪影，大地的空旷和寂静使他心中生出一种被人遗忘的孤独悲凉之感。他快速拿起干粮、投石绳、望远镜等一些牧羊人的"装备"，没来得及抖去沾在衣服上的草屑就忙着从温巴日山正面爬去。

在他睡觉的时候，羊群不见了，这绝不是一件寻常的事。次松次仁坚信，在山上他侧着睡、仰着睡、趴着睡，无论怎么睡，羊群都不会走远，会围绕在身边。他也一直认为自己就是那句谚语中所指的牧羊人，自己的羊群就是谚语中的那个羊群。他满身是汗，从山的正面爬上温巴日山顶，视野开阔了许多，但除了狭小的山沟、凹陷的山坳、干涸的河床和黯黑的断崖，目光所到之处都没有发现自己的羊群。次松次仁急了。他气喘吁吁地在山体正面的蓝色巨石上休息片刻，心想："啊！可恶！大白天的羊群会去哪里？是被狼吃了还是被人偷了？"他陷入了疑惑。不管怎样，羊群如同被风吹走的一朵白云不见了踪影，仿佛是眼前的大地故意跟他开玩笑把羊群藏了起来。

一眼望去，目光被赛青冈挡住。高高的岩山虽直插云霄，但在山顶却像一个豁口般形成一处山坳，山坳右侧焦黑的拉则①宛如一位端坐着眺望远方的老太婆。山冈的另一侧是亚囊上庄，一般羊群不会去那边。次松次仁眯着眼看了一会儿那山坳。一条山路修在深沟，非常狭窄，远远看去像个落有阴影的黑洞。那样看

---

① 拉则，藏族地区山口、山坡、主峰、边界等处用石、土石所堆砌的石堆，其上插有长竹竿、长箭、长木棍、长矛，还拴有经幡。

着，他嘴里不由说："啊！不好！"过了一阵，几只羊沿山路走了回来，像是被黝黑的山路吞进去又吐出来一般。羊慢慢变多，白悠悠地铺满赛青冈的山坡，羊的咩叫声随风飘到他的耳畔。

"咯——"次松次仁看见羊群大喊一声，从温巴日山正面朝赛青冈跑去。

二

"鲁亚——"次松次仁跑到赛青冈脚下，朝在山头吃草的羊群大喊。

"鲁亚——"然而，那只叫鲁亚的放生羊并没像往常一样从羊群中出来，走向他。往常只要喊一声鲁亚，它就会像听懂了人话一样，无论距离远近都会朝他跑来。鲁亚是次松次仁的知心朋友，它虽不能像朋友一样说话，但他们已经在心底认定了彼此，语言就多余了。鲁亚是次松次仁用自己的干粮喂大的，现在它已经长成了一只羊角锐利、羊毛洁白的公羊。平日里他们没有太多交流，但这羊从一开始就知道，鲁亚是次松次仁给它起的名字。只要叫一声，它就会来到牧羊人身边。

没有看到鲁亚，次松次仁四只四只地把眼前的羊快速数了一遍。少了十只。他又气喘吁吁地爬上赛青冈山顶，走到赛青拉则旁，朝山头另一边望去。跟以往不同，亚囊上庄的山谷空空荡荡，没有人畜身影。从前，他也听说过，亚囊上庄和麻囊下庄一样，如今已经没人放羊了，男女老少都走出了山谷，他们夏天去挖冬虫夏草，其他季节外出打工。然而，他没有想到这座山头像是被人掏空了，已变得空空荡荡。不过，现在他没有时间想这些，他要想的是包括鲁亚在内的十只羊去了哪里。

那天，一切都有些反常。羊群无缘无故从山谷走向赛青冈，而且朝着赛青冈另一边走去，又从山坳里走了回来。在这空荡的山头，除了次松次仁再无他人，但好像又有个看不见的人赶着他的羊群朝赛青冈那边走去，然后又赶了回来。这样一想，次松次仁心中忽然燃起一股火，他直勾勾地盯着被风吹拂的赛青拉则，嘴里喊出："老天爷、护法神！是谁赶走了我的羊群？"但赛青拉则宛如一位端坐着眺望远方的老阿妈，一言不发。

"鲁亚——"次松次仁朝赛青冈另一侧的亚囊上庄山谷大声叫喊。从远处红色岩山发出的回声立刻回旋到他耳旁。山顶刮起的寒风使次松次仁脸上流下的汗水完全变干，卷起并散落在脸颊两侧的长发也随风飘动着。他干裂的嘴唇已经脱皮，看上去迷茫而焦急。他急切地用目光在上庄的土地上搜寻，没有发现自己的羊。他跑向山坳中那条黑洞般的小路，朝上庄山谷走去。

太阳即将落下，天边的乌云变得越发厚重，现在半边天已经变成黑沉沉的一片了。据说是因为赛青冈亲切地将麻囊下庄抱在怀中，背对亚囊上庄，所以，阴面的赛青冈水草丰盛，但朝向上庄的山头却恰恰相反，阳面的赛青冈没有草皮，像一张怒气冲冲的人脸，越发通红。这却使次松次仁发现了线索，通红的土地上留下了羊群的蹄印。他一路追踪，蹄印渐稀渐少，十几只蹄印落在延伸至山脚的那条小路上。次松次仁从那些印在红土地上的蹄印中间还发现了一串人的鞋印，就落在那串蹄印后面。观察着这些足迹，他发现羊群被赶走已经有段时间，印迹其实已经被风侵蚀了一点儿。自己的羊已经被小偷赶走多时了，他想。

三

次松次仁给父亲饶丹打电话说了羊被偷的事。通常，他们父子间没有太多谈话。父亲是个急性子，他经常感觉自己的脑子有点儿跟不上。

"那么多羊怎么就从你眼前消失了？"电话里父亲抱怨说。

"我稍微睡了一会儿，羊群就被赶走了。"次松次仁紧盯着坐落在山谷中的亚囊上庄慢条斯理地说。

"谚语说，男子贪睡易失势；女子贪睡易败家。真是不假。"父亲总是喜欢说谚语。

"阿爸。现在不是说谚语的时候了，应该跟着小偷的脚印走，蹄印和脚印伸向了亚囊上庄。"他说。

"可恶！小偷肯定是到处流浪的'六只手'。"父亲的话中带着怒气，"一定要留下他的脚印。哎！现在快要下雨了。"父亲又说了些语无伦次的话，次松次仁一时没能理清头绪。最后他说，"我们很快就到。"话音未落，一阵雷声传来了。

乌云从高处往下黑沉沉地压来，即将落下的太阳已被乌云完全遮住，刹那间周围被一团阴影包裹起来。不知从哪儿刮来一阵大风，掀起的尘土，弄得次松次仁一时无法睁开眼睛。可恶！次松次仁冲着大风、乌云、雷声骂道。电话中父亲的嘱咐前言不搭后语，绕来绕去，他只记住"留下脚印"这句。俗话说，小偷虽已进深山，脚印却已清晰留下。倘若自己能留住小偷清晰的脚印，那么如父亲所说小偷有可能是亚囊上庄的"六只手"，不就有了证据吗？然而，强风正在抹去红土地上的印迹，之后还可能会下一场大雨。情急之下，次松次仁突然有了个主意。他在路边一处较为清晰的脚印周围堆了一些石头，上面盖上自己的衣服，又用石头压住衣服的四个角，以防被风吹走。做完这些，他继续沿着蹄印和脚印向山谷走去。

山谷里有一条不大不小的河，就在河边，蹄印和脚印消失了。小偷多么聪明啊！他把羊群赶进河里。次松次仁耐着性子走了一段路，看见一些羊粪散落在石头缝里。又继续走了一会儿，就在河岸左侧的小路上再次发现了蹄印和脚印，一路向山谷深处的亚囊上庄延伸。

儿时，次松次仁在乡村小学读书，他从课本上读到过一句话："山谷深处有一座村子，村里只有上进之人，没有堕落之人。"后来麻囊下庄的一些顽皮的孩子就把它改成了"山谷深处有座村子，村里只有堕落之人，没有上进之人。"事实也是如此，半农半牧的亚囊上庄里有几个出了名的小偷，所以整个村子也由此变得更加出名。那些出了名的小偷白天赶走别人家放在山头的牛羊，晚上拿走别人门口的东西。有一段时间，市场上羊皮的价格很高，那些小偷就在山上宰杀人家的羊，拿羊皮去卖。

有时，名声就像一阵雷，它可能是绵绵细雨的预兆，也可能是暴雨冰雹的前奏。因为那些小偷，这里的人遭受过不小的损失。但小偷们逃到山里住上一两个月，搞得乡里的警察也无处抓捕。后来，村里的老人请来了麻囊下庄的活佛，让村里人在活佛面前起誓，那儿的小偷确实变少了。这些年，其实小偷已经没有了可偷的牛羊。这里的人们逐渐卖掉牲畜，去其他地方打工。次松次仁可能是最后的牧羊人了。

在亚囊上庄的路口，随一阵雷声降下了倾盆大雨，是头顶那朵乌云再也忍不住了。在这里秋雨是极为珍贵的，有秋雨如牛奶、如酥油的说法。然而，它现在正在给次松次仁制造麻烦。雨像是存心庇护小偷般地下着，它压住飞扬的尘土，也制造了泥泞，路上的一切都将被冲刷干净。秋雨啊！

四

身上流着雨水来到次松次仁跟前，他才知道父亲饶丹电话里说的"我们"指的是他和邻居家的几个男人。同时他看到父亲手里拿着自己为保留脚印而盖在路上的上衣。

"这秋雨来得真不是时候啊！"父亲一脸愁容，继而转向次松次仁，"有福的牧羊人即使睡着，羊群也会回到自己身边。现在羊群在哪里？啊？牧羊人。"

"那个小偷难道有神灵在庇佑？"雨衣发出吱吱声的那个邻家男人说，"老天爷也在帮他。"

"鲁亚也被偷走了，谁会偷一只放生羊啊？"次松次仁说，"脚印和蹄印已经被雨水冲走了。现在该怎么办？"

"大白天从牧羊人眼前赶走羊群的人一定是'六只手'，不是说他有神灵保护吗？"另一个人说。

雨势似乎没有变小的迹象。相反，天空像是被谁捅破了一样，雨水如注般倾泻下来。他们站在一片迷蒙的雨水中说话，次松次仁感觉有一个黑白分明的神灵就在这片迷蒙的天地之后。

"不是有人说六只手是霍尔六只手指的转世吗！在这个世界上一个小偷都能有这样的荣耀，真是奇怪！"父亲说完，另一个邻居鼓起勇气说："现在即便是老虎身上的毛也要拔。我们现在就冲进他家里，那么多羊他肯定没地儿藏。"

"如果六只手是个像疯狗一样无头无脑的人，那么到现在为止，偷东西不可能不留下一丝证据。"这会儿父亲饶丹不再焦躁，反而变得十分理性，"他今天能这样把羊偷走，肯定是早有准备。不过，他又不是有先见之明的上师，怎么知道会下雨呢。他家里肯定有一处谁都无法找到的藏羊之处。上庄和下庄本来就有矛盾，我们如果直接冲进他家，无疑是在旧伤疤还没恢复的情况下再制造新伤疤，到时就不是几只羊的问题了。"

"那我们就这么算了吗？"邻居家的男人问。

"那些羊肯定被赶进了村里，六只手有很大嫌疑。"父亲饶丹挥手让大家先回去。他说，"现在只能埋伏观察了。"

听到"埋伏"一词，次松次仁感觉有位旧时代的老人正在慢慢靠近。他从父亲口中听到这样一个陌生词语，感觉自己也要多说一些话。然而，自己只在山头对着鲁亚说过一些从父亲那里学来的谚语，大部分时间他都沉默不语，而且他已习惯了不言不语，慢慢变得说话都有些不自然了。

关键时刻父亲饶丹有一种与众不同的智慧，尤其是有一种将全局揽入囊中的气魄。次松次仁心底生出一股对父亲的敬爱之情。但他没说什么，只是问了一句："怎么埋伏？"

"要自己扒下十只羊的皮、取出十只羊的内脏是不可能的。按这数量，小偷肯定要卖给屠夫。所以，不会一直把羊圈在家里。我们要选一个高处埋伏起来。"父亲接着说，"尤其需要观察六只手家的情况。"

"那我来埋伏。"次松次仁说。

"对一个人进行埋伏，就要像去寻找那个人的影子一样，人多了没用，反而会让对方发现，说不定小偷也在看着我们。所以，我们先要佯装回去。"父亲这样安排后那些人就按原路回去了。秋雨像是专门来保护小偷的，它洗过大地，而后渐渐变弱，最后就像假装哭泣的人脸上留下的几滴泪水。

他们沿着亚囊上庄的岩山小路朝赛青冈山崖走去，这时周围的阴影变得越来越浓，天色渐渐暗了下来。在黑夜的掩护下，父亲饶丹对前来的邻居道谢，然后安排他们返回。他和次松次仁商量选定亚囊上庄一个高处埋伏。

五

牧羊人次松次仁父子在一个漆黑的夜里开始了漫长的等待。

他们躲在亚囊上庄前方岩山的一个土坳中，在雨后寂静的夜里，眼前的上庄沉陷在黑暗之中，几户人家窗户里发出的微弱灯光投向夜幕。父亲指了指离他们较近的一侧村庄外围的灯光，说："那就是六只手的家，要格外留意。"

次松次仁在黑暗中死死地盯着村边那个窗口的灯光。地面已经湿透，雨水沉积，他和父亲像两只青蛙一样趴在泥泞中。秋风瑟瑟，又是在没有月光的夜晚，寒冷使他们不停地哆嗦。空中的乌云一点点变薄，眼前却依旧被黑暗笼罩，看不见星辰。这黑暗好像故意要包容所有罪恶。

"阿爸！如果六只手趁天黑赶走羊群，我们也看不见啊！"次松次仁说出了自己内心的担忧。

"赶走差不多十只羊怎么可能没有一点儿动静，它们会发出咩叫声。"次松次仁发现冷风改变了父亲的声音。

"再说六只手是个非常聪明的小偷，他知道我们暗中埋伏，今晚可能不会把羊赶出来。"父亲一边拧着次松次仁上衣的雨水一边说。

"阿爸！有点儿冷。上衣您穿上吧！"说完次松次仁就感觉有点儿不自在了。他们父子几乎没说过一句带温度的话。他和父亲的对话一直都是男人对男人的，近似于两个外交官之间的"谈判"，理性而克制。他也不知道从何时起就成了这样。一直以来，父亲也从不把他看成一个孩子，家中所有大事小情都会平等地和他商量。所以，他从小就开始说"大人话"了，长大成人的过程可能就是语言的变化了。

"我不冷。要特别注意雨后的这股寒风，它叫'雨风'，以前有人就在这种雨风中冻死过。你穿上。"饶丹把上衣披在了次松次仁身上。穿上湿漉漉的上衣，次松次仁就听到从山谷中传来风的呼啸，他感觉上庄山谷的所有空间都被一股强风所占据，如同一股江水在山谷激涌而下。

"这风声好大啊！羊叫了也听不见啊。"次松次仁再次说出自己的担忧。

"这风实在可恶。不过它会吹走乌云，如果头顶的乌云被吹走，就会看见星星和月亮。那时，六只手就没有夜色的掩护了。"父亲说了一句非常睿智的话。

"阿爸，鲁亚也被偷走了。谁会偷走一只放生羊？"想起鲁亚，次松次仁忧心地说。这位牧羊人，没能保持住把话装在心里的内敛。

"人没有羞耻是狗，狗没有尾巴是鬼。亚囊上庄的那些小偷怎么会听道理，尤其是六只手，他本就是个无恶不作的人。如果会看是不是放生羊，他就不会这样偷东西了。"听了这话，次松次仁心情更加沉重了，似乎有一块又冷又硬的石头压了上去。

"只有两只手的人被叫作六只手，他可是个不一般的小偷。"父亲说完沉默了。次松次仁也不说话了。

沉默中，次松次仁想起自己丢失的那些羊，尤其想念鲁亚，想起鲁亚的通人性，想起在山顶靠着它睡觉时的温暖，想起他给它喂食时鲁亚用湿润的嘴唇触碰他手指的情形，每当呼唤它，它便咩叫着从远处朝他跑来。一想到心爱的鲁亚可能被困在一处黑暗里承受苦难，就像他现在一样，而他对能否找到它毫无把握，他心中就生出一丝悲凉。

过了一阵儿，如父亲所料，头顶的乌云被吹到了东边，蓝黑的天空闪起星星点点。不久，一轮满月终于从东边的乌云中挣脱出来，高悬在村庄上方。从村里人家窗户透出来的灯光陆续变暗了，村边六只手家的灯光也熄灭了。

"不听老人言，必有恓惶泪。倘若你以前听我的话把羊卖了，现在就不用吃这样的亏。"父亲朝次松次仁埋怨道。

次松次仁没搭腔。关于卖羊的事他们父子有过几次争论，每一次都是次松次仁败下阵来。"你看看别人。"父亲讲周围村子里有人卖了羊群，买了汽车，还有的到外地打工，讲的都是身边熟悉的真人真事，也就特别有说服力。有的人刚在外面待了一两个月，他发财了的消息就传回到村里。有的没有牛羊的家庭，现在也过得富足了，还变成了有汽车的富人。所以父亲经常说："你看看别人。别整天跟在羊屁股后放羊了，你应该和村里其他男人一样去外面见见世面。"听父亲的语气，那些人好像不是外出打工，好像他们一边看着风景，一边就有钱自动落入口袋。

次松次仁不想把自己的羊群卖掉，他从七八岁开始就跟在这群羊后面，高中没有毕业就自愿留在家里当起了牧羊娃。那时父亲也没要求他继续上学，他就一直过着放牧的生活，一年四季，日复一日。长年一个人放牧，次松次仁的话渐渐变少了，性子也变得慢了。村里的羊一天天减少，人们后来就不叫他真名，改称他"牧羊人"了。家里人看不过去，也觉得他应该像"别人"一样，卖掉羊群去外面闯闯。然而，次松次仁没有听从他们的建议，他心想，只要是有人的地方，就不可能轻轻松松做到衣食无忧。再说，"外面"对他来说太遥远，他想象不出一点儿能吸引他的细节，更别说好处了，脑海里浮现的，只有出去就不得不面对的艰辛。起初，他对劝说他的人解释，要赶着自己的羊，唱着自己的歌过日子。慢慢地，也就不愿意再多费口舌了，人们觉得他当牧羊人当得太久了，现在变成了一个傻子。

"阿爸。你饿吗？"过了一会儿，他问。

"饿也要忍着，干粮不能吃完。我们要在这里盯很长时间。"父亲说，"至少明天一整天不会有人送食物来。"

"我还剩很多干粮呢。"次松次仁打开随身的干粮口袋，从里面拿出一块馍馍说。

"你母亲说你饭量很大，是不是老拿干粮喂鲁亚？"父亲语气中夹杂着责备，"用馍馍喂它，让它变胖，屠夫就会第一个宰了它。"

"……"

次松次仁还是没有搭腔，父亲的话刺痛了他。他想立刻起身冲进六只手家，眼前的村庄仍旧一片平静，仿佛什么都没有发生。

六

第二天，黎明的曙光在东方天地间划出一道明暗界线。没过多久，一束耀眼而温柔的阳光照在次松次仁脸上。饶丹黎明前就已越过赛青冈回家了，他计划今晚给次松次仁送被褥和干粮来。

"小偷不会在白天赶羊出门，所以今晚非常关键。"父亲接着说，"你守在这里不要动，小偷可能也在观察这边。"

饶丹走后不久，次松次仁拿起望远镜从晨光中将山下六只手家里里外外仔仔细细观察了一番，没有发现任何异常。一缕轻柔的阳光照在他身上，他感受到一股湿气正慢慢从骨肉皮肤间抽离，而且亲眼看到从自己的上衣冒出了一股热气。过了一阵儿，他又看到亚襄上庄的房屋顶上挂着的经幡和泛黄的树叶上裹上一层金黄的光晕，几个烟囱已经冒出了如柱的青烟。这个时候，好几户人家的妇女已经开始烧火做饭了。

又过了一阵儿，六只手家的烟囱还是没有冒烟。次松次仁有点儿着急，他在等着六只手起床，等着他从家里走出来。如果那家伙出了门，就说明昨晚他没有趁着黑夜把羊赶出去，那样次松次仁就能安心一些。

亚囊上庄的房屋在这个深秋的清晨里，舒缓而安静。次松次仁看见有的人家门口的看门狗在摇尾巴，时不时地还能听到狗吠声。前后两座山都是岩石山，亚囊上庄就坐落在这个狭小的山谷中。这个清晨，次松次仁像一名哨兵隐蔽在山腰的土坳里，用望远镜将亚囊上庄的动静尽收眼底。

六只手终于出现了。

他身披藏袍，伸着懒腰走出了房门。这个远近闻名的六只手不高不胖，外表普普通通，没有任何突出特征。次松次仁曾在新年赛马会上见过他，当时他骑着一匹黑马经过，身边的同村人告诉他，"这就是六只手。"当时他心想，小偷都能这般威武吗？他提出自己的疑问，同村人说："身体是鬼，衣着是神。今天这人穿了一件好衣服，再骑上黑马，小偷也能威风八面啊！"另一个人接过话茬儿："没什么可羡慕的。从头到脚都是偷来的。"看来正如人们说的，"衣着是神"，现在他穿着普通的藏袍，平平无奇。

六只手在门口撒了一泡尿，之后抬头朝前面的岩山眺望片刻。虽然有些距离，但从望远镜中能清楚地看见那家伙的脸，次松次仁赶紧低下了头，不过马上又想到，六只手不可能有那么好的视力。这座被视为亚囊上庄神山的红色岩山高耸巍峨，相比之下，他只相当于一只蚂蚁的大小。神山能够而且已经将次松次仁掩藏好，这是毫无疑问的，于是他又拿起了望远镜。六只手依旧站在原地望着这边，他似乎真的察觉到了什么，次松次仁又一次把头低下了。当他再抬头用望远镜看时，只看到六只手的背影消失在他家房门背后。

"小偷！"次松次仁不由得嘟哝了一句。他仰身躺下，天空犹如连夜被擦拭干净的镜子，蔚蓝清澈。在山上放牧时，次松次仁喜欢这样躺着盯着天空看，看得久了，感觉这镜面上会突然映出自己的身影。现在他更希望天空真的是一面镜子，那样即使他现在这样躺着，也能看到六只手家的动静。

如果运气好一点儿，兴许还能看见被圈在门口牛圈中的鲁亚和另外的那些羊。

太阳一点一点升起来，次松次仁听见从自己肚子里发出的声响，他从袋子里拿出一块儿母亲做的油馍吃了起来。塑料瓶中的水早已喝完，他的嘴唇已经开始干裂脱皮了，每咽一口干硬的馍都要费一番力气。这块儿馍馍本来是留给鲁亚的。他想起鲁亚嘟着羊嘴吃他喂的馍时，唇齿间会发出吱吱的声音，吃完了还用嘴拱着他的手，继续索要。要是不理，它会用羊角触碰装着干粮的口袋，蹄子焦急地跺着地面。"如果不抑制自己的食欲，黑暗的肚子是无法满足的。"每当这时，次松次仁就会摊开自己的双手，说一句从父亲那儿学来的谚语。鲁亚会像听懂了一样，安静下来，卧在地上反刍。当他轻轻抚摸鲁亚洁白的羊毛时，它就像一个被宠溺的小孩子，眼中泛起幸福和安逸。想到鲁亚和丢失的羊现在可能没有吃食，没有水喝，次松次仁就没有了食欲。鲁亚，饿了你就大声叫吧，只要你叫，我就一定能将你找到！

七

到了中午，次松次仁真的听到了一声咩叫，他赶忙翻身拿起望远镜向亚囊上庄环视了一番，但没有任何发现。最后他锁定六只手家，里里外外看了个仔细，没有人出门，也没发现什么异常。他只好又仰身躺下了，心里怀疑自己是不是出现了幻听。

"咩——"过了一会儿，又听到一声咩叫。

这回他感觉不是幻听，立马又爬起身拿起望远镜观望。秋末的村路空空荡荡，小孩儿们去县城上学了，大人们出去打工了，牲畜基本上都卖掉了，村子里不再有嘈杂声，安安静静。屋顶的经幡懒懒地飘着，一两个烟囱冒出断断续续的青烟，看门狗在打盹。他企图找出叫声是从哪里传出来的，还是没有任何线索。是自己丢失的羊群在六只手家里发出的哀鸣吗？他差点儿朝向村庄大声喊出了鲁亚的名字。

"咩——"叫声再一次响起。这次次松次仁发觉声音不是从村子里传来的，而是来自村后的岩山，而且不是绵羊的叫声，是山羊的声音。

次松次仁对面亚囊上庄的后山与前山不同，陡峭的岩山直入云霄，像是大地燃起的一股火焰，一直烧到天际。陡峭的红色岩山上有许多山梯和沟壑。次松次仁透过望远镜仔细观察，突然，在一块石阶上发现了一只黑色山羊，正朝这边咩叫。石阶在陡峭的山崖上，石头周围的青草已被山羊吃完，一点儿不剩。根据他的经验，那只山羊应该是追着青草不知不觉走到那里的，然而现在它前面没有路，脚下的平地也窄得无法转身了。当地人把这种现象叫作山羊被困岩山，就如同一个利欲熏心的人走上歧途，最后让自己深陷困境。山羊似乎已经在石阶上困了好几天了，断了水草，看起来很虚弱。

这山羊看起来是没救了。它自己走上了绝路无法逃脱，朝眼前的亚囊上庄发出求救的哀鸣也无济于事，没人会不顾自己的性命爬上岩山去救它的。它只能在那块儿巴掌大的岩石上等待死亡。可能是昨晚的雨水温润了它干渴的喉咙，现在又能发出求救的叫声了。几声咩叫似乎耗尽了山羊最后的气力，现在它只是伏贴在地，一动不动地看着村子的方向。

次松次仁用望远镜朝对面的岩石看了很久，心想有情众生实在可怜，为一时饱腹竟导致断送性命的后果。如果是在村里，他说出"有情众生"这样的话，村里人就会嘲笑他，拇指般大小的人儿讲出天大的道理来了。他不想理会那些说他的人，心想是他们不懂得他的心。他虽然年纪还小，但觉得在山上度过的放牧日子让自己真正地成熟了。他觉得真正的成长，应该是心怀变开阔，目光变长远，而不是像村里人那样，年纪越大，心却越狭窄，目光也只能看到眼前了。人们把时刻计较得失，为眼前的一碗饭打拼叫成熟，令他心生怜悯。这就是他对"有情众生"的怜悯。山上广阔的空间拉长了他的目光，无边的大地抹平了他内心的波澜，让他的心容得下天地间的一切躁动，回归宁静。日复一日，年复一年，他渐渐变得少言寡语了。

次松次仁一边忧心忡忡地看着被困在岩山上的羊将要饿死，一边惦记着自己丢失的羊群，尤其是鲁亚，它们现在也可能正在忍受着饥饿之苦。鲁亚一直都是他用干粮喂大的，怎么忍受得了没有食物的痛苦呢。想着，他又去看六只手家，他不知何时出的门，正站在禾场上仰头望着后山。看来他也发现了被困的山羊。次松次仁心想他是不是正在等待山羊断气掉下悬崖。

八

"举着望远镜朝太阳看会暴露自己的。"在昏暗暮色掩护下到达的饶丹听完次松次仁的讲述，马上埋怨道。

"望远镜镜片反射的光，已经把你出卖给六只手了。"

"六只手会是那么细心的人吗？"次松次仁后悔地说。

"六只手是一个极其聪明的人。如果没有计划，他就不会贸然行事。如果没有点儿能耐，他怎么可能到现在都没被抓去。"

"那怎么办？"

"哎呀！不听老人言，吃亏在眼前。"父亲借机教育起他，"卖羊的事情我跟你说了多少次了，可你就是不听，说什么与其从别人那里要牛奶，还不如自己喝开水。"

父亲边从口袋里取出母亲准备的饭边说："不说了，先吃点儿东西。人是铁饭是钢。先吃饭，再想办法对付那坏人。"

次松次仁吃着母亲烹制的肉、土豆、馒头，这些东西比平常更美味。他的喉咙被噎着，还差点儿流出了眼泪。父亲拿起小茶壶倒出一碗奶茶递给他说："一天没吃饭也不至于急成这样，鲁亚已经丢了，没有谁跟你抢饭。"

"现在该怎么对付六只手？"次松次仁追问。

"看不见时上山顶，不知道时问长者。现在只有跟那个小偷比谁更有耐心了。"父亲说。

"阿爸。现在不是说谚语的时候。"

"那我再说清楚点儿。六只手可能已经发现你在观察他了。所以，他不会把羊赶出来卖掉，肯定要等我们先回去再处理。这是一场比赛，现在就要看谁更有耐心。"

"人可以比谁更有耐心，但羊能扛得住吗?"

"他肯定也准备了一点儿水和草料，但不可能维持很多天。"父亲继续说，"但愿那些羊没死之前我们就能分出胜负。最好那家伙先挺不住趁着天黑把羊放出来，我们也可以装作若无其事地把羊赶回去。这是最好的结果。"

羊要在人的"比赛"中忍受饥饿的折磨，可怜啊！人们总是要分出个黑白善恶，还要争胜负，这胜负中，不光有正义，还夹杂着仇恨。次松次仁心想，倘若六只手心中真有仇恨，他的仇恨如果能够渐渐消失，然后愿意把包括鲁亚在内的那些羊放出来就好啦！他仰头面对还没升起月亮的天空祈祷：上天若有神明，请在那个小偷心中点燃一盏善良之灯吧！东边升起一轮满月，他相信自己的愿望能像那轮月亮一样圆满。

"或许六只手会不忍心看着那些羊死掉。"他对父亲说。

"是啊！现在就看他有没有良心了。"父亲爬到一处土坳里抽起了烟。

父亲说话时，次松次仁想起了那个被困在对面岩山上的山羊，它早上对着亚囊上庄咩叫两声后就趴在了地上，直到现在再没发出任何声音。下午次松次仁用望远镜观察了很久，发现那只山羊一直纹丝不动，耷拉着脑袋卧着。他心想，它是不是饿死了？不过马上看到那山羊抬起了头。他调节望远镜的焦距，将对面放大，仔细观察。那是只黑色山羊，在红色岩山上格外明显。山羊仍然抬着头看向前方，次松次仁感觉它是在看自己。透过望远镜，他和山羊的目光相接，仿佛拉上了一条无形的绳索，将次松次仁的心牢牢地拴在对面的岩山上。

次松次仁将山羊的事情说给父亲听，然后说："亚囊上庄的人一点儿怜悯之心都没有。"

"山羊的命重要还是人的命重要？"父亲说，"那么险峻的岩山，谁会不顾自己的性命去救只山羊呢？"

"我如果不是要在这里盯梢，一定会去救它。"次松次仁说完，看到皎洁的月亮已从山顶慢慢移到了高处，眼前的狭小山谷被一层柔和且微茫的光亮包裹着。

九

第二天早晨太阳升起时，次松次仁又和六只手的目光碰上了。

他当时头上盖着自己的灰色上衣，从一处缝隙观察着村边的六只手家。六只手依旧披着同一件藏袍出门撒尿，在晨曦中，次松次仁看到了六只手腿边冒着热气、泛着光泽。整理好衣服的六只手不紧不慢地走到禾场中间，抬头向前山次松次仁的方向看了过来，他们"对视"了一阵子。

对这一次六只手是不是发现了自己，次松次仁没有十足把握。他想自己的灰色上衣应该已经跟岩石融为一体了，现在不管发生什么都不能动弹，于是仍旧一动不动地从衣服的缝隙中用望远镜目不转睛地观察。六只手朝山上望了一会儿，然后将两只手从藏袍里抽出来搓了搓脸。咦，他不是六只手吗？这个早晨，远近闻名的小偷显得平和，而躲在前山土坳里的自己却像个小偷，唯恐被他发现。显然在这个时刻，次松次仁比小偷焦虑。天亮之前父亲就回家了，否则他还可以问问父亲那家伙安定自若的神态下面到底藏着什么算计。饶丹走时只是说："六只手和你两个人的比赛才刚刚开始，你要做好在这土坳里待好多天的准备。"

六只手朝这边看了很久，然后转身看后面的岩山。次松次仁心想，那家伙在找什么？看来他不能确定自己的对手在哪里。或者他也发现了后山的那只山羊，想看看它是不是已经死了。还是说六只手四下张望只是一种障眼法？无论如何自己决不能落入对方的圈套，次松次仁心想。他循着六只手的视线向岩山望，发现被困的黑羊正盯着自己。在这个清晨，次松次仁通过望远镜先后与六只手和奄奄一息的黑羊"对视"，他从他们的眼中真切地看到善恶、黑白这些抽象的词汇；也是在这个清晨，次松次仁深深陷入内心的纠缠。

晌午的太阳像是被一条绳子吊在正当空，干燥的阳光毫无遮蔽地照在土坳中次松次仁的身上，他感觉自己正在变成气体一点点蒸发，次松次仁拿起父亲带来的塑料瓶，喝了一口水。他的面容已经变得更加焦黑，留下日晒风吹的痕迹。汗水从他干瘦的面颊上流下，一股风把它吹干，就留下一道汗印。这个还有些稚嫩的男人再一次仰身躺下看着天空。这样仰躺着的时候，他几乎能听见自己的心跳声和呼吸声。之前，有时鲁亚和他一起在草地上打盹儿，他把头枕在鲁亚柔软温暖的身上，也听到过它的心跳声和呼吸声，还有它反刍的声音。从鲁亚身上发出来的声音，像是一首催眠曲，悠悠缓缓地将他带入梦乡。有一年，大年初三的早晨，他在鲁亚的耳朵上挂上一团羊毛，在羊角上抹了一点儿酥油，后背上浇了一点儿牛奶，然后在房屋中间的煨桑台周围转了三圈，最后将它放生了。放生了鲁亚之后，次松次仁才放下心来，鲁亚和其他的羊不一样了，不会被宰杀，不会被买卖，可以一直和自己一起住在山上。

这些年，村庄里的大多数人家都卖掉了所有的羊，看到那些羊被牲口贩子吹着口哨赶出村外，次松次仁心里有些落寞，他觉得村里的人们心里只剩钱了。次松次仁除了麻囊下庄没有去过其他地方，不知道金钱的威力。他不愿将自己的羊换成钱，在他心中他的羊和鲁亚一样，和他自己一样，是有心跳有呼吸的鲜活的生命。将它们赶到屠宰场去宰杀是残忍的，但又无力阻止村里人这种看起来再正常不过的做法。他们家也要宰羊，冬天父亲从他的羊群中挑选出一只肥壮的公羊封住嘴巴准备宰杀时，次松次仁会和父亲一道念经忏悔。冬天制作冬肉时他可以痛苦地割舍几只羊，但无论如何也不愿将羊群卖给牲口贩子。这群羊就像住在他心中的部落，自然的生老病死或是每年被宰杀几只是可以接受的，但他不能想象一瞬间失去整个羊群。

"有情众生都一样，羊也是和我们一样的生命。"有时候他试图给父亲讲道理。

那天，次松次仁在湛蓝的天空下躺了很久，他一直盯着天空，却怎么也没能找到自己的身影。他看着看着，感觉自己的身体越来越轻，缓缓地闭上了眼睛。鲁亚咩叫着朝他跑来，身后扬起了尘土。接着鲁亚变成了一匹带着翅膀的天马，它扇动着翅膀飞翔，在空中划出绚丽优美的弧线。次松次仁还看到六只手的眼睛，化成一个漆黑的漩涡，自己和鲁亚一起掉了进去！他醒了，只是一场梦啊。

他擦了擦嘴角，翻身趴着活动了几下身子，又把目光投向村子。过了一会儿，一辆卖水果的手扶拖拉机开进了村庄，叫卖声和拖拉机声在宁静的村庄里显得格外聒噪。他发现六只手走出家门，朝村子上方卖水果的地方走去……

十

晚上父亲带来口粮，黎明又回了家。这已经是第三天了。

早上六只手起床出门之前，次松次仁用望远镜观察后山上的山羊。它前蹄支撑想要站立，结果摇摇晃晃的，最后还是无力地伏倒在地。黑羊用鼻子嗅了嗅周围，它身下那块儿巴掌大的地面光秃秃的，一根草也没有剩下了。次松次仁有点儿担心它会因为站不稳而掉入峡谷，一直死死地盯着对面。过了一会儿，黑羊又试图支撑身子，次松次仁在心里默默地为它鼓劲儿，好像那只黑羊真的能接收到他的力量。要是能把自己的干粮和水给他就好了，他想。

六只手出来了，先是看了一会儿次松次仁所在的山头，接着往地上吐了一口唾沫，回头又看了看后山，好像在猜测那只山羊到底有没有死去。后来，六只手骑着摩托车从村子上方的大道走了。次松次仁看着扬起的尘土猜小偷要去哪里。六只手走后次松次仁彻底无事可干了。他看了看自己周围，红土地上几只蚂蚁忙碌地爬着，有的正托着他的食物残渣前行。他没有再向蚂蚁吹气，而是一直盯着它们看，看蚂蚁们为安逸而奔忙。他已经慢慢习惯了观察。看着看着，"有情众生"这个词又在脑海里环绕了，有情众生，多可怜啊！

比起地上的蚂蚁，被困的黑羊更令他放不下。它在烈日的炙烤下正变得消瘦，一动不动地卧在地上，一只秃鹫如死神的使者般落在山顶，好像正在等着山羊断气，盘算着如何将那条弱小的生命钳制在自己的利爪之下。次松次仁为那只山羊感到惋惜，同时他的鲁亚和其他丢失的羊也正像黑羊一样忍受着饥饿的痛苦，一样在生死的边缘挣扎着，他仿佛看到了鲁亚充满惊恐的眼睛。次松次仁心里生出强烈的渴望，他希望对面的黑羊能坚持下去，如果岩山的黑羊能活下来，他相信他的羊也一定能活下去。

次松次仁已经十分疲乏了。他一直想去救那只山羊，但白天爬山无疑会暴露自己，他需要好好计划。第三天，次松次仁终于下了决心。

晚上，他对送干粮的父亲说了自己的想法，但父亲立马制止他说："自己都无法站立，还怎么帮别人。亚囊上庄的人们也不是故意不去救那只山羊。"父亲分析说，"是没人能在那峭壁上行走。俗话说，搬起地上的石头，弄丢怀里的干粮。你不要多管闲事了。"

"无论如何，那只山羊不能死。"次松次仁没有继续说下去。他和父亲都陷入了沉默。

"六只手今天好像去县城找屠户商量了。"月亮升上天空后，次松次仁在月光下对父亲说。

"也许那只是一个计谋。"父亲不以为然，"知道你在暗中看着他，他故意作出一副若无其事的样子给你看的。"

"那一直这样盯着，他会把羊赶出来吗？"

"已经过去三天了，那家伙肯定在等我们先放弃。我们只能这样等着。"

"如果那家伙一直不将羊赶出来……"次松次仁追问。

"那就会出现人得不到肉、狗喝不到汤的情况。"父亲继续说，"你先睡一会儿，我来观察。"

岩石上寂静无声，他们不再说话，他们现在已经不想再谈羊的话题了。因为他们知道不管说什么，对一切都没有任何把握，只能耐心等待。一轮圆月渐渐从云层中露出来，发出银霜一样的光芒，亚囊上庄山谷中的房屋像是都涂上了一层亮眼的银水。寂静中，时间就像一位步履蹒跚的老人，总是无法到达目的地。时间前行的最终目的地是哪里，次松次仁也不清楚。过了一阵儿，村头响起摩托车的声音，他这才发现是六只手从村外回来了，摩托车后面驮着一袋东西。

"那家伙好像是去买饲料了。"次松次仁高兴地说，他一下子觉得六只手或许不像大家说的那么坏了。

"那家伙是在故弄玄虚，今晚应该不会发生什么了。"父亲躺在地上一动不动地说。

十一

　　第四天早晨，亚囊上庄的人们纷纷走出家门，沿着小路往村子中间的玛尼房走去。

　　次松次仁感觉前几天那些人就和土坳中的自己一样，好像也躲在各自的家中观察着什么。他们从各个方向聚在一起，安静的村子忽然变得热闹起来。人们聚在玛尼房里煨桑。煨桑台上的青稞、糌粑、柏香树枝被点燃了，桑烟升腾起来，在村子上空缭绕。桑烟的味道随风缓缓飘到次松次仁的鼻孔里，敲锣吹笛的声音也飘进他的耳朵中。

　　次松次仁这才想起来，今天是十五。留在亚囊上庄的人们，还保持着这一习俗，向神明祈福。

　　这时，次松次仁看见六只手肩上扛着前日用摩托车驮来的那条麻袋，手中拎着煨桑袋走向玛尼房。

　　次松次仁顿觉心灰意冷，原来他带回来的不是饲料，而是今天法会需要的物件，心里升起的对六只手的些许好感消失殆尽。他在望远镜里看见，六只手在玛尼房前放下扛在肩上的袋子，从煨桑袋里拿出一把小勺，小心翼翼仔仔细细地撒在煨桑台上。他脸上露出一副非常严肃的表情，嘴里念叨着什么，又把酒倒在煨桑台上。然后他绕着煨桑台转了三圈，转完在台前伫立，双手合十，磕头跪拜。看到这里，次松次仁感觉这家伙又有些友善。为什么呢？那只是瞬间的感受，次松次仁自己也说不清楚。他静静地看着六只手磕完头，起身拂去沾在藏袍上的尘土，扛起小麻袋走进玛尼房。次松次仁心想，那家伙今天一整天都不会回家了，那些被拴着的羊怎么办呢。

整个亚囊上庄桑烟缭绕、经幡飘扬，玛尼房里举行仪式的人们熙熙攘攘，后山石阶上的山羊似乎也因闻到味道而抬起了头，它看着村子，动了动嘴唇，好像要向村子里的人们求救，但最终还是没能发出任何声音。在这山谷中，除了次松次仁，谁也不关心这只山羊的死活。

次松次仁一直看着玛尼房内外转经磕头的人，他们大多是留守老人，步子迟重，驼着脊背，非常虔诚地摘下头上的帽子或头巾，露出雪花般洁白的头发。死神的绳索也许已经从那些年迈的老人头顶上方落下来了，有情众生是多么可怜啊！他看腻了玛尼房周围的喧哗，又去观察后山上的山羊。死神般的秃鹫在空中久久盘旋，然后落在火焰般的岩石上，目光盯着石阶上的山羊。经炽热阳光的照射，石阶变成一口被火烧红的瓦釜，黑山羊体内的水分正一点点变成气体，死亡的气息缓缓弥漫在石阶上。如今，石阶上好像只剩下了死亡。次松次仁透过望远镜看着山羊，嘴里小声地呼唤它一声，他希望山羊能听到他的声音，希望它能有力气重新站起来。他多么希望自己的愿望能实现啊！

任凭次松次仁再怎么鼓劲加油，黑羊始终都没能站起来。他寄托希望的山羊眼看就要落入死神之手，而心爱的鲁亚现在也可能正在经受着折磨，他都无能为力。即使六只手没有饲料来喂养他的羊，至少应该能给它们一点儿水喝吧，他想。他觉得自己一直盯着六只手，也只能让自己的羊等死。但是，如果不这样对峙，那家伙就会毫无顾忌地赶着鲁亚和另外那些羊出去，卖给屠夫。倘若真是这样，那么只会有一种结果：他将无法兑现放生鲁亚时作出的"不买卖、不宰杀，今生将它放生"的承诺。

次松次仁看着对面的山羊，心里忐忑不安。他心想，现在一定要救下那只亚囊上庄人们漠不关心的山羊。

十二

雨从第四天下午一直下到了次日早上，雨量虽小，却如同一个一直哭个不停的小女孩儿的眼泪，淅淅沥沥，绵绵不绝。这种小雨有意想不到的威力，对面的红岩陡壁已完全被雨水笼罩。

雨尽管还在下，但父亲还是冒雨赶来了。他穿着塑料雨衣躲在一把黑伞下，伞下干燥的土地慢慢被从高处流下的雨水润湿。

次松次仁没能按计划趁月色前往岩山救山羊。他心想，至少雨水会使山羊干枯的身子恢复一点儿力气，悬着的心也就稍稍放下了一点儿。父子之间依旧没有很多话。他对父亲说起前一天亚囊上庄举办仪式的事情，父亲说："今天咱们村也在举办十五诵经。"

"他们没有问我去哪里了吗？"次松次仁问。

"你是牧羊人，可能大家以为你去放羊了。没人问。"父亲在黑暗中答道。

"阿爸。羊如果不吃草，只喝水，大概能活多久？"他转移了话题。

"没有人故意那样试过。不过以前，有羊掉进洞里，六七天后才找到，还是活着的。"

"可能是这样，岩山上的那只山羊还活着。"次松次仁自言自语。现在他不想和父亲再说关于胜败的话题了。已经过去了整整五天，六只手没有任何异常。他对眼前的这一切没有丝毫把握和信心，那家伙太有耐心了。

后来，父亲又和他谈起了卖羊的事情。他的理由和过去的理由没什么区别，但是这次父亲特别强调了十只羊被偷的事件，他说现在应该把剩下的羊卖掉。次松次仁不愿听，他跟往常一样沉默不语。

"关键时刻你就这样装傻，真不知道是像谁!"父亲懊恼地说。

"不管怎样，如果你们趁我不在把羊卖掉，那我就待在山上不回去了。"次松次仁说话时，听到父亲长长地叹了一口气，以及雨滴滴落在雨伞上的声音。

第五天早晨亚囊山谷云雾缭绕，绵绵细雨已经完全停了下来，朦朦胧胧中山村慢慢苏醒，屋内屋外摇晃起一两个身影。次松次仁用目光在后山上搜寻黑羊的身影，却怎么也找不到。过了一会儿，六只手照旧出来撒了一泡尿。这几天，那家伙好像只有早上起床撒尿这么一件事情。他不时抬头看着前山坡，次松次仁和六只手的目光又一次相接，他们相互看了很久。突然，六只手脸上露出了一丝笑容，这使次松次仁不由得心里一颤，那分明是一种轻蔑或挑衅的笑容，他是在挑衅吗?

"咩……"山羊的咩叫声在雨后清晨再次响起。

次松次仁立刻拿起望远镜看向对面，那边的乌云还没有消散，看不见任何东西。他又回来观察六只手家，发现他也和自己一样正看向后山。过一会儿，又转身回屋了。

一切都如同眼前久久不肯散去的云雾，扑朔迷离，没有方向。到中午时分，云雾才逐渐散去了。碧空如洗，阳光仍旧毫无保留地照着这片土地，一切平静如常。不过这一天，亚囊上庄的村路上冷冷清清，前一天会集在玛尼房的那些人待在自己的房子里闭门不出。那些房子里或许都开着电视机，他们看着各种各样的图像消磨时间。

云雾散去了，次松次仁看见了山上的那只山羊已经站了起来，面对着前方的村子努力挺着身子，好像在等待一位好心人前来营救它。次松次仁再次看到了它的目光，这目光是多么亲切啊！他几乎认为是鲁亚正在看着他。然而那山羊刚迈出两步就摇摇晃晃绊倒在地，还差点儿掉下悬崖。现在它好像再没有力气动弹了，头耷拉下来贴着地面，抬也抬不起来了。次松次仁紧握望远镜，双脚用力撑着身体，好像如果不这样，他也要栽倒下去了。一个黑影在他头顶一掠而过，次松次仁心中生出一种不祥的预感，当他转头看，正看到死神使者般的秃鹫正在上空盘旋……

十三

第六天上半夜，次松次仁对父亲说："阿爸，您睡吧。我来观察。"

"那家伙今晚可能不会把羊赶出来了。"父亲说。

"我白天除了睡觉没事儿可干，现在睡不着。您睡吧。我看着。"次松次仁又说。

月亮已经西沉，但月光仍将整个村庄包裹着，朦胧的月光和夜色使眼前的一切看起来都有点儿不太真实。次松次仁听到父亲打呼噜的声音，确认他已经睡着了，起身拿起抛石绳向山下走去。

第六天的半夜，次松次仁决定要将这两天在心里再三盘算的救羊计划付诸行动。从前山往下走，他感觉一切都变得与往常不同了，自己的心率也加快了。接连五天"埋伏"在山上，使他的手脚有点儿僵硬，连日来蜷缩的姿态似乎让他的心也难以舒展了。

他从山上来到谷底，沿着河岸行进，从地上拿起一块儿三角石又继续快步走向后山。走着走着，他的身子渐渐变得轻盈起来，他一心想着马上就能救下那只被困在岩石上的山羊了，他走得越来越快，恨不能飞到岩山上去。此时他觉得自己去营救的不是那只黑羊，而是他的鲁亚。他从小在山上放羊，在村里都没有朋友，村里的人也不关心他。但他有鲁亚，鲁亚就是最懂他的朋友，他对它无话不谈。他已经离开鲁亚很久了，不过想到马上又能见到它，他的脚步更急了。

次松次仁爬上陡峭的后山时红土表层看似已经被太阳晒干，但从前夜一直下到昨天早晨的雨水使土地下面存着很多水分，踩上去脚下很容易打滑。他就爬到半山腰望了望对面，自己埋伏了五天的扎玛神山在月光下像是睡着了似的，十分安详，他没有看到饶丹在哪里。次松次仁用了很长时间来观察地形，然后在不远处看到了那只山羊。它和自己虽然相隔不远，中间却没有连通的路。

"为了吃食来到这么陡峭的山崖。多么可怜啊！"次松次仁看着前方的陡崖自言自语道。

山势非常陡峭，次松次仁不得不放弃了沿山路前行的计划。

白天的时候，他观察了好久，看清楚山羊所在的那块岩石周围的地形后，规划了两条路线。现在，他要开始实施第二个计划。他爬到高处，通过一段不怎么险峻的山路，不一会儿就来到了一处离山羊不远的地方。那只山羊之前可能也是从这里跳下去的。

他小声呼唤了一下，山羊微微抬了抬头。次松次仁看见山羊回应了自己，浑身立刻充满了力量。

他用从路边捡来的那块儿三角石在地上挖了一个向下的梯形凹陷，红土因雨水的温润变得非常松软，用石头挖去上面一层才露出了干土。次松次仁用石头继续在干土上挖，直到足够放下一只脚，再去挖另一个落脚点。此刻，他的眼睛看不清地面上的土，只能听到石头在地面上把土挖开，在夜晚寂静的深处发出窸窣的挖土声。

大概用了一盏茶的时间，他终于到了岩石上。那块儿岩石比他从望远镜中看到的还要小，真是个巴掌大的地方。那只黑山羊受到惊吓试图站起来，但它一丝一毫的力气都没有了，只好待在原地。次松次仁在山羊身边休息了片刻。他想，自己已经挖好了台阶，现在只要背着山羊上去就成功了。他默默地看着六只手的家，在心里想象着他的十只羊，特别是鲁亚，正从六只手家的房门走出，咩叫着走在月光里。想到这里，他又在心里默默祈祷了一番。

次松次仁伸手摸了摸山羊，察觉到山羊的一丝体温，他非常欣喜。这就是生命的温度，跟他在鲁亚的身上打盹儿的时候感受到的温度一模一样。

休息片刻，次松次仁用抛石绳绑住山羊的四只蹄子，然后把绳子系成环状套在自己的身上，将羊背了起来。山羊一连饿了几天，又在烈日下晒了几天，体力仿佛早就被抽干了，已经没有了挣扎的气力。次松次仁感觉背上的生命，很轻，很柔。

趁着迷离的月色，牧羊人用手牢牢扒住红土，沿着自己刚刚挖好的台阶一步一步向上爬。如果一切如他所愿，月亮会保佑他尽快抵达上方那条小路。他一边抬头确认方位一边用力向上爬，这时，背上的山羊突然挣了一下，次松次仁脚下一滑，瞬间失去了平衡……

山谷寂静，月亮完全沉下地平线了，直到天亮，也没见鲁亚和其他的羊从六只手的房门里走出来，不过今天六只手也还没有出来。

饶丹还在熟睡。不管怎样，他告诉过次松次仁：有福的牧羊人即使睡着，羊群也能回到自己身边。

(原载《民族文学》2022年第5期)

拉先加，藏族，生于20世纪70年代末，博士，现为中国藏学研究中心宗教研究所副所长、副研究员。大学开始藏语文学创作，出版文学作品7部。短篇小说集《睡觉水》获第十二届全国少数民族文学创作骏马奖；曾获《民族文学》年度奖；先后五次获得章恰尔文学奖。作品被收录于藏族当代文学的各种文集，并有作品被翻译成多国语言文字，其中长篇小说《成长谣》译为日文出版，后被译为法文出版。

黑　蟒

◎ 谢络绎

一

　　邻居老唐起个大早，收拾妥当，带着小孙子出门了。他们会慢悠悠走上十多分钟，去小区附近的大商超吹免费的冷气。

　　小孙子只三岁多点，路还走不稳当，却急于探索世界。老唐六十岁出头，养生的绝招是活动，在他那里，活动等于走路。他每天都带小孙子出去玩，走着来去，三伏天也不例外。他们会赶在一天当中温度最低的清早出门，到太阳落山了，不晒的时候再回来。小孙子自从踮起脚尖摸得着门把手了，出门必会要求亲自锁门。老唐晓得小孙子脚下轻软，提防他有什么闪失，被门把手和钥匙戳到就不好了，每每抬起双手护他，握在手中的蒲扇就左左右右跟着晃动，晃出一道屏障，使他只能顾着眼前方寸大点的地盘。那日老唐同小孙子照旧这么出门，在门口磨蹭着热闹着。在某个意识恍惚的瞬间，老唐似乎看到邻居林二爷家的门开着，可他的身心都被小孙子占据了，无暇在这个问题上做出进一步反应。锁好门，往右一转就是楼梯口，爷俩一个蹦跳着，一个弯腰牵起前一个的衣领，背离自家和最里面的林二爷家，一级一级往下走。

下了楼，老唐这才放松下来，跟着小孙子慢慢走到小区外。

走过一个路口，从林二爷的茶室门前经过时，因为没有像往常那样听见林二爷的声音从店里传出，联想起出门时模糊的一瞬，老唐隐隐感到不大对劲儿。

谁会比林二爷起得早呢，他总是八点不到就到茶室了。先做清洁，里里外外擦拭一番，再去一旁的小食店端一碗淋满芝麻酱的热干面，一边走一边细致地搅拌均匀。待踱回店里，他一手托着面，一手拎出一把红色的塑料凳，摆在门口，身子一躬坐上去，不紧不慢地吃起来。

他会望着往来的人们，遇到熟悉的就招呼几声，多数情况下他就只是安静地吃面。头上的汗顺着脸颊流下来了，他并不管，只在吃完之后，走到路边垃圾桶前，扔了一次性碗筷，再从口袋里摸出两张从小食店抽取的纸巾，连着嘴上残留的芝麻酱和头上、脸上、脖子上的汗，一起解决了。他平淡地对待着在别人看来难以忍受的环境，天再热也只是敞着店门，打开头顶的吊扇，最多再开一座台扇，客人来了也没有更好的待遇。

客人一般同他一样老。

他们一起喝热茶、流热汗、听店里唯一一件新式物件——蓝牙小音箱播放的汉剧。他们挥动手中各式各样的扇子，跟他们的头一起，齐刷刷摇出一样的节奏。客人并不多。是因为没有空调，环境不舒适，还是汉剧的氛围吸引不了年轻人，抑或有别的什么原因，林二爷从来不去想。他这里一向如此，就好像他这个人一向如此，不这样就不是他，不是他这个店了一样。他们家老大林一男跟着他照料茶室，一开始还提出些新花样，除了将原来的CD机换成了蓝牙小音箱，其他的都没有执行下去。林二爷根本不理会。林一男也不勉强。老爷子七十有三，还能有几天好过？林一男跟林二爷分工合作，也算和谐。他一般下午才来，陪着林二爷，两人一起守到晚上九点，再各回各的住处。两年来，他们的德源茶室一直遵循着这样的作息。

天气过得去的时候，老唐会带小孙子去附近的公园玩。自从小孙子学会走路，能带出门了，无论是去公园，还是去大商超，祖孙二人一早都要从林二爷的店前经过。

看见老唐家的小孙子，林二爷倒也不起身，坐在店里笑着长喝一声：呦，这是哪家的，捉起走，给我当孙儿噢。老唐的小孙子无一例外，先是停下来望着林二爷，接着转身就跑。他知道林二爷在逗他，就反过来逗林二爷。跑两步，他便停下来，回头看一眼林二爷，脸上挂着小朋友才有的天真又狡黠的笑，再往前跑两步。今天没有人吆喝他了。小家伙毕竟小，也就忘记了，直直往前走。

老唐感觉出异样。

他招呼小孙子莫再走了。小孙子不听，老唐索性拉住他，挨着自己的小腿站好了。他给林二爷打电话，没有人接。再给林一男打电话，也没有人接。老唐拉住小孙子往回走。

忘记带东西啦。他对小孙子说。

爬上四楼，老唐汗流浃背，身子软绵绵的，仿佛消融了。但他很快忘记了所有不适的感觉，唯庆幸自己虽然岁数大了，心思却不迟钝。他看到林二爷的脚尖由门槛处露出来。他往前走再看，发现林二爷躺在地上，脸色苍白。一摸，还有气，但微弱到几乎感受不到了。

二

林二爷住进医院的头一周，老唐和他的小孙子一早先来医院，瞧过林二爷后再去大商超。后来看林二爷总也不醒，瞧了也白瞧，加上林二爷的那几个孩子见他总来，以为他没什么事，人又是可靠的，就想请他待在医院，帮着照看林二爷。这让老唐不太高兴。

我还引着个伢呀，怎么顾得过来。老唐说。

他最不想被人当作闲人。他老伴倒是觉得可以商量。

要是他们肯出钱。她说。

去，他们肯出咱们也不好意思要啊，街坊邻居的。再说，不可能的，他们已经愁死了，一天一万多块，往后怎么办，不可能多余出钱了，就是找个闲人陪一下，万一老头醒了，身边有个照应。

擦身子什么的谁管？老伴问。

老大，中午来一下，完了去守店。

老二老三呢？

老二开夜车，白天啥事都干不了。老三还在坐月子，出不了门。

三个孩子，关键时刻没一个管用。

事情撞一起去了，也不怨他们。

这个时候老大还开什么店？

倒是关了两天，说是合计了下，开呢赚个基本生活费，不开就得往里搭钱，本来就是用钱的时候。

两人一阵唏嘘。

当晚，老唐给远在上海的独生女儿打了个电话。原本老两口说什么也不愿到女儿那边生活，这会儿倒松了口。

往后老唐和他的小孙子就没有再去医院了。老唐交代林一男，要是林二爷醒了，一定第一时间通知他。林一男客气地说，一定一定。转身回到林二爷身边，林一男叹口气，自言自语道，要是醒不过来了呢？

这不是没有可能。

可能这个词似有还无，没个准数，让人实在茫然。就算长睡十年，也有个十年的计量，对于家属来说，都要敞亮许多。老三林小梅虽然还不能来医院，视频却时常同大哥连着。她是个泼辣的女人，两个哥哥都有点怕她。她的孕期浮肿还没消退，一张有点变形的大脸撑满了林一男的手机屏幕。她说，要是十年都这样，老头自己知道了也得拔管。说得林一男心里烦。林一男说，他要是知道，还能有十年一说？林小梅说，别跟我绕，尽说些屁话。林一男本来就不想说话，喃喃道，行了，你嫂子在呢。林小梅虽蛮横，对嫂子倒不错，凡事敬着三分。她便把视频挂了。林一男的老婆只能待到下午四点，完了就得去学校接孩子。那孩子读高三了，正是紧要关头，身边少不了人。林一男老婆心知他们并不能在这件事上使出全力，体谅地说，你好好的，发什么脾气，你这弟弟妹妹还是可以的，莫在这种时候搞得不团结。

林一男同他老婆是标准的青梅竹马，他老婆的父母很早就过世了，唯一的一个妹妹在重庆读大学，毕业后就留在了那里。说起来，在这座城市里，他老婆唯一可以依靠的就是他了。这种依靠关系从她初中毕业开始就建立起来了。那时候她读不进书，林一男也读不进，两个人搭伴断断续续折腾过好些小生意。早期他们赚了些钱，买了套九十平方米的商品房，后来再干什么，一直没起色。眼看儿子到了求学关键期，林二爷年事已高，需要帮手，林一男就让媳妇啥也不干了，专心伺候儿子，他则帮着老爷子守店。在他眼里，儿子能考上大学，老头有什么事他都在身边，在他这个年龄段，是比什么都重要的事。

　　这样一来，三个人当中，他是经济上最为难的一个。

　　老二林保生开夜班出租车。他二十几岁时结过一次婚，不到一年就离了，无儿无女，再往后又谈了几次都没有成，如今老大不小了还是孤身一人。他不爱讲话，昼伏夜出，外卖和短视频出现后，解决了他的吃饭和日常娱乐问题，他就更不大出门与真实的人交流了。若是有人劝他多跟人接触，他会说，我晚上拉的那些都是鬼吗？他也不乐意跟老爷子待在一起，自己租房在外面住。他时常给老爷子和侄子零花钱，但他到底能赚多少，存了多少，没人知道。这一次林二爷出事，他一下子拿出了十万块。

　　老三林小梅是这个家里学问最高的，研究生毕业后进了国企，谁知道性格太冲，没几天不想待了，又去考博，博士没考上，跟补习班里的一个同学好上了，怀了孕后两人一商量，考博暂缓，先把人生大事解决了再说。结婚、生子，一下子就是两件人生大事。好在林小梅看上的人倒是靠谱，虽说也在复习，并没有像林小梅一样辞去工作。他本身的工作还是体面的，在市图书馆做管理员，只是收入不高。两人这阵子又要照顾新生儿，经济压力很大。尽管这样，他们还是第一时间转给林一男两万块。

林一男收到钱，眼里立刻滚起泪花。他只能拿出一万块来，没有弟弟妹妹，这事他就过不去了。办理住院手续时，他顺畅着输入密码，心里比自己匆匆赶来时踏实了许多。

可这踏实仅仅维持了几个小时。

人能不能醒过来，头一周是关键。医生说。他建议积极治疗，用最好的药。

一周以后要是醒不过来呢，七万块不就打水漂了吗。林一男对林小梅说。

打水漂就打水漂，怎么，你还不想救啊。林小梅说。

胡说。林一男马上瞪起眼睛。

林小梅说，别太看重钱了。

林一男说，不看重，现在人都没法救。

林小梅说，钱重要和看重钱是两码事，跟你说不清楚。

林一男是担心钱白花了，不是说钱不该花。他就是一个爱担心的人。林小梅风风火火，从不为将来发愁，是家里最有安全感的那一个，好好的工作说辞就辞了，当初他们都劝她，说没个好工作将来连个好对象也找不到，结果还是让她给找到了。同样的事林一男就做不出，他是个干什么都得掂量好几天的人。

提心吊胆一周后，林二爷还是老样子。剩下的钱只够撑六天。

林一男同老婆商量，不行找人借借。他老婆找她妹妹借，他呢，亲戚朋友兜一圈，德源茶室的那帮老顾客，同林二爷玩了好些年的票友，他们一听说林二爷病了，都来看过，也多少给过钱，家庭条件不一，有的两三百，有的两三千，也都没有坐视不管。他们当中儿女有出息的不算多，但也不是没有，去借借，兴许能凑点。林一男老婆说，只能这么着了。

借到常来茶室的老顾客中间时，一位姓张的老爹爹，外号叫"三张"的，出主意说，你忘了你家老爷子有个宝贝吗？

什么？林一男当真不记得了。

黑蟒啊。三张说。

三

三张喜欢淘旧物。

他个头不高，五官偏平，站在人群中十分不起眼。有一回在古玩市场，他看中一对清代花瓶，卖家要三万块，他只肯给"三张"，也就是三百块，人家竟也卖了。三张乐呵呵抱起花瓶，一下子成了众人的焦点。

同去的人把这事当笑话讲。

要是真的，卖家叫的那三万块也打不住啊，必然是假的，花"三张"买一对假货，当三百块不是钱吗。从此三张的外号就传开了。三张也不气恼，别人说他买假货，他也无所谓，他觉得值就行。那对花瓶，他买回去叫儿媳妇插上圆圆的芍药花，看着实在富贵。有客人来了，他不经意地介绍说，花瓶是清代的，能直接把人镇住。站在他的层面讲，这样就够了。跳出他的层面看呢，他没什么眼力是十分明确的事，又贪便宜，买了一堆假货回去，却不自知，常常来德源茶室神神秘秘地展示他新收的宝贝。熟悉他的人从一开始嘲笑他，到后米懒得笑了，知道只要附和他说是好东西，就能让他以最快的速度结束这件事。人的审美除了天赋上有所区分，再就是环境熏陶而成，久之，本来就缺少审美天分的三张总能把假的当真，又把真的认成假的。这样一来，三张就成了沉迷于假货的三张。他唯——次同大伙意见一致，是见到林二爷的黑蟒之时。

契机却是老唐提供的。

那时候，老唐的小孙子还没出生，他正帮女儿带大孙子。

他像如今带小孙子这样小心谨慎地带大孙子。

祖孙二人在附近的公园玩。在那里，老唐认识了一个跟他年纪差不多大的人，姓段名少华。

初见时，老唐看出，段少华明显不同于总在公园一角练声的那帮汉剧票友。他留着平头，穿着简朴，双手背在身后。一般票友在外形上是有喜好的，比如女士们通常的形象是，在熟识的美发店里高高盘起打了许多胶水的发髻。男士们呢，胸前挂块玉牌，最好是翡翠的，和田玉也常见，手腕上再叠戴起大大小小不同材质的珠串。段少华不着一件饰物，衣服款式很是寻常，倒也简洁干净，尤其是气度上，有种端正自然的大方劲儿。他并不停下来听戏，只与围观者交流。老唐不爱听戏，因而即使跟林二爷是邻居，也很少去他家开的德源茶室玩。他听见从里面传出的咿咿呀呀就烦。在公园也是这样。要不是那天他家大孙子被一个大点的孩子逗着玩，而那个小家伙的爷爷是个戏迷，孩子独自玩了一会儿就要去票友角找他爷爷，老唐的大孙子又说什么都要跟着，他就不可能认识段少华。

段少华快问到老唐身边时，老唐的大孙子还在同那个孩子腻歪。老唐无趣地站在人群外围。他已经看出段少华在打听事，有意在他快走到自己身边时又站得远了点。后来因为实在无趣，想，聊聊就聊聊吧，才眼看着段少华走到跟前。段少华说他在找一件吴天保穿过的黑蟒。

吴天保？老唐侧脸问，又马上明白，一定是哪个汉剧名家。黑蟒，穿过，那必定是指戏服了。

段少华说他最近从一本旧书中读到，吴天保在早期戏班十分困难之时，将黑蟒卖给了一位茶叶商人。商人姓甚名谁不详，只知道是在汉口六渡桥一带开茶庄的。事情过去太久，茶叶商人到底在哪实在不好说，他的后人还在不在汉口也实在不好说。但他想试试看，看能不能在汉口的票友圈找到一点线索。他觉得，戏班当时困难不是一家之事，那时节，谁不困难啊，茶叶商人在那么艰难的时局下买下黑蟒，必定是个超级戏迷。这样的人一般都有家传。不过，他已经顺着将汉口的票圈问了个遍，并没有人知道有这么回事。

茶叶？老唐马上想到林二爷。

可林二爷哪里是什么茶叶商人，不过是间小茶室的主人，零星进些各地的茶叶，放在茶室赚小钱。再者，林二爷喜欢听汉剧不假，但只听不唱，只听录音不听现场，说是他听过真正好的。呵，吹牛皮不打草稿，谁能证明呢？正是因为这样，老唐一直当林二爷是个半吊子戏迷。他觉得林二爷在德源茶室放汉剧，不过是想形成一种特色，聚拢一些跟他一样半吊子的人。啥年月都是这样，物以类聚，人以群分嘛。这种真不真，假不假的戏迷，怎么会有一件听起来很贵重的戏服呢？

啥文章？我看看。老唐纯粹问着好玩。

我没带在身上，段少华说，1982年出版的一本旧书，也是我新收的关于汉剧的旧物。

哎，那不好判断啊。老唐说。

他琢磨着带眼前这位段先生去一趟德源茶室也不是不可以。平时他因为不喜欢听戏，又总要表现出一种只有老头子间才懂得的较量，每次林二爷叫他去茶室坐坐，他都摇晃脑袋地说，不去不去，听不得那些玩意……显示出鄙视的样子，基本上一年能走进德源茶室一回就了不起了。现在有个段先生找林先生，过去闹一下也挺好玩。

他转而问，你是干什么的呢？费这工夫找一件戏服又是为了什么？

段少华说他就是一个汉剧票友，平时留意收一些汉剧老物件，像是乐器、电影拷贝、戏服、唱片、图书什么的，分门别类，存放在家中。渐渐地，积少成多，他手上差不多积累了两三千件东西。怎么收的呢？一是"碰"，二是"找"。早些年，"碰"的机会比较多，只要是玩汉剧的，尤其是一些世家，手上多多少少有些东西，旧货市场里也常见，后来基本上都收光了，难得通过这个渠道得东西了。后面主要就依靠"找"，怎么找呢，听老人讲故事，或者从已经收集到的资料中，发现线索，去可能的地方找。有一次他为了一把王定文先生使用的月琴，在承德住了一个月。

住一个月都干什么呢？老唐不解。

就像现在这样，跟人打听啊。我当时只知道那东西落到了承德，在一个姓王的戏迷手上。

后来找到没有？老唐问。

找到了，找不到我不会提这事。段少华说。

得花不少钱吧。老唐又问。

还行，这些东西，没人认的话，放着也不值什么钱。段少华说。

这倒是真的。老唐心想，他看汉剧那些东西，就像看电视里的东西，隔着，不觉得真实，没有实际的价值。不过他问的不是这个，在他看来，除了收东西需要钱，这打听的工夫，路费、餐饮、住宿，不都得钱啊。他上下打量段少华，心想，这哪像有钱整这等闲事的？

公家出钱？他问。

段少华摇头。应该是听多了这样的问题，他半是寒酸半是无所谓地说，都是我个人的。

图啥？老唐不理解。

好东西得传下去，我又高兴做。

为啥高兴做？老唐追问。

也是跟这事有缘吧。段少华说。

见老唐似乎只是出于好奇才搭话，提供不出什么有价值的信息，段少华打算问下一个人了。正要离开，只听老唐说，我倒认识个茶叶商人。段少华回过头来。老唐一本正经地补充道，年纪蛮大了，喜欢听戏。

段少华跟着老唐和他的大孙子来到德源茶室。

这里店面不大，光线幽暗，茶清香若有若无，离得近了，能闻见茶台底下点燃的蚊香弯曲升起的野菊花味。

善善恶恶，善恶二字须斟酌。福是善之因，祸是恶之果。积善之家多吉庆，作恶之人无结果，作恶之人无结果。

小音箱音量开得小，只隐约听得见唱词。

老唐将大孙子留在门口玩。他鲜来茶室，林二爷见他进来，惊讶地说，哎哟，这是哪个？稀客咧。老唐说，我这给人帮忙呢。他把段少华推到前面，与林二爷面对面，站在三张身旁。三张坐在最边上，另一侧坐着两个常来的客人。

慧悦，《空门贤媳》。段少华脱口而出。他的注意力并不在眼前这些人身上。

林二爷正要换茶，看了段少华一眼，说，可以呀。段少华开门见山，恭敬地说明来意。林二爷一面请他落座，一面扭转身子，在货架上选茶。他有点犹豫不决。很快，他站起来，走进里屋。里面是个小仓库，堆满了各式各样的茶。

三张冲他喊，上回那九华云雾拿出来噢，莫舍不得。

林二爷回他，早没了。

出来时，他手上抓着一只皱皱巴巴的塑料袋。

三张，他说，这回让你见识下什么才叫宝贝。

四

那是在三年前，林一男学着在网上开店，还没过来给老父亲帮忙。事后听三张说了黑蟒的事，他并未放在心上。一年后，网店没做起来，林一男与林二爷商量，干脆一心一意子承父业。那之后，有一回林一男晚上送走林二爷，自己留下来锁门。一念之间，他来到已经十分熟悉的小仓库，打开灯，在码放得整整齐齐的货物间细细翻找，终是一无所获。转眼两年了。

三张问，你忘了？

林一男这才想起来。

三张跟他描述过那件宝贝。

华丽的黑色大缎，动物的皮毛一样油光水滑。六只满金浮绣闭口四爪行龙蟒，龙头在胸前，龙尾甩在肩头。肚腹和中袖绣对称福字团。全身配三江水牙纹，间绣牡丹，以金鱼纹踞脚，硬摆。整衣以缂鳞工艺制成，每一道捻金线边上都用黑线勾勒。因为是旧物，颜色不至逼人，静静散发着沉敛的贵气。

所有人都起身近看，嘴里呀呀惊叹。林二爷双手捧着，来回躲避众人伸出的手。

莫动，莫动。他说。

是了，是了。段少华两眼放光。

正是吴天保大师饰演《秦香莲》中包拯所穿，在那本1982年的旧书中，配有讲述人提供的剧照。

包拯？三张提出疑问，包拯不是忠臣吗，穿黑？

客人中有人接话，黑蟒就是这样，可忠可奸，包公穿得，潘仁美也穿得。

三张连忙闭嘴。他明显感到眼前之物的不凡，心中因为知识贫乏导致的疑问，本就不坚实，被人立刻驳倒，也就灰溜溜的。

老唐看不懂这些，只围着瞧热闹。

看了一会儿，他侧过脸，小声问段少华，值多少钱？

段少华这才想起要谈价钱。林二爷带他去了小仓库。不一会儿，两人空手出来。

段少华一个劲儿摇头。

此后，他几乎每周都来见林二爷，持续了一个多月才作罢。

价格谈不拢？林一男问三张。

不然呢？三张说。

沉默了一会儿，虽然四下再无他人，三张依然压低嗓门，道，你要是能把这件宝贝找到，还用得着求人吗？

他们商量一个去找黑蟒，一个去找段少华。

几天后，林一男和三张在茶室碰头。林一男什么也没找到。三张说，段少华我没找到，但有个买家想要，出这个数。他举起右手，比划出一个剪刀，在林一男眼前晃了晃。

两万？

二十万！

林一男立刻往茶室里屋钻。

干吗？三张问。

找啊，掘地三尺。林一男撸起袖子。

五

林二爷的意识处在临界点时，他还以为自己身在茶室。

他先看到德源茶室的招牌，那是他的老东家写的，有人说写得不怎么样，他却觉得好，尤其是那个源字，水字旁写得多姿有气势，乍看细水长流，再看长河奔流，实在是妙。老东家的父亲1924年创办了云华茶庄，在汉口寸土寸金的六渡桥安营扎寨，主营峨眉名茶。传到老东家名下时，云华的旗号依然响当当，还混了个公私合营的牌照。林二爷不到二十岁成了云华茶庄的伙计，干了几年，婚姻子嗣问题都解决了。林一男三岁那年，林二爷辞工出来单干。老东家虽有挽留，但也尊重他的选择，送他离开时，写了幅字给他。

德为源。

林二爷用德源做了店名，描下德源二字制成了招牌。他先在新街口找了个小门面，后又搬到一元路，最后才来到这里。几十年来，风风雨雨，他的小店经历了不少事，招牌旧了破了就重置，从未换过。林一男刚来帮忙时，想要实行会员制，被林二爷按下。上不欠厂家，下不敛客户。这是林二爷开店的原则。他认为他的店能开这么多年就是因为讲原则。林一男说正是因为讲原则，店才做不大。林二爷表示对也不对。本质上还是因为他没有野心，一家人吃饱不饿，没有大的责任，也就没有大的负担。这样好不好？好也不好。林二爷说。世间事不都这样吗，好也不好，看从哪个角度想，从来没有十全十美的。

小小的德源茶室在林二爷的处世哲学中晃晃悠悠活到今天。

德源茶室不仅有茶，还有汉剧。

茶都是好茶，天南海北，哪里的都有。戏就只钟情于汉剧。早年林二爷在云华茶庄做伙计时，茶庄边上就是容纳了大大小小九个大舞台的民众乐园。林二爷只要收了工，必定要追着名角看戏。他就是那时候开始喜欢吴天保的。林二爷本是个随性的人，老大出生后老婆要他取名，要求是，吉祥美好大气。他讲，这伢是个带把的，这还不吉祥美好大气？就叫一男。到了老二出生，逢吴天保去世，他又喜又悲，给孩子取名保生，既有纪念之意，又希望孩子能承大师之灵气。后来老大老二越长越平凡，论英气灵气，都比不过老三。三个孩子中，林二爷最喜欢的是老三小梅，认为她比她的两个哥哥个性敞亮。他们的母亲去世后，与母亲长得颇为相像的老三，就更让林二爷疼惜了。只不过，这个孩子也悖逆了他的愿望。——早年，他想送她去学戏，取名也有名伶的意思，终抵不过孩子一点都不热爱。

林二爷心里一懊，突然清醒过来。

他想起那日出门时脑袋像跳闸了一样，刷的就黑了。现在是电闸又拉回去了？

原来是在医院。他的嘴巴连着呼吸机。病房不大，没有一个人。他想叫一声，可一点力气也没有。他想，这也许就是传说中的回光返照吧。这么想着，他的心也有了那日的跳闸之感，好在没有真正跳起来。他觉得自己时日不多了。

他的感觉同医生判断的不一样。

医生告诉林一男，这是起效啦，继续治，有希望恢复。林小梅得知林二爷醒了，大热天穿上外套，戴上帽子，跑医院来了。林一男、林一男的老婆和林保生都在。林小梅俯在林二爷耳边，喊了几声爸。林二爷听见了，想动却没法动。但他想动时，肌肉微弱的跳动被他们看见了。

继续治，继续治。林小梅对林一男说。

林保生又扔下两万块钱，匆匆忙忙去接班了。

林一男说，加上我借到的，还能再撑一周。林小梅说，我也去借借。两人正商量着，林一男的老婆叫林一男，快，快，爸说话了。林二爷的嘴巴哆哆嗦嗦错动着。林一男和林小梅赶紧凑上前。只听林二爷含糊地说：

凳子……空……东西……找……段……唐……知道……找他……给他。

是老唐吗？给谁？林一男听得心一惊，给姓段的还是给老唐？

段。

林小梅有些蒙，在林二爷不再说话，仿佛再次睡去之时，她转过脸来，问大哥，凳子？

茶室的呗。

林一男已经明白了七八分。他让林小梅赶紧回家躺着，剩下的事他来处理。林小梅也不知道是个什么事，听起来也不是什么大事，就回去了。

六

林二爷的凳子是十多年前，他听一个茶友介绍，跟人合力从乡下买下一整块银杏木，专门请人打制的。那位茶友建议他把茶台也换了，他没舍得，凳子也没像别人那样一做做四只，他只做了一只。做成之后，他每天坐在这只凳子上给人泡茶。凳子看起来没什么特别，一个圆墩，四条腿。只不过，那块承载了林二爷屁股的圆墩比一般的要大要宽。谁能想到这样的设计是为了在里面藏东西。林一男一下子就找到了传说中的黑蟒。灯光下，他看到龙鳞闪烁。

只说了给段少华吗？没提钱？闻声赶来的三张问。林一男只叫了他一个人过来。

没有，说是让老唐联系他。

要不先联系看看。

林一男这才给老唐打电话。老唐一听是请他帮忙找段少华的，立刻说，林二爷不行了？

什么不行了？林一男一惊，感觉到某种信号。他招呼老唐到茶室来。

三人坐在茶室，从里面反锁上门。

老唐说，后来我在公园里又碰到段少华，才知道那天他打算出两千块收这件黑蟒。

两千块？林一男和三张对视一眼。三张说，他也好意思开价。

怎么？差得远吗？那东西到底值多少钱？老唐问。

那谁知道，看个人喜欢吧。三张连忙掩饰。

是嘛，要我看，两千块都多了。老唐说。

林一男咳嗽一声。三张继续问，段少华还跟你说什么了？

说林二爷说了，他不差那两千块。说你就是给我两万块，两百万，你也拿不走。

什么意思？三张糊涂了。

林二爷压根不想卖啊，他就是喜欢那东西陪在身边。

那他现在找段少华干什么？林一男问。

我猜啊，这是交代后事呢。老唐说。

真给他啊？卖两千块钱？三张十分不平。

什么两千块钱，老唐喝了一口茶，一个劲摇头，你们天天跟林二爷在一起，倒不比我了解他，他那么稀罕那件宝贝，怎么会用它换钱？就像他说的，两千块不会，两万也不会，两百万……哎，应该也不会有人出两百万吧，总而言之，他是不会这么做的。

就是说，林一男歪着脑袋，目瞪口呆，白送？

对，白送。到了白送的地步，那不就是说，林二爷知道自己快不行了？

三人都不说话了。

许久，林一男打开门。天已经黑了，万家灯火中，四下在生活的寻常声音中显得十分安静。天竟然有些凉了。

隔天林二爷又醒了一次，仍旧只惦记着他的黑蟒，将前一天说过的话又费力说了一遍。

林一男冲老婆发脾气，我们三个都不问一下吗，还有个大孙子呢。

林一男老婆说，他还能记点事已经不错了。

林一男说，就是因为他能记的事就这一件，代表在他心中只这一件事重要，我们都不重要呗。

林一男老婆说，你计较这个干什么，老爷子是有万贯家财等着分？需要他交代什么呢。

林一男没忍住，告诉老婆说，那件黑蟒能卖二十万呢。

他老婆前一秒钟还把万贯家财说得无比轻松，这会儿来了精神。林一男白她一眼。

问题是，他要免费送人。你说，咱们要是卖了黑蟒，用这钱给老爷子治好了，将来他若问起来，我们违背他的意愿，他会不会又给气回到医院里？若是真的按照他说的，把黑蟒送走了，他的病怎么办？

他老婆平静了一会儿，说，我只知道，像这种时候，不管怎样还是得听老人的。

哪种时候？医生说还有救啊。

两人都不吭声了。过了一会儿，林一男老婆说，明天开个会，问问他们两个。

林一男把弟弟妹妹召集起来开视频会。林小梅首先说，我其实可以去医院。林一男说，你来没有意义，满月再说。林保生打了个哈欠，问，什么事啊。林一男将黑蟒一事说与他们。林保生马上说，当然卖掉了，老头已经糊涂了。林小梅也说，换成钱治病要紧。林一男问了一遍前一天问他老婆的问题，病要是治好了，回头老头问起黑蟒，怎么说？林保生说，要么直说，说为了给他治病，卖掉了。要么说，按他说的，送人了。到时候看情况呗。林一男说，卖有买家，送有收货人，老头啥事不记得，睁开眼睛就要找这个人，他会不记得？到时候一问，他得气得再进一回医院。林小梅说，听你的意思是……林一男接话道，咱们就当这件黑蟒不存在吧，或者就当它是一件顶普通的东西，老爷子爱送谁，咱们给办就完事了。林保生说，那他的病咋办？林一男说，以前我们打算咋办，现在就咋办。林小梅说，有钱不用，干吗？林一男说，你们呀，还是离老头远。

停顿一下，他又说，再说，三张问的价，也没个准数。

事情就按林一男说的办了。

老唐找到段少华。段少华正在筹备一个展览。他一听是林二爷要送他黑蟒，两只手激动得都不知道该放哪了。他去医院看林二爷。站在他身边，他冲他郑重其事鞠了三个躬。林一男拉他走，小声说，人还活着呢。段少华跟着林一男来到茶室，对着林一男从凳子里取出的黑蟒又是三鞠躬。

林二爷算准时间了。他说。我把我收藏的所有东西捐给博物馆了。过些时候，在博物馆有个汉剧展，他们的工作人员正一一盘点我捐的那些东西呢。人家那可真是专业。这件黑蟒在我手上也就过一道，我马上就会给他们。给了他们就是给了国家了，那可是一等一的保护。

林一男说，对得起我们家老头就行。

事情办完，隔天，老爷子突然醒了。

医生检查一番后，说，这回应该没问题了。

老爷子又问黑蟒。林一男说照你说的办了。

老爷子点点头。

你这回是真好了吧。林一男说。你好了，黑蟒不在了，你不后悔吧。

老爷子说，我能好，这事不就证明办对了吗。

一会儿工夫，林保生、林小梅、林一男老婆都来了。一家人围在林二爷身边，个个都很激动。

七

一大早，老唐领着小孙子从德源茶室门前经过。

林二爷坐在店里，往门外长喝一声，呦，这是哪家的，捉起走，给我当孙儿噢。小孙子停下来望着林二爷，咯咯一笑，转身就跑。跑两步停下来，探头想再看一眼林二爷。林二爷晓得小家伙在逗他，十分配合地再喝一声，来噢，捉起走噢，给我当孙儿噢。老唐笑着骂林二爷，老东西又添了孙儿，还要跟我抢。林二爷冲他招手，来，听戏。老唐摆手，去，去。

凤子龙孙志不同，为子当孝臣尽忠。腰挂三尺龙泉剑，夜作龙吟虎啸声。

小音箱声音不大，到门口的位置正好听不清唱词。

林二爷收拾停当，坐在银杏木的圆凳上沏茶。秋高气爽，虽然蚊香还得继续点，但空气中已经没了黏湿感，让人觉得舒服。他看到今天的第一位客人来了，高兴地招呼，来啦？来啦！三张手里把玩着串珠，兴致勃勃地进得门来。他告诉林二爷，来的路上他碰见林一男了。那家伙，你孙子比他爸还高半头。三张双手比划着。林二爷出院后住进了林一男家，待他休息好了，能做事了，林一男帮媳妇把孩子送去学校后就会来茶室陪他。林二爷笑着问，你跟他商量的那事，怎么样了？那，这个先拿去做实验。

三张马上取下手腕上的串珠，展示给林二爷看。林二爷摇头，我们代卖谁的宝贝都不能卖你的。三张说，怎么？林二爷说，你那眼光……三张说，咋？哼！

正说着，又有人进来。

三人坐下来喝茶。三张说，我以为你不会同意。

林二爷的身体好转后，林一男同他商量，可以收些小巧的好东西，在茶室摆个展示柜，放进去，有人买呢就卖，赚个差价，没人买呢，就当是些摆件。商量之前，林一男先做通一众茶友的工作，让他们帮自己说说话。没想到，林一男一提出来，还未等其他茶友助攻，林二爷就点头了。

林二爷对三张说，这个店得靠一男了，我老了。何止这个店，这个家都得靠他啊。

三张说，收东西不外乎两类，你们自己进的货，玉石茶杯绢扇之类，另外就是茶友啦，亲戚朋友啦，已经有的东西。我倒想问问，为什么你的黑蟒就不能这么卖？

这时候又来了一个老朋友过来喝茶。

林二爷说，这样，估计你们都好奇，我就等人多的时候跟大家伙说说。

到林一男送完孩子过来，店里已经坐了七八个人。

林二爷说，那我来说说？

那件黑蟒是老东家给的。老东家一家没一个喜欢听戏，当年还是老东家父亲管事时，茶庄经常跟戏院联手搞促销，买茶叶送戏票，那阵子很多人都以为茶庄老板是戏迷，其实不然，他只不过精通营销手段罢了。而他做这些事，营销什么的，就好像在做游戏，他喜欢设计不同的游戏。他本性就是一个乐天派，开办茶庄一个很重要的原因是可以巡游。怎么个巡游法呢，就是借着进货的名义四处游玩。老东家提起他的父亲，是十分崇敬的，认为他一直没有学到他父亲的精髓，凡事应当更轻松一些，更娱乐一些才好。

到我进云华茶庄当差，茶庄的生意虽然不错，架不住时局动荡，我常常觉得他们的生意铺陈得太大了，说出去挺气派，是个大商号，可人多嘴多，那么多人等着吃饭，在那样的大环境下，活得很辛苦。老东家的想法不同，他跟我们说，越是时局不稳，他越不能只顾自己。我当时心里想，他可能只是想笼络我们，要我们都老老实实待在茶庄为他做事吧。茶庄有个规矩，时不时为伙计发点稀罕东西，就好像现今各个单位奖励优秀员工那样。

有一天，老东家找到我，先表扬我工作认真，肯吃苦，为人踏实，接着说，他知道我喜欢听汉剧，就奖励我一件好东西。就是那件黑蟒了。我一看，这绝非一件寻常物。果然，老东家说，他父亲早些年去四川进货，遇到鬼子轰炸重庆城，在那里进行抗敌宣传的汉剧班穷困潦倒，迫不得已变卖行头，有点义卖的意味。他父亲当即买下这件黑蟒。老东家说，这东西购于卖家危难之时，花的钱还不够一顿饭钱，叫我不要觉得贵重。这是一。二来，他们并不懂戏，这件东西放在家里也是浪费，由我收着比较好。我十分不安。在当时，我其实已经萌生了离开云华自立门户的想法。我不知道是不是老东家看出了这一点，所以才对我施以恩惠，有意挽留我。我以东西太贵重为由谢绝了。又待了一个多月，我正式辞工。老东家见留不住我，就同意了，写了幅字送我，同时，将这件黑蟒作为礼物再次赠予我。

依云而上的人

2022 中国短篇小说精选

25th
太阳鸟文学年选
二十五周年
1998-2022
2022

辽宁人民出版社

他说，我们家上上下下没一个人听戏，自然不懂这件东西。你懂，你知道它的价值。你的为人我们也清楚，知道你会善待它。你把它带走吧。

茶室里寂静无声。

停了一会儿，林二爷继续说，段少华寻过来的那天，他一开口我就知道，那篇旧文中提到的茶叶商人，指的是我老东家的父亲。老东家说他没学到他父亲的精髓，我呢，也没学到老东家的精髓，不然，段少华第一次来，我就把东西送给他了。

林一男说，送给他，病倒好了。

林二爷说，心安了。

大家默默喝茶。这时小音箱传出：

那时节吾皇父，睡怀中，昏昏沉沉睡梦间，直到如今，睡了几十年。

三张说，不睡了。

众人笑。

林二爷说，是噢，不睡了。

（原载《花城》2022年第5期）

谢络绎，作家，中国人民大学文学硕士。作品散见于《人民文学》《中国作家》《钟山》《花城》等文学期刊，出版长篇小说《外省女子》、中短篇小说集《到歇马河那边去》等。有作品被翻译成西班牙语、尼泊尔语。

我的太太变成了鼠妇

◎ 朱　婧

> 姗姗而来，全身披着白纱，就和她的心
> 灵一样纯洁
> 她的面容被面纱遮住，然而在我的想象
> 之中
> 她的甜蜜和善良使她的整个人都焕发出
> 光芒
> 她的面容是如此清晰，如此快乐，没有
> 任何一个人能够及得上她
>
> ——弥尔顿《梦亡妻》

我曾经非常喜爱鼠妇，在红砖平房背阴处，搬开地砖，挪动花盆，把鼠妇一只只从湿润的泥土里翻检出来，放在掌心，用手指拨动它蜷缩成团的身体，看着它难以翻身的拙笨姿态，让我乐此不疲。那时候，我不称呼它为鼠妇，它在我口中的名字是西瓜虫，潮虫是被使用更多的称呼。如果你看过一本名叫《地下100层的房子》的书，那本书里，地下有一整层就属于潮虫，潮虫们会将自己团成保龄球，让同伴扔出去。鼠妇是忠厚的游戏对象，它没有让人生理不适的黏液，黑色硬壳使它不至于太过软弱，它也不会对我产生任何威胁。我曾经是那样热爱鼠妇，究竟从何时起变得疏远了呢？如今的我别说是鼠妇了，对各种生物都感到厌惧。从某种意义上来说，我已经把自己封闭在围城内了。我的太太变成鼠妇后，我能感觉到围城在微微震颤。

我的太太和我通过相亲认识，第一次见面是在我工作的写字楼附近的茶餐厅。那种餐厅一度非常流行，宽敞皮革座椅相对，柔和吊灯悬挂，古典主义静物画装饰，提供简单西式餐食和中餐，后来却逐渐消失，仅存的几家也成为遗迹一样的所在。第一次的见面，她最吸引人的质素是一种幼态，或者说是直率的眼神举止带来的一种气质。这种气质后来成为年轻女性追求的风尚——白瘦幼的审美标准化为种种细则：让眼角微微下垂眼圈微微发红的无辜感泪眼妆，甚至在耳垂、锁骨扫上淡淡腮红制造娇羞感。我以为我可以一眼看穿矫揉造作，我以为我从平庸之辈中走过，才会如此强烈地被她吸引。

我大概只在儿童那里见到过那样透亮的眼神，她的一切都显得如此坦白。她并非不美丽，而是那种端正的美丽超越了性别，很难说能唤起欲念，但又如此可亲，带着毛茸茸的现实感。那张可爱的面孔在对面，她旁边是另一张和她一般可爱的，甚至更可爱一些的面孔。同我的太太并排坐着的人是她的发小，他们从幼儿园到高中都同校，大学也在同一个城市。沐的母亲是太太的母亲的牌搭子，太太的父亲和沐的父亲是高中同学，两家一贯要好。太太和沐最终长成了姐弟一样的伙伴，太太本科毕业后的第一次相亲，沐陪着她过来，漂亮的两个人坐在那里，像双生子一般亲密，看向我的眼神，也并无冒犯的意味。

太太的大学专业是幼儿教育，从本城一所著名的师范学校毕业。那所学校很漂亮，黄墙红瓦，绿色梁柱，春之关山樱、绣线菊和紫藤，夏之绣球、木槿和合欢，秋之木樨、野菊和银杏，冬之郁香忍冬、吉祥草和茶梅，四季植物和着风声奏响不同乐章。校园内猫咪傲慢自在地行在路上，挂在树上，追着鸟雀，扑着昆虫。这些景象，在太太婚后随手涂抹的画上能见到。只是她用iPad的Procreate画的那些画有着工业化的质感，更像照片，或许天然材料才更适合表现天然对象。天然，正是天然让我的太太成为这个时代弥足珍贵的良才。在南方小城的丰足家庭，在四季自然和父母的爱意中长大，到中等城市完成她的大学学业，见识和欲望调配得恰到好处。她没有经历过混沌和肮脏，对动物友善，对儿童和老人友爱，相信爱能战胜一切。如果不是毕业后和我立即结婚，太太大概会成为一所不错的幼儿园的老师。一般幼儿园的带班老师中，会有一位成熟的老师作为排名第一的老师，排名第二的老师多数是新鲜毕业入职的。她们往往穿着色彩清淡质地柔和的束腰连衣裙，头发清洁蓬松，长度刚刚好到肩膀的位置，牙齿洁白，笑容明朗。若路过一间外观可爱的幼儿园，我仿佛能看见我的太太站在门前迎接孩子们的样子，那形象我是那么熟悉，因为结婚后，我的太太以这样的形象在我下班到家时，打开门迎接我走进玄关。可是，我的太太没有一次能真实地站在一所幼儿园面前，去做一个被爱的老师。

　　因为她在我们的婚礼上点头承诺，应许做我的妻子。她披着长长的头纱从通道的那一端向我走来，穿过缀满茄紫马蹄莲、紫丁香和粉色火鹤花的花架走向我，手捧着由荷兰绣球、银莲花和紫红色芍药组成的手捧花。头纱边缘精致的蕾丝花边娇柔地衬住我的太太毫无瑕疵的面孔，她微微仰起头看向我，她是我见过的真实的人类中最美丽的一个，毋庸置疑。

婚后我对太太提出不要出去工作的要求，她连软弱的抵抗也没有。她从学校离开就走进家庭，做了我的妻子。我一度相信她喜爱这种没有压力的生活，比起那些同她一般年纪朝九晚五在通勤的地铁和办公场所里日夜消磨青春的女性，她很早就可以从容地出没于这个城市最好的消费场所，她买东西之前不需要小心地询问价格或者翻取标签，她的天真和骄矜不需要受到现实的破坏。她回报予我对于家的热爱和投入，她很容易建立起一种让生活流畅到丝一般滑顺的日常，她给了我美丽舒适的家。

沐送给太太一只小狗作为结婚礼物，那是一只白色巨型贵宾，鼻头湿润，杏仁状的眼睛、略窄的头骨和钝感的眼神如购买它的人一般，并不显得聪明。沐和我们差不多的时间结婚，也是通过相亲。像太太和沐这样美丽的人，在结婚这件事情上几乎不用表现出太强烈的意愿，他们只需要顺着命运的水流抵达一个结果，因为总有另一方会比他们更渴望。沐是经济专业的名校毕业，不过他早早离开证券公司，去了一间与证券相关的报社工作，拜访广告客户，投放资讯信息，做一些离专业不远的低竞争性工作。男性的美丽造成的脆弱感和优柔寡断的气质在他的身上一览无余。回想相亲日，他站起来同我握手，坐下来倾听我和太太的对话，眼神流转不多，却自有一份滞钝的诚实。他明确自己在现场的责任，试图时时警惕，但无法掩盖自身的局促。面对同性的我，他仅仅处理好无所不在的被比较的压力就已经不易，更难说去保护身边人。面对这样的对手获得的胜利甚至是寡淡无趣的，我在太太赞美和仰慕的眼神中起身，去取车送他们回去。她和身边人亲密无间的场景在那一刻被破坏，她逐渐脱离，试图独立，我看到她身边人不可掩藏的失落。我走出餐厅，隔着落地窗回头看他们，我看到太太与他热烈对话，欢悦的神情，我看到他把目光投向我，却很快移开。

　　如果去看太太的童年相册，很难把她同今日站在我面前的优雅女士联系起来。她那时更像一个男孩，精力充沛，自由自在。她在公园里的秋千上，荡到很高的位置，她甚至不是坐在上面，而是站在上面，用小小的身体迎接清风和晨光。太太小时候也喜爱过鼠妇，在家中小院子里，她一只脚踏上花坛边缘，拿住小铲子，聚精会神在泥土里翻检。春天从江岸的丰茂草坡上往下滚；夏日午后跟着大孩子们骑自行车在小城的窄巷中穿梭，停下车，黏糊糊的手接过推着冰棍箱的老头递过来的一根牛奶棒冰，是她最快乐的事。那个老头，把另一根递给了她身边同样晒得黑俏的沐。沐还会和她一起，在公园的碰碰车上，在湖面的鸭子船中，在生日宴的蛋糕前，甚至，他们俩一上一下挂在公园的滑杆上。那些影像留在了他们的家庭相册，成为我无法触摸到的太太的一部分。

　　那只狗在我们的屋子里住的时间很短，仅仅三个白天和两个夜晚。我进屋的时候，那只狗取代太太站在玄关的通道迎接我，在射灯柔和的光线下，白色的细卷毛发呈出凝脂般的蜡色，并着它略微呆滞的表情，不像活物，却似画中物。太太刻意让它单独迎接我，它却没有迎上来，它转头离去，觅着太太的气息向厨房去，绕在她的脚旁。太太走出来，它跟随着，太太的表情里有希望也有请求。当晚，太太在客厅给它放好了窝和食盆。睡前，它发出啾啾的叫声，用爪子挠动我们的卧室房门，迫切地要求进来。太太出去安抚它，在客厅陪了它好一会儿，待她回到卧室，它又坚定地跟过来，持续地挠门。最终，太太把它的窝拿到了我们的床边，它爬进去很快安静了。在被送过来之前，它已经在宠物店寄养了一周。沐认为它长大些，习惯好些，太太照顾起来轻省。他一并买好了它的卧具、食物和玩具送过来。可它到底年岁还小，脾性又懦弱胆怯，换了新的环境，总想和我们一起睡。只是对我来说，不耐烦的直感盖过试图理解的意愿。第二天晚上，我坚定地同太太说让它睡在阳台，把阳台的门锁上。它的应对之道是在阳台发出凄厉的叫声，它的声音虽然不大，却相当尖厉。物业接到邻居的投诉，深夜按响门铃请我们务必处理好阳台上的狗。太太一边道歉，一边解脱般地打开客厅门，它似一道白光闪入室内，她把它抱在怀里，抱到我们床铺的角落。这是它第一次，也是最后一次和我们睡。我看着太太抱着它的样子，才发现这只据说是巨型贵宾的小狗，蜷缩在我的太太瘦到手肘突出的怀抱里，也只是那么小的一团。她们两个从客厅的楼梯走上来，走进主卧，像两只孩子气的幼兽。太太的宽大的白色棉质睡裙，被从露台吹进的风鼓起来，她们好似驾着云朵浮上来。

曾经，如果有人问我男女之间有无另一种情谊，我会觉得可笑。但是，在我太太和沐这里，我承认我的恶意毫无必要。不仅照片记录的两家人共同的旅行和饭局，还有无数我无法和她共同经历的时刻，皆能看到对方的影踪。他们的照片被小镇照相馆放大挂在橱窗；他们一起上过地方新闻，因为被选去中学新校区奠基礼上诗歌朗诵。令我记忆深刻的却是一件小事。太太和沐所在的小城中学安排过一次学农活动，其实也就是乘巴士到离小城不到一小时车程的乡村观览。"那景象并不陌生，"太太说，"春天从位于小城边缘的中学骑车十多分钟就能看到郊区的油菜花地，黄色蜜蜂和白色蝶子都是常见的。"可那次的特别之处在于，他们要好的几个人离开旅行巴士驻留的主干道，顺着灰白色石子混合的岔路前行，道旁是水杉，两侧尽是农田。他们走上田埂，直走到田地中间的阔道，两边有沟渠。沟渠尚湿润，但不见多少水，土壁上可见一个个孔洞，旋入不可知的幽深。这对于没有农事经验的他们来说是陌生的，他们猜测着，那是龙虾的洞穴？还是螃蟹的？还是黄鳝的？并没有一个明确答案。蛇是在那时候出现的，起先是一条，细长的，横在道路中间，接着另一条靠近过来，身体团起，两条皆是泛黄的土色，灰扑扑不起眼的模样。他们三五个人停住脚步，却没有一个打算后退，他们就静待着蛇，蛇也全不顾望他们。"然后呢?"我问太太。"然后蛇散了，游入了沟渠，我们继续往前走。看到蛇的关键是，不要让它离开你的视线，就不会害怕。"太太这样说。经历了蛇之冒险，上车晚了的他们坐在了最后一排。沐和太太，恰好在座位的中间，直面着过道，沐微微侧身护着她。一点残余的兴奋过去，车内谈闹声渐渐平息，睡眠之神悄然张开羽翼覆上在暮色中摇晃的车厢。太太睡着，梦的结界开启，她的头靠上了沐的肩；也许，是沐用手托着她随着车厢节奏点顿的下颌，像护着宝石。

送走这只狗，她只花了一天时间。我离开，再回家，她摆好餐桌，端上晚饭。狗已经无踪迹，仿佛从未存在过。这一天，我的太太是这样度过的。她送我出门，买了火车票回到距此一个半小时车程的她的家乡小城。她背了一只布包，过安检的时候，把狗的头略略往包里按了一按，让它隐没其中。十年前火车站的安检比较宽松，没有人特别留意我乖巧的太太和那只乖巧的狗。她把那只狗拜托给了沐的一个亲戚，那个亲戚在一个老旧小区开了一间超市，有足够空间养育那只狗，那只狗有它自己的命运。她乘当天的火车回来，去菜场买菜，做饭，等我回家，一如往常。我的太太没有告诉我，在火车上看着车窗外掠过的风景时，隔着布包摸着狗温热身体的触感，以及把它交给他人离开时，它是否又曾尖厉地叫唤？她如何回应它热切的眼神？后来，太太会定期购买猫粮，喂养小区里的野猫。她在固定的几个地方放了食盆和水盆，每日去添加更换。不多久，她就几乎认得了小区内所有的野猫，我们下楼散步的时候，她能指着某一只，说出细微的特征。但她不给它们取名字，只以特征称呼，她说名字是区别家猫和野猫的关键，情感不可过溢到给野猫取名。

　　"看到蛇的关键是，不要让它离开你的视线，就不会害怕。"我娇养的妻子离开了紫马蹄莲、紫丁香和粉色火鹤花装饰的婚礼，黑色的婚车在细雨中载着她返回我们的新居，雨滴在车窗疾速飘移。下车时，婚纱的裙摆被轻轻提起，我看到她纤细的鞋跟、紧绷的小腿，美丽又脆弱的景象闪现。胖胖的五福奶奶，燃起线香绕着她的周身游走，祝福她富丽而多产。她走向她未来的家，白色蕾丝的手套包裹着她的手，像等待拆开的礼物，被交代在我的手掌，我感觉不到她的温度，也感受不到任何力量和回应。我不曾知道，也不曾想过，她是否害怕。

她很快习惯了一个贤良妻子的角色。每天下班回到家里，她一定做好了饭，端上餐桌。她也一定洗过澡，吹干了头发，穿着清洁的衣衫，总有馨香。新烘干的毛巾叠放齐整，卫生间的地面干燥，连一根头发都没有。她需要计算好我回家的时间，提前做好饭菜，在饭菜不至于冷却、我也还没有到家的短暂空隙，迅速地洗好澡，吹干头发。她没让我看到过狼狈，她总把事情做得好像天生就该那样。或许为了方便，她结婚后不久就将头发剪成了短发，只超过耳朵一些。夏天的夜晚，我们在小区附近沿着江岸的公园骑车，穿着宽松T恤和短裤的她像个男孩，平时收敛起来的生命热量此时闪现。她喜爱将车蹬得飞快，冲在前面，远远回头看我，复又继续向前；通过减速带时，她灵活地站起身来避开颠簸；有时她停下等我，与我并行。路灯下的树影在她的身上移动，我看见她的背影、她的侧脸、她剪短的黑发、她动辄露出的精巧耳垂，蝉鸣吞没了无声无息的闲静光阴，我们似乎可以这样无穷无尽骑行下去。

婚后的第二年，太太第一次怀孕，只是五十天后她失去了那个胚胎。我把装有机票和酒店确认单的信封放在她枕头下面，带她外出旅行。一年半后，她第二次怀孕。那次怀孕异常艰难，发现怀孕时在五月，胚胎的数值不甚理想，她每天早晨步行去社区医院注射黄体酮。六月时，她的背部突发了带状疱疹，孕期不能用药，只能自行恢复，病期被延长，神经痛并着渐生的暑热折磨着她，她多数时间只能趴在床上。夏夜，她解开连衣裙背后的衣扣，敞露那处尚在炎症发作的伤口；肩胛之上，她柔弱的脖颈在床边低垂，似已不能负担更多一点的重量。夏日之夜，有如苦竹。整个六月，病症未愈，对于她腹中胎儿的命运我们或多或少已有所准备。七十天的时候，那个曾经有过胎心的胚胎停止了发育，在B超的照片里，能看出如幼芽一般的手脚形态。太太第二次失去孩子。她背上留下了一个淡色瘢痕，偶尔的神经痛还会造访她。

我认真和她谈过，也许我们未必一定要有一个孩子。那几年，我密集地安排两人的旅行，我带她去主题乐园，参与人群中的歌舞狂欢，守候城堡上的激光投影和盛大烟火。我带她去海边酒店，清晨和傍晚同她赤脚在湿软的沙滩走过；在下午热乎乎的海风里，团在沙滩椅上玩着手机游戏的我，偶尔看向她，看着她在一旁看小说的专注神情。在海岛的时光，我骑摩托车载她去路边摊吃辛辣有味的食物，去周末集市买手工制品。那些旅行照片上的她，笑容总是倦怠，不经意就呈现出圣母像一般的哀伤表情。

我们回到家，希望从生活被中断的地方接续，重复的日夜看起来波澜不惊。破绽从哪里出现？也许是某次，我进入那间我几乎从来不去的储藏室取某个东西。家中所有的物件在用完之前总会补上，新的卷纸、新的牙膏、新的洗发水、新的电动牙刷头，还有新的毛巾、新的床品、新的锅具、新的餐盘，总是崭新，总是有序。我进入储藏室，看到分类整齐的备用物品，归置在一个个贴着标签的储藏箱。走到更深的搁架处，我看到的是一个个纸箱，里面堆放着大量家中从没出现过的品牌的日用品、清洁用品、洗护用品，大多是小包装，一看就是试用装，数量上来说，支持一个小型便利店的货架足矣。我在那些物品的包围里深深困惑。过了几天再去看，这些箱子减少了一些，又增添了一些。仔细检视，种类之繁多超过我的想象：卫生棉、须后乳、牙膏、面膜、洗衣皂、柔顺剂、垃圾袋、鞋刷、沐浴球、花洒、防雾霾口罩、麦片、蜂蜜、全脂牛奶、姜茶、洗手液、代餐粉，甚至停车牌、HDMI连接线、USB分接器、烤箱烘焙工具套装，最多的依旧是各种的护肤品、洗发水、护发素和沐浴露的试用装，各种品牌的化妆镜、化妆包。揭秘过程丝毫不复杂，只消在夜间等太太睡着以后，打开电脑，点进她常用的购物网站，点开订单记录就可以看到，我的太太以几乎免费的价格，购买过老人运动鞋、男士钱夹、手机壳、豆浆粉，用一元买到枕头，九元买到夏被。再翻检门厅入口处的抽屉里存放的快递单，可以看到定期往那间被养了小狗的小区超市邮递物件的底单。我的太太，用她VIP客户的身份申请大量试用装，用网站发放的各种代金券以极其低廉的价格买来大量品牌用以商品推广的试用品、网站用以增加用户黏性的惠利商品。这些对于她来说毫无用处的东西，被她拿来送给他人。那些低价订单，夹杂在太太为我们日常生活精心挑选的固定品牌的消耗品的订单里。一页页翻下去，好像翻不尽，记录的是她 Price Hunter 的履历。一个是连厨房剪刀都要精挑细选的她，一个是像开玩笑一般买了十套一元一套的指甲刀套装的她。那种套装每天只有两个时间点发放大额优惠券，每天只可以领一次，我的太太必须每天准时领到优惠券再下单，连续十天，才能完成这样的订单记录。储藏室里的这一箱箱东西，都是她这样买来的。

我不知道她独自在家的时间，花费了多少在这些事情上。每日回家，开门迎接我的永远是馨香轻盈、游刃有余的太太，她拥有克制的美德。

生活展露的细小破绽，打破了完美，却有真实的留痕。也许是再一次，我提前回来的时候，家中一切如常，只书房里两台电脑虽然关闭了，机箱依然是温热的，放在一旁的两台笔记本电脑也是如此。太太在做什么事情需要同时用四台电脑呢，任何一种电脑游戏，需要组队，需要刷分的，都会需要她执行这样的操作。她从不爱玩游戏，可如果这些事情，是她智慧和能力的另一种明证呢？我知道她在无意义地消耗时间，累积毫无价值可言的物品。是何时开始，持续了多久？我无法开口和太太正面交谈，更不觉得她需要帮助。我以为以她的克制警惕，让生活回到正常的轨道并非难事。我猜想她只是在尝试，她已经解锁了厨艺软件上的一道道复杂菜式，攻克了各种各样的甜品的制作方法，也许她只是在制造和尝试新的目标。

只有我的太太在家时，她在做什么？她是怎样一个人？她曾经的生命能量，在被压抑消减后，残留的部分是否变成幽暗的气团四处奔走？如果我打电话告诉她我刚刚下班准备开车回来的时候，已经在楼下的车库了，如果我在她毫无准备的时候，敲响家门呢？可是，即使知道所有，我还是无法打破那道界限。她在婚姻里造像，我以为守住那座像就是守住了家。说话很重要，说话比性重要，可是我们始终没有办法说话。我看到从容自在地说话的太太，只有那一次，隔着落地窗，我看到她对着沐热烈陈说。我很难道出真心，那好像是一种软弱的证明，而她似乎在把自己培养成一个理想的妻子的时候，首先学会的是沉默。

我们依然亲密，我总是准时下班回家，周末的时间多数陪她；我在情人节给她订花，在纪念日给她礼物；我们不知不觉分了房间睡，以作息不同为理由，她习惯更晚睡，也需要更早起来准备早餐。我是在同她结婚的第七年，有了第一个女朋友，后来又有了另一个。在太太变成鼠妇的时候，我正交往的女朋友，是交往时间最久的一个。在一年前的马蒂斯展上，我在一幅或许不是最出名的画作前停留了很久，久到成为我的现任女朋友的人，以为我感兴趣，主动上前来帮我讲解。不过她并不知道，完全不懂美术的我当时只是发觉画中的沙发和我家中沙发的配色恰好一致而已。这个女朋友是和太太不同类型的女性，她高中开始在国外念书，拿海外护照。从头发到牙齿都精心打造，从衣衫到包袋都是名牌物件。第二次同我见面，在我送她回家车停在地下车库时，她通过健身房锻炼和有机饮食严格管理的身体，就矫健灵活地从副驾驶位滑入我的怀里。她志在必得，我来者不拒，彼此心知肚明，共襄盛举。我赞美她的康健和自信，这些我的太太很难再有的美德。

一个证券投资的标志性人物，在前一年的冬天死了，这一年股票交易市场腥风血雨，类似十四年前。上世纪九十年代中后期，那些早年富人在做交易，斯人或逝，交易记录还在，数据分析人性依然有效。贸易利润流被贴现，金融杠杆撬动了超前消费。这个过程类似恒星塌缩，偶尔耀眼。我的太太在我不知道的地方长大，也许也身陷更深的幽暗，而我在另一种游戏中已经能找到让自己轻松的方法，只消维持一个体面的外观。我的太太在吃饭的时候，会突然和我讨论一些无关的问题。她告诉我，她去商场购物，她看到名店门前永远排着等待入场的队伍，她从人群中走过，看到不同的面孔拎着不同的——她能清晰读出来品牌名并猜到大致消费额的——购物袋。她问我："人们的生活真的如此富足并且满足吗？"

也许是我，一直试图把她隔绝在根本不存在的幻景中。沐在离婚的进程中，他同妻子分居已经一年。我知道这件事，并非太太告诉我，我甚至不知道他们什么时候恢复了密切的联系，婚后因为世俗的理由他们早已疏远，尤其，当沐轻松地获得麟儿而太太长久地陷入生育之苦后。我知道此事是因为沐的妻子滋扰的电话打到了太太的手机上，我看到太太强烈震惊的表情。我太了解，看起来在家庭生活中如此从容的她，在面对外部世界时的不堪一击。可以说是一种易感，不善处理，易受打击，挫败感进一步加剧了她的恐惧。电话再一次打过来时，我替太太接了，简单言语来去后果断拉黑了号码。沐最终娶了一个颇有家产的女性，但无意外，对方和对方家庭的强势让他的婚姻生活过得并不愉快。分居后他同太太说起过自己当年的软弱，后悔于那点想在婚姻中获取捷径的贪心。强者节节胜利，软弱者大概会尸骨无存。他回旧居接孩子时，手机被妻子拿走了，于是她的电话打到了太太这里，对方警告太太不要冒犯他人的婚姻。我告诉太太不可以指望其他人像我一般理解她和沐的友情，她只是一如既往地沉默。时间好像又回到相亲日，他们俩并排坐着，可怜可爱的一对，他们都是那么美丽而无用的人，他们都只能仰仗更强大的人，抑或顺从地走进谎言的牢笼。

太太离开学校，离开家，来到这个我为她而设的新居，做了我的妻子，整整十年后，她变成了鼠妇。为什么我的太太变成的是鼠妇？不是一只夜莺、一朵玫瑰，或者一只松鼠？她同时拒绝看到、听到、说出，以鼠妇的姿态。当她变成小小的黑色一团在我的掌心时，我不厌恶也不嫌弃，我是害怕童年时期荒诞的恐惧会跟上我，害怕回到只有我了解的生命早期的恶战。从暮色四合的田野，走到灰色碎石子铺就的乡间小路，无名的怪兽渐渐跟上我。道边所有的房屋合谋一般在这一刻同时紧闭，我越跑越快，它越追越紧。幽蓝色的风景从我的耳边掠过，道路上凸起的坚硬石子透过薄薄的鞋底一下下重击我，心脏剧烈跳动的声响占据我单薄的胸腔。我跑进自家院落，撞开没有锁的屋门，冲进一片黑暗，我用力合拢门扇，背靠着门滑落在地。这房屋内，没有一点光线和声音，父母还没有从田野归返，这古老房屋内与我同在的，只有世代祖先的幽魂。我生活的真相还没有复苏，但已凭一己之力摆脱了巨大的恐惧，获得安全，却陷入孤岛一般的至深的幽暗和孤独。我的太太，在我的手心变成了鼠妇的那一刻，提醒着我从没有能够真正逃离那样的时刻。

回到世纪初那个小城十字路口的照相馆，太太穿着海军服、斜斜地戴着海军帽的写真照片被放大展示在橱窗里，近旁是她亲爱的友人。十四岁的她露出七颗牙齿的笑容，在十年以后将我一击即中，我从来没有停止过热爱那张面孔。许多次，她在我的面前，坐在床边叠衣服，一时抬头，目光迎上我，她递来一朵温存的笑容，我恍惚回应，一瞬间的心惊，一瞬间的心疼。那是我们婚姻的第七年，我已经迷途，却无法知返。

（原载《青年文学》2022年第8期）

朱婧，江苏扬州人，文学博士，早稻田大学访问学者，南京师范大学文学院副教授，硕士生导师。江苏文艺"名师带徒"计划签约作家，江苏省紫金文化艺术优青。2003年起开始文学创作，在《花城》《钟山》《作家》《青年文学》《雨花》等文学刊物发表小说。从事中国现当代文学研究和写作教学，在《中国现代文学研究丛刊》《当代作家评论》《小说评论》《扬子江评论》等刊物发表文学批评。出版有小说集《譬若檐滴》等。获江苏省第七届紫金山文学奖。

猎鹿人

◎ 班　宇

"如果可以选择自己的死法，你有什么打算？"

"以前我回答过这个问题：自杀。至于现在，我不知道。你呢？"

"车祸。"

"突如其来。"

"没那么突然，一起比较严重的交通事故，在十字路口，目击者众多，所以会被及时送去医院。在那里，我有着充足的时间跟还能想起来的人们挨个告别。"

"都有谁呢？"

"现在无法确定。"

"不错的死法，听着像去度假，浓雾渐散，天空没有距离，站在海边清晨的金色阳光里，忽然打了个寒战。"

"什么意思？"

"我的意思是，这很恰当，也是你的归宿。一位出租车司机，白天躲在树叶间睡觉，夜里出门活动，像只猫头鹰。死在路上，死在这座摇荡的城堡里，一切理所当然。"

"我没想那么多。什么城堡？不要使用比喻句。"

"那你应当想一想。"

"我想的是，这样一来，死亡就变得很容易解释，也就是我比汽车跑得更快一点。"

"可你们一直并驾齐驱。"

"的确，很久以来。"

"所以，你对它很有感情，相互熟悉，彼此信赖。"

"没那么亲密。我对它的了解仅限于，能够通过发动机的响声来判断其运转是否正常，或是某一个部位出了点问题。不是源于经验，而是我听得懂它的话——知无不言，所知即所感。"

"听着不像是车，像一位陪伴许久的情人。你开了多少年？"

"从剧团解散算起，十五年了。"

"已经这么久了，没想到。怀念我们的四季剧团。你在春天里演出，我在秋天，我们之间隔了一个季节，不总能见得到。那时我们真年轻啊。"

"的确。手拉着手从巴黎的塔顶上跳下去，这是首先该做的，那时候我们还很体面，现在已经太晚啦。"

"这句台词放在今天也不算晚。你一直很体面。"

"不要紧。总之，这些年里，经历过两次强制报废，这是第三辆，我把它救了回来。"

"救了回来？"

"对。第二辆车销毁后，本来不想继续干了，有点疲累，准备歇一段时间，当时我和妻子正在备孕，她身体不太好。于是，我去了一间修配厂上班，赚得少些，作息规律，主要负责处理到达年限的营运车辆。你肯定以为，有一架庞大的、藐视一切的钢铁怪兽，端坐在后院里，如同半塌的楼阁，滚轮近似门窗，艰难地喘息着。只需按下电钮，履带传动，噪声轰鸣，那些车辆便缓缓驶入一道狭长的、几不可见的阴影之中——像是分裂又结合在一起的大地板块，漂移撞击的岩石圈。不过几秒，就被压扁或者碾碎，成为一具卡片式的标本，无可揭示的二维图层。"

"我没这么认为。请你也不要使用比喻句。"

"好吧。我想说的是，实际情况有所不同，只是持着一柄大号铁钳，从前门卸到后门，然后是尾翼、机盖、悬架和轮毂，每次我干这件事的时候，都感觉像在肢解，沿着骨骼的缝隙、纤维的纹理。铁钳是一柄真正的手术刀，刀刃用于剖开皮肤、切割肌肉，刀尖用于修洁血管与神经。"

"你就是没办法停止比喻，是吗?"

"这样更易于接近事物的本质，你告诉我的。"

"我说过?"

"不是你就是别人，记不清了，反正有人这样说起来过：我是靠着比喻句活下来的。"

"那可真够脆弱的。"

"谁说不是呢。总之，有一天下午，这辆车被送了过来，外表和内饰状况都很好，补过几次漆，痕迹不明显，保养得当。也没那么新，像是开过三四年吧。我查了记录，没出过什么大的事故，各类手续齐全，之前的车主打理得很用心。照我看来，这辆车应该仅他一人开过，并且只在白天，从没走过夜路。"

"也是发动机的声音告诉你的?"

"不是，当天傍晚，我站在暗棚里，满身机油，望着它在承纳一天剩余的光芒时折射出来的缎带般的色泽，如一泓温柔的湖水，覆向我的双目，也像幼子的呼喊，充斥着挽留与不舍。那时，我就知道它还年少，欲望茂盛，使命尚未结束，或者说还没开始。"

"如此的浪漫，如此的不堪一击。"

"我一直没拆它，停放在那里，连续三日，保持原状。第一天，它没说话，我也没说；第二天中午，我出去喝了点酒，回来后，钻进这辆车里睡着了，像是陷入了一场漫长的冬眠，历尽一个季节，直至万物复苏，我却怎么也醒不过来，就这么过了一夜；第三天早晨，下了一场大雨，湿气萦绕，天地一片迷蒙，什么都看不清楚。过后，我盯着这辆车，周身清洁，闪着自在的柔光，锈迹如同新血的结痂，仿佛刚出生不久，散发着雨水和树枝的甜味。我动了心思，托付几位朋友，改去登记信息及车架识别代号，当天夜里，我就把它开走了，四处兜了一圈，还载了一位乘客。"

"报废的车也坐？"

"外观看不出来。深夜里，我自己开着车，没想好要去什么地方，见到有人在路肩上挥手，弓起后背，双手伏在膝上，来回弹动，像一只搁浅的海虾。出于之前的职业习惯，我连忙踩了一下刹车，没想到，对方直接拉开车门，坐在副驾驶的位置上，是个女乘客，长相普通，打扮得很精致——利落的短发，戴一副骨头做的耳环，穿着一条灯笼袖的黑色长裙，缀有群星；踝部裸露，系着一条纤细的金链，垂下一个小小的铃铛，动起来时，能发出悦耳的琐碎声响，可爱得要命。当时我想，无论她想去什么地方，我都会把她安全送到，一分钱也不要。"

"她想去哪里呢？"

"我问了几遍，她也没说清楚，醉得有点厉害。没办法，我就拉着她在环路上跑，一圈又一圈，没过多久，她就睡着了。我很无奈，也有点无聊，漫无目的，就假装她是一位好奇的旅客。我一边开车，一边向她介绍：这是图书馆，灯火通明，彻夜不息，我去过一次，借了两本书，再也没有还，不是故意的，只是还没读完；这是教堂，曾经是一所学校，后来发生了一场瘟疫，经亚欧铁路传入，波及甚广，危害全境，于是请过来很多外国专家，在此商讨对策，学校也被征用，成为一间教堂，专事祷告，至今仍有纪念逝者的钟声不时传来；这是剧院，我的一位朋友在里面演过戏，他的角色台词不多，有点迷人，或者说，是全剧唯一的痛苦精灵，可惜在决斗中被人杀掉了。临终之前只有一句旁白：他模糊的目光，描绘的是死亡，不是痛苦，仿佛是，沿着倾斜的山岗，一团雪球缓缓地向下滚落，太阳照耀着它，银光闪烁。"

"你不说我都忘了自己还演过这么个角色。现在想一想，只记得导演排练时的话：退后，默数五步，再退后，默数十步，把自己想成钟表的秒针，抬起一只手，回到时间的反面，然后倒在地上，继续默数，直至灯光全暗、大幕垂落，你获得了一种倦怠的平静，而那平静有如大海。"

"不知什么时候，她醒了过来，或者刚才不过是在装睡，因为我说的每一句话，她好像都没有错过。她伸了伸胳膊，打了个哈欠，抬起眼睛，指向窗外，问我这是什么地方，那边又是什么。我有点紧张，回答得磕磕绊绊。你知道吧，有很多建筑物，从一个方向看，比方说，可能是不规则的梯形，另一个方向就又换了形状，变为显著的椭圆形，像一只半睁的眼睛，也像是沙漠里的城堡。哦，你所说的城堡，原来是这个意思，摇荡的城堡，我理解了，的确如此。不同的时刻，它们所承载的功能也不一样，名字也有所差异。"

"不是这个意思。继续你的说法，比如？"

"举个例子，来时路过的那座危楼，十五年前是医院，现在叫故人遗址，门前的石碑上刻有两行字：泉声咽危石，日色冷青松。在夜里，还有个简短的称呼——要塞。有人组队过去探险，持着强光手电，上下游荡，收集、分析弃物，或是在里面住一宿，什么也不干。"

"为什么要住在里面呢？"

"那我就不知道了。我还想喝一杯，你来吗？"

"我也可以。"

"那我不客气了。我们刚才说到哪里了？"

"一座危楼，谁是主人谁是客；几位故人，半世星辰半世风。"

"不是这个。"

"沙漠里的城堡？"

"不。我想起来了，我载了一位女乘客，开了很长时间，直到天亮。"

"就这么过了一夜？"

"不，她醒来后，一直说个不停，像一只叽叽喳喳的小鹿，双腿乱晃，脚上的铃铛不断地响着，灵动而活泼，我们聊得不错，无论我说点什么，她都很好奇，老是在提问。到了后半夜，我越开越远。或者说，此前很久，就已经打定了主意。我把车开去了城郊。"

"她知道吗？"

"毫不知情，她不是本地人，很多地方都不认识，这点我没猜错。还记得吧，在她睡着的时候，我们驶过了图书馆、教堂和剧院，还有不同时期的塔楼、体育场、天文台和发电站。"

"你刚说过了。"

"对，没告诉你的是，当时，我有点慌乱，因为一个念头在脑子里一闪而过，那就是：没有任何一个人知道这辆车是谁的，记录被销毁了，牌照是假的，也没有任何一个人知道我到底是谁，她必然一无所知，连我自己也不怎么知道。"

"哦，真空的时间，时间的真空。"

"对，这种感觉很奇异，令我极度紧张，乃至微微发抖。她跟我说着话，坐得笔直，我把车窗摇了下来，一边回答着，一边在想，这辈子到底还有什么事情是我没做过的？"

"你想出来了吗？"

"这也不难，有太多的事情，一件又一件，应接不暇。我咬着嘴唇，忽然亢奋起来，原来我还拥有那么多的可能性，还能成为另一个人——一个面目全非的人，一个无从知晓的人，一个沉默的不朽之人。想到这里，我激动得快要哭出来了，头脑一阵阵眩晕，幸福的晕眩，布满了精巧的音符，像是一首，怎么说来着，圆舞曲，对，欢腾的圆舞曲，二人搭对，在宇宙里轻快地旋转。"

"不瞒你说，我有点紧张了。然后呢？"

"我踩紧油门，闯了所有能闯的红灯，大风吹了进来，裹着花粉与沙石，又脏又腥，一架飞机从头顶驶过，发出鹰鸮的叫声，短促、低沉、多变，腹部闪着明灭的火星。没有导引，没有光，公路逐渐消失。她小声地跟我说，能不能把车窗关上，她的眼睛就要睁不开了。"

"你同意了吗？"

"没有。我对她说，我们要记得，必须记得，这是命运恩赐的一场飓风，降临于此时，无踪无影，相当残暴也相当温柔，逝去的速度比我们要快，所以最好一秒钟都别错过。她点了点头，拉下遮阳板，推开方镜，又立即关上，没再说话，也没什么多余的举动。"

"看见什么了？"

"什么也没有。身后漆黑一片。"

"她害怕了，我觉得。可能也没那么怕，不过是服从于自我的恐惧。这种心理颇为常见，你完全不知道将要发生什么，忧虑着可能存在的危险，但对于此，还有点迫不及待，怀着一种莫名的期冀。换句话说，没人不在等待着这样的时刻来到自己头上，就像那幕戏里的台词：人们总在诅咒着自己的命运。"

"可能吧，我也不清楚了。总之，赶在油箱表亮灯前，我把车停了下来。车灯的光照进茫茫的黑暗，如同射在一面落满灰尘的墙上，只有我和她的苍白显影——像是两只不安的昆虫，在深邃的巢穴里闪躲。我看了看自己的脸，显出灰暗的棕色，半张着嘴，鬓上滴着汗液，形容狼狈。她比我要平静一些，捋了捋头发，妆有点花掉了，反而比刚才要美，没有哭，也没喊叫，看不出更多的情绪，只是双腿不停地来回交叠。我点了一支烟。"

"后面的事情我也许可以猜到一点了。"

"我咽了咽吐沫，一只手缓缓向下伸过去，颤抖不定，她在半空里将之握住，瞬间，一股温热的暖流从手心注入了我的心脏，我感觉到了一种真正的亲密。她对我说，无论想做什么，她都会答应，甚至说来，她也不是不想。我没有说话。她停顿几秒，继续说道，如果我知道她刚才是从哪里逃出来的，发生了什么事情，那么现在，对她而言，无论如何都不会是最坏的结果。"

"你相信吗？那可真是另一个悲伤的故事了。"

"当然不。我脱开她的手，不顾阻挡，低着脑袋，俯下身子，把自己嵌在座位底部，如一条游动的蟒蛇，身上满是暗绿的斑纹，竖起肉冠，吐出芯子，吸走潮湿的水汽，朝着她咝咝作响，蜿蜒挺进。至于她在说些什么，可能是命令，也可能是哀求，我完全没有听到，或者什么都没说。说了也没用，务必记得，我是一个面目全非的人，也是一个无从知晓的人。"

"真像是那场戏的另一句旁白啊，我来为你奉上：谁知道，他究竟是天使，还是傲慢的魔王？他的来路是地狱，还是天堂？他是什么呢？是一件仿造的圣物，一部讲解异邦奇谈的辞典，还是一个不值一顾的幻影？"

"说到幻影，记不记得当时去看你演戏的，除我之外，还有我们另一位共同的朋友？说是没有买到票，混了进来，藏在应急通道门后的走廊里，推开一道缝隙，大气也不敢出，就这么看完了整场。"

"当然，不过老实说，我那天都不知道他到底来了没有，之前没见到，演后也是，这件事情我想了很久。你见到他了吗？"

"没有。"

"奇怪的是，我在台上时，确实感知到了一双极为锐利的眼睛，伏在黑暗的深处，像是探照灯，在矿洞里来回巡视，目击并记录着发生过的一切。你也看得出来，那天我演得有些拘束，不知该以何种身份呈现——是一位浪漫的外省贵族青年，黄昏时的飞蛾，还是被终身监视的生命劳工，永远无可逃脱？"

"我只能说，在这一点上，我们的感受很接近。我总觉得，他也是个不值一顾的幻影，隐没于你我之间、于所有人之间，无论台上台下，始终存在，不发一言。"

"事实上，他说了全部能说的话。这也是我后来才知道的。"

"什么意思？"

"我想想怎么解释。还记得吗，你打来电话，问我是否要去参加他的葬礼。"

"当然，葬礼在周六举行，那天正好你有演出，无法赶来，有点遗憾。"

"对，我为此懊悔许久，差不多有一个季节，直至我接到了另一则消息。"

"什么消息？"

"请我去参加他的葬礼。"

"谁的？到底什么意思？"

"这么说吧，他的葬礼一共举行过两次，或者三次、四次，我也不知道了。给我的邀请函上写的是：他见过，一条沸腾的河流/冲击着陡峭的水岸/小鹿凝立而视，低垂着犄角/一只大鹰在他的眼前飞逝/骆驼躺在岩壁的阴影里/草原上，无数烈马飞奔/远处，屹立着巍峨的群峰/一条大路通往那个方向，一条大路/通往了那个方向。"

"这又是什么呢？"

"我在另一出戏里的台词。衍生自你们看过的那部，讲述了主人公十几年间的经历，狠狠拒绝了爱人过后，他短暂地没入声色与虚无，接着整理行装，去往各地旅行，见识了牧场与荒原、丛山与圣殿，在大雪里跋涉，途经喷泉、浮云和树荫，从未中止过自己的痛苦与思索，在原文里，这个段落后来被作者整个删去了。我读过后，长久不能忘却，于是重写了这一部分，把它排了出来，只演过两个场次，效果一般，没什么反响。"

"你的意思是，临终之前，他去看过你的这出戏？"

"对，但也没有告诉过我。"

"那么，他到底死了没有？"

"我也有过怀疑，所以，相当于是怀着一探究竟的心情奔赴他为自己营造的另一次尾声。葬礼当日，不过是一个简短的仪式，大概六七个人，互不相识，集聚在他的墓碑前面。他的妻子坐在一侧，面无表情，冷漠地辨认着我们的身份，从口袋里掏出一沓一沓整齐的草纸，逐张焚烧，微小的火光在大理石碑上映出一张模糊的脸庞，时而欢欣，时而哀伤。我很想念我们的这位朋友。"

"这样说来，我那天也是差不多的情况，匆匆安慰过他的家人后，就走掉了。我的车在墓园门口抛锚了，怎么也打不着火，像是被灌进去了很多的水，那么多的水，有一瞬间，我甚至感觉到它浮了起来。"

"轮到我时，我对着墓碑说了几句话，归还了最后的信物——两本向他借过的书，很多年来，一直没有还过，当然，主要是因为还没读完。他的妻子看了看我，拿出一本装订好的纸册，逐页拆散，准备点燃。"

"我还想喝一杯，你呢？"

"我先把这杯喝完吧。烧到一半时，吹来了一阵西风，卷起余烬，几页残破的纸落在脚边。我低头拾了起来，发现上面写着密密麻麻的小字，笔画稚嫩，却相当规整：一九九七，〇一〇五，树上结满了石头，掉落，血迹斑驳，休息七至十日，实为五日，读百科全书，迷恋蓝鲸、永动机和未来灾难；二〇〇一，〇四一七，绘画基地，交作业，一个苹果在桌上，返回修改，苹果身上生了一对触角，具生殖功能，看录像带，轮番等待枪响，片名未知；二〇〇四，〇七一七，第一志愿未能录取，第二、第三同，决意复读，植树，大暴雨来袭；二〇〇五，一〇〇四，失去爱人，试图尾随，未遂，平台跳落，骨折，窗前盛开着水果；二〇〇七，一一一三，留声机、自动钢琴和收音机让你正确地解读一流的作品，这样一来，便可以不必到剧院，既避免患上感冒，也远离了演员们的狂躁；二〇〇九，〇九〇一，而青春，它也欺骗过我们啊；二〇一三，〇七二二，系统说理或者说智识人的没落，是一个文字系统从社会上层流转至下层的过程所带来的必然结果；二〇一五，〇六三〇，未竟之爱使我们回归到了一种气态，人与本来的世界争相分离；二〇一七，〇九〇四，同居，失眠，对于家具的冗长描述，打了一通电话，如在叙说台词，诸如：混血狗的尸骸在太空流动，长堤毁于针眼儿般的蚁穴，陆地与海洋悬过头顶，此地今夜小雨转晴，宛如清风徐来，宛如水波不兴。"

"可这些都是什么呢？"

"是我啊，你怎么还不明白。"

"天啊，我知道了。现在换我紧张了。必须说，我现在才感觉到，他确实是离我们而去了。一个不值一顾的幻影，一个确凿无疑的幻影。"

"就是这样，他悄悄地为认识他的每个人立下了一份生平。其中包括与他相处的情形，行为举止，笑或者哭，说过的那些话，以及他听来的事情，透过第三者看到的事情，暗地里的追踪，以及从各处搜集到的纷繁资料等。我想，他发明了一整套复杂而完善的系统，填充、扩张、拓进，从不间断，无懈可击。这些年来，他就在干这么一件事情。也即，现身于所有不可能的场景，现身于失却的记忆，现身于此时与彼时，现身于我们的全部生命。"

"他为什么要这么做呢？"

"这点我也想了很久。我现在的答案是，之所以这样，也许只是——什么也不做。为了不做而做，必须去做。他比我们知道得更多，无论明暗，但什么也不做；也比我们更了解我们自己，全部的因果，依旧是——什么也不做。这就是他想做的事情，他也做了他想做的事情。"

"钦佩无比。"

"我也是。干杯，为了我们的朋友。"

"也为了我，为了你。为了你的我，还有我的你。"

"你现在有一点像他了。"

"难道你不是吗？我很想念他。"

"那你猜一猜，他有没有记下来那位女乘客的事情。"

"不无可能。我想到一点，那天从城郊开回市内，我的那辆车也像是一艘船，漂荡在路面上，不必耗力，大风驶过，我只需握住我的舵盘，悄悄转动，天际便轻盈地升了起来，汪洋之中光明的那一部分陡然显现。"

"不错，你们共度了一个迷醉的夜晚。"

"不是我们。只有我。"

"只有你?"

"对，回来时，只是我一个人。"

"她去哪了?"

"可能还在原地，我不知道了。后来，我合上车窗，钻去她的身底，四处摸寻，我的两只手像是黑暗里不断生长的攀缘植物，一寸一寸，没有间隙，覆在她夹紧的双腿上，占据着私密的领地，下面很凉，越往上越热，到处都是潮水的味道，涩而鲜甜，不知是来自车里，还是她的体内。我想，她可能发出了一些叫声，畏怯或兴奋，我全不在意，真的，我从未在意。"

"你在意的是什么呢?"

"那个铃铛。"

"铃铛?"

"对，她脚上的那个铃铛，我还想听一听它的声响，清脆而美妙，如泉水滴在陨石上，可怎么也听不到了。我想尽办法，摇晃、抚触、吹拂、撞击，乃至亲吻，无论如何，它始终沉默，仿若哑物。我很失落，同时，我也感觉得到，她的腿越来越冷，由上至下，透着纯白的亮光，近似于一朵清洁的冰，潮水四溢，起起伏伏，泛着黏稠的泡沫。"

"一朵清洁的冰？"

"对。我还是不甘心，把她拉出车外，抵在尾翼上，她就这么仰面躺着，听任摆弄，如一辆待拆的废车。我伏在草地上，对着那个铃铛，说了很久的话，坦诚以待，它也未受触动，依旧是不作响。我万念俱灰，回到车内，疲惫地瘫倒在座位上，像一张蜕掉的蛇皮。太阳就要升起来了，可我知道，我那新的生命，已经完完全全地、彻底地被抽空了。我觉得自己正在发烧，脸颊滚烫，身体不停发抖，于是，勉强稳住精神，拧动引擎，返程离去。事实上，我根本不知道自己是怎么开回去的。到家后，我睡了一整天，没有梦。"

"我很久没睡过那么长的时间了，或者说，我从未有过这样的睡眠。"

"我真挚地希望你也能拥有，我想，那也是一种深切的祝福。因为，醒来之后，妻子正坐在床边，怀着无限的柔情，轻抚我的额头，对我说，她怀孕了。我们就要有一个孩子了。我哭了出来。我们紧抱在一起，不再分开。天一点点黑了下来，像一个陌生的熟人，带着星象的礼物，前来造访。"

"真是感动啊，保佑你们。干杯。"

"那是我生命里最好的一天。我的酒又没了。"

"你还想喝吗？"

"我觉得可以再要一杯，我们分掉。"

"好啊，就像从前那样。"

"对，像从前那样。"

"你没再见过她吗?"

"谁?"

"那位女乘客。"

"没有。我想我是见不到了,有点可惜,不过也没什么。很多人就是这样,一旦分别,你马上就知道,这辈子都不会再见到这个人了。你没有这样的经历吗?"

"有过。"

"剧院里的观众不算。"

"不,我也在台下,我们都是观众。"

"你的朋友?"

"何止,我很爱她。"

"那可真够伤心的。"

"的确。本来没那么在乎,直至在葬礼上,我看见了那一行字。"

"哪一行?"

"未竟之爱使我们回归到了一种气态,人与本来的世界争相分离。"

"听着像是台词。"

"确实如此。剧的名字我忘了,只记得那是我们最后一次见面。"

"也是很多年前的事情了。"

"我不知道到底过了多长时间,真的搞不清楚。有时觉得已经很久了,足够漫长;有时又觉得历历在目,如同昨日。"

"干杯。说明你仍处于气态。"

"可能是。起初，我被她的文身吸引住了，那是一系列的单词，分布在身体的不同位置：真理，鹿，换日线，丁零，镜，左轮手枪，采冰场，友人，苦难。我在心里将之组合成不同的句子，不明所以，却在闪光。我痴迷于此。她搬来这座城市后，最好的时期已经过去了，有点懈怠，或者说，对于自我的诅咒开始应验。那些单词被我另眼相看，真理不是镜子，鹿群没有经过换日线，友人也并非来自采冰场，而是集中营，丁零，丁零，丁零，是那里一连串的枪响。我在国外演出时，参观过一次大屠杀纪念馆，文献资料居多，令人丧失耐心，在工作人员的指引之下，观者纵向排成一队，如松散的数列，曲折前进，仿佛等待着走出窗外，被执行枪决。玻璃橱窗上面沾满了各色人种惊叹的唾液与滑腻的指纹，如一副肮脏的镜片，折射着那些生锈发黑的农具，说是原始人所用也不为过。头顶上是一条复刻的标语，意思是：劳动关乎心灵，关乎荣誉和荣耀，关乎英勇，以及我们心中永恒的英雄主义。我想，不如直接写上四个大字：各得其所。他们不就是这么想的吗？有那么几天，为了表示对她的嘲讽与不屑，我不断发去纪念馆里的残暴照片，都与她身上的词句相关，她没怎么回应，不为所动。回来后，我发现在她胸前多了一行英文花体字：Born to Roam。怎么翻译好呢？生而漫游，生为倘徉，生来爱自由，到底是什么意思？我没问，也想不明白。那段时间，我们吵得很厉害，从早到晚，大多是我挑起的琐事，但还没分开，关系仍在维持。有一天，她让我陪着去剧院，看一出很滑稽的闹剧，总共三幕，男主角与三位女主角轮番争论，没什么情节，台词也很夸张，完全不着边际，'你所裁决的是全体人类的命运''不要再抽丝剥茧了，必须一意孤行''穿过无畏之宁静，直抵未被探测的自身深处''未竟之爱使我们回归到了一种气态，人与本来的世界争相分离'。她跟我说，剧作家是她朋友的朋友，我不在时，他们见过两次，对方好像对她有点好感，给过不少暗示，送了价值不菲的礼物，不过她没接受。我问，那你觉得他怎么样呢？她说，印象还可以，行事沉着，话不多，不过直指人心，也很有才华，为人仰慕，还会表演魔术。我说，装腔作势，无耻之徒。她说，你可真叫人失望啊，算了，说多了你也不理解，好好看剧，仔细体会。我很气愤，说道，有什么不能理解的呢？不就是间离吗，不就是幻灭吗，不就是假行僧吗，不就是一个魂灵在房间里游荡吗？她说，你全懂，行了吧，别再说了，很吵，结束后我自己走，去哪儿不用你管。我不说话了，平心静气，认真观摩一个半小时，如坐针毡，终于来到了尾声，男主角以手语朗诵了一首诗，这使我意识到，她的新文身可能源于这部戏，Born to Roam，生于旷野，周游世界，太阳系的独行客。散场后，她待在座位上不肯离开，仍在思考，同一排的观众侧身离去，迈过她光洁的脚踝。我忽觉厌倦无比，一切狼狈不堪、失望透顶，而我早就没了耐心。这时，响起来一串丁零的声音，她站起身，拉着我的手，说道，回家好不好，你说得对，真的很无聊啊。那天，她穿着一条黑色长裙，双臂微展，俯在我的面前，如一双蝙蝠的暗翼，缓缓降下阴云般的庇护。我几乎不得呼吸，望着她的眼睛，沉默许久，对她说道，你走吧，我不爱你了，一点也不，或者说，我从未爱过你，由始至终，再见吧。我们结束了。再见。"

"她走了吗？"

"没有，她愣在那里，很久没动，像一只小鹿，凝立而视，低垂着犄角。我自己离开了。这是我们最后的时刻。"

"当时你不知道自己那么爱她。"

"很长时间以来，我都不知道，照常写戏、排练、演出，四处旅行，交了个新女友，对我不错，少有争吵，分开的时候也是。总的来说，过得还算可以，虽然也没那么好。"

"然后你在葬礼上看见了那一行字。"

"对。回来后，我有点想她，打算联系一下，向她道个歉，却怎么也找不到她。我试了所有能想到的办法，可就是找不到，没人知道她去了哪里。越是找不到，我就越是想念，一日比一日更加强烈，如一场不灭的大火，烧透了我的心肺。我才知道，原来我那么爱她，没有她的生活，我一天也过不下去了。甚至想过去死，进而记起来，她问过我，准备怎么结束自己的生命。"

"自杀。你说过了。天啊，我明白了，怪不得让我问你关于死亡的方式，我还以为只是在推测角色、磨炼台词。"

"不好意思，耍了个花招。不过，我想你早就知道了，你的台词从不浪费，这万无一失。我的角色无须揣摩，没有话语，只要控制我的心跳，那是与人交流的唯一办法。还记得吗，每次登台之前，我总在手里握着一小块冰。"

"如此的浪漫，如此的不堪一击。"

"至于生命的终结问题，我当时也问了她。"

"她怎么说？"

"什么也没说，铃声响了起来，丁零，丁零，丁零，她昂起头，转身登台。那时，我们在同一部戏里扮演着傲慢的魔王和他调皮的恋人。"

"难得。"

"她站在光束里，迎着纷飞的落雪，对台下说道：你们这些流浪人、童贞女、窃贼、马夫、军官，还有炼金术士和机灵鬼，是的，你们，还有你们那副窄小的心肠，怎么能够了解我们是如何相爱的呢。我在后台，望着她不屑一顾的神情，觉得美极了。"

"我甚至感受到了她的美好。神的戏剧开始了。"

"当时我对自己说，必须跟她一起生活，也只能跟她一起生活，为了镜子，为了真理，为了全部的苦难、采冰场和换日线，还有鹿。而这一切，在我们分开后，我统统忘掉了。再想起来的时候，我痛苦万分。"

"我无法缓解你的痛苦，不过可以陪你再喝上一杯。"

"不必了，时候就要到了。"

"什么时候?"

"我和她那个晚上分别的时刻。每天此时，我都会走出门去，在街上，在桥下，在水边，在剧院里，再去找一找，轻轻呼唤着她的名字，直至次日清晨。我回到家里，给自己做顿丰盛的早饭，放上一部电影，看着看着，就睡了过去。像从前一样，我还是只看录像带，进仓出仓，齿轮咔嗒一响，磁头转动，失真的色彩，低沉的破音，过期的人们，一切就这么开始了。这是我为数不多的愉悦时光。"

"二〇〇一，看录像带，轮番等待枪响，片名未知。"

"对。"

"我想起来了，当天我也在你家里。我们一起看的。那时候，咱们还都是不错的人。"

"确实如此。"

"我们的那位朋友呢？也在吗？"

"不好说，可能没，但他一定也会在场。"

"那部片子讲的是什么来着？"

"三个好朋友的故事，也可能是两个。先是山间的旅行，太阳及其炽烈的幻影，接着是一场盛大的婚礼，各拥舞伴，唱起悠扬的颂歌。很快，他们被派去地狱一般的异国战场，火药横飞，从此不幸沦为俘虏，抱紧枯木，度过水下生活，同时，怀着无尽的爱与仇恨，不断地失踪，不断地寻找，不断地重逢，为生命下定赌注。"

"演员很棒，我只记得这个了。"

"没错，我反复看了很多遍。有一个梳着分头的角色，个子不高，眼眶深邃，性格有点懦弱，总跟在几个主角屁股后面，没什么自己的主意。记得吗，我们当时一直在说他。"

"有点印象，我们一直在等待着他的反转，认定他就是最后的反派，贪生怕死，背信弃义，把所有人出卖掉。可是到了最后也没有。"

"对，没有。"

"真是一个好演员啊。"

"他就是那样的一个人。"

"什么样的人？"

"我也说不好。"

"确实，难以描述。"

"电影还没完成，他就死了。拍摄时已病得很重，不过，另一位女演员还是跟他订了婚。他的未婚妻很美。"

"太遗憾了。"

"不然他也许可以成为一个不错的反派。"

"不错的反派。"

"一只鹿，低垂着犄角，凝立而视。"

"什么？"

"没什么，我说他就像是电影里面的那只鹿。"

（原载《中国作家》2022年第8期）

班宇，1986年生，沈阳人。作品见于《收获》《当代》《十月》《上海文学》等刊，被《小说选刊》《小说月报》《思南文学选刊》等转载。曾获曹雪芹华语文学奖，《小说选刊》年度中篇小说奖，华语文学传媒年度最具潜力新人奖，GQ智族年度人物，"钟山之星"年度青年作家，花地文学榜短篇小说奖，华语青年作家奖，辽宁文学奖等。小说《逍遥游》入选"2018收获文学排行榜"。有小说集《冬泳》《逍遥游》出版。

百花杀

◎ 杨知寒

一

　　号称"进口小牛皮"的黑钱夹捏在两根手指里，被徐英飞镖似的瞄着，准备往顾秀华后脑上摔。从她的店里出来，把左第一家就是顾秀华的店，摔是一定能摔上的，就是值不值得摔，徐英还在酝酿。此刻顾秀华在一片塑料珠帘后坐着，背对她，瓜子一个接一个往嘴里送，边嗑边唱：我在仰望，月亮之上，有多少梦想在自由地飞翔。徐英放下手里皮夹思考，摔出去后事态会怎么发展。如果只是吵架，顾秀华和她半斤八两，谁也得不着便宜；如果打起来，顾秀华目测一百五十斤往上，坐死她都没问题。徐英想，要是赵庆在就好了，哪怕身边再有个女的呢，两张嘴也比一张嘴会骂人，两盆水也比一盆水泼得狠。她想往顾秀华头上浇盆尿，那才解气，该用脏东西来侮辱脏东西，何用小牛皮？回店里，她将皮夹搁回货架上，将墙上贴的"概不议价"的字条，捋得更平顺了点儿。

　　事不大，但多晢想起，多晢感到憋气。憋气很可怕，因它总会向背道而驰的两个方向走，是该让烦恼的气球慢慢放气，还是慢慢打气，看它最后破裂。发展不同，决定一段关系走向不同。亲疏爱恨，往往也只落定在件件小事上，小事又怕积攒。徐英心里给顾秀华数着，加上今天这件，两三年中，对方下绊子，没十回也有八回，她已算得上仁至义尽。今早开门没多久，顾秀华就抢了她一个客，在徐英已将价格咬定，即将攻破一个买货大哥的心理防线时，顾秀华站到她家门口喊，多瞧瞧，多看看，咱家有各式腰带、钱包、卡扣，品种齐全，童叟无欺，刚开门，不图挣钱，图打响第一枪，来你就有优惠。这话果然怂恿得大哥走了，再没转回来，这才有徐英拿起已准备包上的钱夹，心底恨透了的一股劲儿。论岁数，她该管顾秀华叫声"姨"，再不济，叫声"姐们儿"，现在她却只想叫对方"灾星"。灾星，克死自己男人还不算，谁家买卖好你眼红谁，一层楼里，几十户店面，总往外标榜你是老人，十年前就在这儿扎营，关键十年来你交下谁了？谁你也没交下。连中午吃饭，集体订麻辣烫，都没人替你取一回。哪回不是自己开张，自己收摊，谁亲近你一刻了？徐英是三年前才来到百花园市场卖货的，因人年轻，紧跟时尚，说话也八面玲珑，不得罪主顾，渐渐整座百花园市场里，数徐英精品屋的买卖最好。好些回头客来，不为买货，就来和她聊会儿天。徐英以前总是劝自己，不气，不至于，身在高位，要能容人。今天她想，关键你是个人吗顾秀华？

坏就坏在憋着气的时候，眼前正巧来了个靶子。靶子是个四十来岁的大姐，一上午往徐英家溜达几趟了，一百二的皮夹，讲到八十愣是不买。大姐手在皮夹上摩挲来摩挲去，眼神既像试探，又可怜巴巴，你再少十块钱啊，七十我就拿了。徐英说，真来不了，没那个价儿。七十我上的，你给七十，我风里雨里，赚啥了姐们儿。你也不用堵门，店小，后头人都进不来了。不怕你比较，你再出去转转，看谁家还能有我这个品质，啊？说完徐英手拿把掐，继续应付新的客人。一上午了，效益不理想，卖出八个，净收益也就一百，徐英觉得都不够费唾沫的。但话说回来，别的她又能干啥？啥不要本钱，不要帮衬，就是在眼前这个有窝有棚的地方，她都常忙得脚打后脑勺，恨自己不是三头六臂，心思赶不上嘴快。看一集剧的工夫，大姐还是转回来了，徐英笑脸盈盈，回来了姐？你要说就相中这个了，咱研究研究，完事了呗。大姐手上却已提了个塑料袋，打眼一瞅，里头也是个皮夹，和徐英卖的款式大差不差。她冷笑，买完了这是，花多钱哪？六十五啊，是不是在我那儿一拐弯那家买的？大姐不置可否，继续摩挲刚才她相中了的徐英家的皮夹子。徐英想，你再给我摸出包浆来，跟大姐说，也别摸了，两个货拿桌面上比比，咱家卖的是广州货，她家卖的是啥啊姐。大姐嘀咕，我看也没差多少。徐英笑，都是同行，我不能诋毁人家。但是姐，她家东西你用用就知道了。夏天，就你买这个包，徐英拿过大姐刚买的货，经手掂量，不给你晒个双眼爆皮，算我眼瞎。冬天，得给你冻得跟个橛子似的，拉锁你都拉不开。大姐没讲话，半晌说，你让我再摸摸。徐英心有了底，摸呗，越摸你越犯合计。大姐摸来摸去，确认徐英说的是真的，两者比较，她是图便宜，买了个次货。大姐探问徐英，你说她能给我退不？徐英说，退不了，退你还打仗生气，吵吵八伙，给你退啥？那人脾气老不好了，咱都知根知底儿的。大姐露出一副那可坏了的表情，没想到精细精细，还是吃了亏。徐英给她支招儿，这样姐，要说你就是相中老妹儿家这东西了，价钱不妥，咱就研究价儿。可你也别出去说上那个当了。咋，真想退啊？徐英眼珠滴溜转，说，退也有招儿，可不能说是老妹儿教的。大姐拍胸脯，你就教吧，我不能卖你。徐英在椅子上盘住腿，小声招呼对方离近点儿，推心置腹道，就说是给你家孩子买的，孩子看了不可心，又作又闹，小活祖宗。你要不给我退呢，我找商管去。大姐连声嗯嗯，拿上东西掀门帘走了，徐英也不留，买卖成与不成，已无所谓，你一尺我一丈，解了气再说。

百花园市场过去总是摩肩接踵，客人有时都像高峰期时堵上的车，错不开身，挪不动步。到工作日还能见缓儿，那时徐英也有心情和人讲价，磨磨嘴皮，全作训练。但凡到年节，真是爱买不买，送客的话常挂嘴边，那啥，你再溜达溜达。今年则不知怎么，商场风云突变，客流锐减，往常七进七出的客人，今年就像诸葛亮得凭折寿才求来的一场风，成交都在侥幸。二〇一四年的春天，徐英和顾秀华彻底较开了劲，两个人都从一样的地方上货，找一样的款式打版，你卖啥我卖啥，你降十块我降十五，你送客，我招呼，双双成全了买方市场，彼此却是伤一千损八百。不如此，各家也没竞争意识，以为生意永远是此起彼伏，千秋万代，不去想算计，想怎么经营。当秋风一吹，百花都见枯萎，人也真上了战场，别人再从自己碗里夹块儿肉走，跟从身上割下块儿肉一般，轻而易举结下了血海深仇。于是，当徐英在店里气定神闲看台湾偶像剧的时候，顾秀华如预料中的，风风火火，挑开了门帘，因体型壮硕，将门口全给挡住了。顾秀华直截了当，问徐英打算怎么着，商管，商管啥都管，包括不正当竞争。边上几家店里的小姐妹前来劝解，劝解多是观战，毕竟都久没见热闹了。徐英只是换了条腿一跷，抬手指着顾秀华的鼻子说，打算不打算的，你先挑的衅。话刚落地，顾秀华便上前扯住徐英头发，徐英力气不赶对方，唯有猛着去踹顾秀华穿了瘦腿神器因而单薄的下肢，往脚腕踹，对方就软了。徐英简直像骑着顾秀华，后者不断向上耸动，最后一耸，将徐英顶上货架，东西乱七八糟摔了一地。几个小姐妹这才敢上前看看。刚拉起徐英，她便往对方得胜了的后背上啐出唾沫，顾秀华往背上摸了摸，回嘴说，有你没我。

二

徐英自此和顾秀华斗下去。起初她也合计，是不是非斗不可。楼里这么多家买卖，都是竞争关系，可谁也没说要和谁往死了结仇，只有她俩，是人人心照不宣。在顾秀华当众抛下那句"有你没我"之后，这仇论理不是徐英奠定的。徐英反复想那天被顶到货架上，东西从头上往下落的声音。她后来抹着眼泪，一一放回原处，过程里有关破坏的记忆反复加深。她记性好，更觉不公平，凭什么是她的店被打成了烂摊子，还要她自己来收拾？那时候，顾秀华在哪儿？大约继续嗑瓜子，唱她没唱完的歌，复了仇的人快活地坐在月亮之上，梦想当然在自由地飞翔。重点不在梦想，而是想怎么干就怎么干的自由，顾秀华那天已实现。

仇既已结，往下就得循环。循环讲究果报，顾秀华种下的果，徐英心心念念，她还没有报。当然了，自己吃过一次亏，知道不能再在拳脚上和对方斗一斗。徐英想，知己知彼，百战百胜，她得在顾秀华最脆弱的肋骨上下脚，就如对方，仗着身体优势往她的肋骨上狠踹的那一脚。顾秀华最在乎什么呢？答案不难找到，钱。顾秀华为什么这么在乎钱，从别的小姐妹口中，徐英已对顾秀华的生活一清二楚，知道对方如今一人带儿子过。儿子在八中上学，到夏天高考。顾秀华把所有希望寄托在儿子身上，给儿子和自己投掷了同等的压力，即儿子好好念，她来好好挣，两人齐头并进，努力改变家族命运。徐英不想祸祸别人下一代，仇没深到那份儿上，拢共就见过顾秀华儿子两回。一回是他下午没课，顾秀华儿子来了，穿着校服，人精瘦，脸上一副厚瓶底儿，嘴唇上一圈黑胡子，坐在女装底下吃顾秀华给他叫的鱼丸米线，闷头，吸溜吸溜地。二回见，是顾秀华有事儿不在店里，儿子放寒假，背着书包来给妈妈看摊。那回光一上午，徐英就以杀疯了的架势抢下顾秀华约摸十来个客。但凡有客人走进顾秀华的店，徐英就站到门口招呼，她家没人，来我家呗，我家今天搞活动，来你就合适。姐们儿，来来，你在我家买过，回头客你不记得我，我记得你。上回你买完，回头我还说呢，啥人啥穿戴，就没见谁比你再合适用这东西了。徐英那股亲热劲儿自不必提，皱眉弄眼加拱嘴，嗔怪显得亲热，和女的就这套话术，愣夸也是夸，夸人就能吸引人。和男的她更有招法，细腰往外一拧，不说话，干笑眨巴眼，大哥大叔就一个个地往她家来了。对门卖文胸内衣的小文来凑热闹，到徐英耳边说，英姐，你这力气卖的，不知道还寻思你干过啥呢。徐英收钱之余，瞪她一眼，也带笑，妹啊，别人爱咋想咋想吧。其实服务业都相通，都是伺候人，她再压压声音，说，高低都忽悠人。

顾秀华儿子当然不会忽悠，青春期，连和生人打照面都显忧，不是徐英对手。等顾秀华忙完回来，徐英把店里音响啥的一关，静气，听声。果然没多会儿，就传来不远处骂骂咧咧的动静。小孩儿也不会学话，可能他都不明白是被人家抢了客。徐英听了半天妈训儿子，再往后，就只听见顾秀华招呼儿子回来的喊声了。儿子没回来。顾秀华追他到了扶梯口，看儿子后背上挂着没拉好拉链的书包，跟个垂头丧气的茄子一样，正跟着扶梯下行，消失在弱肉强食的大森林。

当晚徐英回家，和在水站工作，给人扛了一天水桶的男友赵庆，叙述当天胜绩。一人四听哈啤，就着徐英从百花园地下市场买回的烧鸡，两碗酿皮，直聊到午夜。说到眼下终于吐出一口气，徐英含泪，想起一路来更多的艰辛，絮絮叨叨，从桌上这只吃剩到骨头的烧鸡，说到小时候她多久才能吃上一顿荤，为了往后顿顿能吃上荤，前后付出过多少，可收获从不公平。她今天从顾秀华儿子那儿抢来了生意，是胜利，也带点儿悲凉。只有她知道，几次掀开门帘，看到转弯处的男孩，表情是如何惊慌：他看看书，再看看外头，看看从他面前经过的，不能留住的客人。一切无不让徐英想起了自己的成长岁月中，那些极为努力，又归于挫败的时刻。那年我十五，徐英拿筷子敲桌，仿佛在给经过了的人生敲锣鼓点儿，壮势。我也文静，不爱说话。大庆，你能想到我那样吗？赵庆喝得醉眼迷离，本就眼袋明显的五官跟着虚浮。人累了一天，此刻不是挠头顶，就是挠肚皮，他在不在听，徐英不能判断。她继续说，爸妈都是卖货的，先后下了岗，那时还不算个体，算打游击，走街串巷的，卖点爆米花啦，要么卖点煮苞米啦，就这种。后来算稳定下来，固定在一个路口卖盒饭。我第一回上街卖盒饭，卖的啥我还记忆犹新，西红柿炒鸡蛋，配米饭，配萝卜丝儿咸菜。卖的东西没问题，问题是我张不开嘴，喊不出价儿来。赵庆不信，你还能张不开嘴？徐英笑，其实骨子里张不开。我爸妈你见过，都老实巴交的，倒不逼着我去卖东西，是他们也知道没办法了，知道学习上我不是那块料。我一上课就爱画画，画各式各样的衣服。美术老师成喜欢我，说我有点儿什么来着，设计天才。班主任看不上我，让我能学学，不能学回家，别浪费我爸妈苦天扒地挣的两个卖苞米的钱。赵庆问，当众说的？徐英点头，当众啊。还当众展览我的画呢。我脸红得什么似的，哭着跑出教室，直跑上大马路，隔几米远，就看到我爸妈卖盒饭的摊儿。他俩吆喝得跟领导讲话似的，平铺直叙，照着念稿：盒饭，六毛，盒饭，顶饱。话到此，眼泪流了不止一阵，徐英拄着下巴颏，凝望对面的赵庆。在许多个时刻，她心中都怀有和少女时代一样好高骛远的指望。十五岁时，她想当美术老师嘴里的服装设计师，设计出花样翻新的女装，给商场里一个个体型袅娜的塑料模特花枝招展地罩上；同时希望有个斗志昂扬的男孩，能在她偶尔挫败时，递上一角干净熨帖的格手绢。给你，别再哭了。他脸上将显出最温柔的光辉，附带最有教养的微笑，永远等待徐英，期待徐英，来日精神抖擞，定会一鸣惊人。赵庆只是捏响所有啤酒的空罐，仰脖，摇出幸存的几滴答，全晃悠进他大张的嘴巴里。

　　徐英醉后，天然想到，人生本没有仇敌。赵庆给她盖上被子，留她在夜里睁着眼睛。女人一晚接一晚，算的都是生意经。眼瞅过年了，百花园也不见上人儿啊，周围店铺的生意，一家比一家惨淡。要说现在大势就为让人黄摊子，那些空下来的档口，去干什么呢？美发，饭店？现在也就这些生意好，似乎不受影响。许是现在的人，都爱娇惯自己吧。偎到赵庆肩膀上的徐英，狠亲男人两口，想出了客流量减少的原因。你们不就怕讲价嘛，愿意上网买，又账号又网银的，更费事。就不愿货比三家，锻炼下自己的口齿和智力？早晚，她打起哈欠，还不得受个锻炼啊。

三

　　徐英给赵庆打了三十来个电话，一直没通。她魂不守舍坐在几摞衣服包里，没精神装货。她想赶紧把店关了，追到赵庆工作的水站，问问别人，不是从昨天和前天开始问，是从上个月开始，问到底是什么拿住了赵庆的魂儿，让他回到出租屋后一言不发，上床就睡，再不肯跟她吃上一顿饭，唠超过十个字的嗑儿。徐英一单生意都不想做，有人进店，她只顾着盯手机，头也不抬回答说，没有，找不着了，去溜达溜达吧。要是来人非让她出个价，她就指指墙上贴的纸，不商量啊，姐们儿，今天不商量。一时的懈怠很快形成一时的对照，顾秀华家顾客盈门，徐英能清楚听到顾秀华的大嗓门，伴着爽朗的笑声，连绵不绝，和总也打不通的电话里那个女声一样，可恶至极。您好，您拨打的电话暂时无人接听。她俩的动静都属于一门，属于将人心放在火上煎的外语。

忙到中午，主顾们也得吃饭，饭点儿通常能有半小时休息。顾秀华拿着盒饭，打徐英家门口过，刻意逗留，跟对门小文讨论说，今天这盒饭吃着可香啊。咋不香？肉管够，饭管够，啥都够够的，绝对富裕。顾秀华说着，使筷子反复挑拣盒里的几块猪肉，就不进嘴，任香味透过珠帘，飘进徐英的鼻子里。小文平时和徐英关系更近，但她属于谁也不得罪的性格，何况百花园没几个不怕顾秀华的，她们全都目睹过她杀伐攻占的样儿，不论是吨位还是资历，对方都属于百花园大姐大，威名播撒在外。敬而远之是一贯政策，如果"远"做不到，就先可着"敬"来。小文边吃边给徐英使眼色，今天对方就像台失了灵的机器，干坐着不运行，连盘好的头发都松下了，垂下几绺，和头一块儿往下低。小文向顾秀华说，姐，油水你是吃够了。顾秀华一屁股坐进小文家的椅子里，满屏满眼，是号码齐全的文胸和内裤。她将猪肉块儿大嚼进嘴，咽下汩汩油水，说，真他妈香。你说，为啥今天肉能这么香？小文笑笑，没说话。徐英不多时挑开小文家帘门，她眼周红晕一圈，嘴也哆嗦，指住顾秀华鼻子，问候对方妈妈和妈妈的生活方式。

　　说完不等对方反应，徐英脑子里早总结过几十回的应战方式，一一出现眼前。对方笨重，得用灵敏占先，攻其不备，再狠攻其薄弱。徐英就像只发疯的野猫，一腾，将自己挂在顾秀华身上，咬住顾秀华耳垂，妈的，一嘴油味儿，可她就像咬住了顾秀华咬住的肥肉一样，想象着那是溢出的油水，狠心往下咬。顾秀华直惨叫，两腿乱蹬，蹬不着徐英的身体。徐英知道早晚挂不住的，会被顾秀华甩下来，往死里揍。她只剩一个指望，就是抓花顾秀华的脸。为此她半年都没做美甲了，怕养出不带锋的指甲，总是隔一阵就用指甲刀做最简单的修理，棱角都给保全，给仇家留好，为等此时此刻。顾秀华脸上血道子淋漓，吃痛让人力气更大，再一甩，就把徐英摔到了墙上，文胸、内裤落满四周，一切就和上一回打架一样。徐英咬着牙等待，看顾秀华扭头向自己扑来。没人敢扔下手里的盒饭，去拦截这猛兽的动作。小文魂儿都飞了，倒是一直在叫，别打啊这是我家。谁理她，顾秀华一巴掌一巴掌扇徐英的脸。后者闭上眼睛，想象是赵庆扇自己，边扇他还边说，求你了，明白点儿事吧。这日子我不过了，我不要了。我永远也不可能和你一起卖针头线脑，拿讲价哄人当手艺。我天地大着呢，送水？送水是我敷衍你们呢。孙子们，高楼总有高起点，软饭总有软跳板，爷爷我终于攀上，吃上了，嘿嘿！

徐英肿着脸坐在一堆内衣里，看顾秀华也挂了满脸的彩，在面前呼哧带喘，困惑带哭，望向自己。二〇一五年春节刚过，百花园里一片喧闹，客人们一进市场，不管要来买啥，都会先被里三层外三层的红对联、红灯笼、红鞭炮弄晕，刘德华《恭喜发财》的粤语腔循环往复，催眠每个人的耳朵，让人被动地去信，新一年有新一年的期望，而期望总该被实现。天王的声音如此厚实、磁性，每句歌词最后的颤音，都带发酥的安慰。徐英不知道自己是怎么在咬紧腮帮的状态下，还把眼泪淌出来的。顾秀华看她的眼神越来越虚。徐英一直在哭，顾秀华一直在看，小文和周围的人都不再说话。很快，楼里保安来了几个，都是大老爷们儿，在两人跟前更多是讪讪，将徐英搀起来，将顾秀华劝回她的铺面，没人想去深追究。女人间的矛盾，谁能说清楚，就连女人自己，事后回想，都觉得伤害自己的，很可能不是对方。

　　半小时后，徐英回到店里，盘算今天的账。开一天门却没开张，现在准备关门了，她该去算生活里其他的账。身上的疼慢慢醒过来，她想不起来是怎么挨着这些疼的了。门关后，她看到对面的小文正弯着腰，整理一片狼藉，心头过意不去。徐英过去跟着对方一起埋下头捡，将衣服扑棱扑棱，重挂上墙。小文僵着脸，说了句谢。搁平时，徐英有十几种办法将僵局打破，管保让小文心里痛快，对她没半点儿怨恨。今天她则在打完一架后，心理和身体双重败阵，像回到了磕磕绊绊的十五岁，在被自己设计出的对手前，未列阵，先缴械，感到除了真心，再无其他招法。等她和所有没在杀价之战中取得胜利的女人一样，空虚着走下扶梯时，身前身后都空空荡荡。心知肚明，迎接自己的，将是更无望的空落。事情已走向不可逆的结果，不到此，徐英也很难体会，什么叫徐徐下降。不是像坐直梯那样陡然从高到下，而是早就向下走了好一程，人却还在逛景。只看到了自己盆满钵满地赚，看不到山穷水穷地远。

　　远啊，好远了，徐英以为自己还在和失散的人挥着手。还真有人跟她挥手，边挥边叫。是顾秀华，她站在扶梯口，居高临下望着徐英。徐英也站定了，看到顾秀华身边有两个人，紧着拦，说姐你别再去了。顾秀华说，我不揍她，和她说两句话。好啊，徐英等顾秀华坐扶梯下来，她现在没有斗志，一点儿也打不过顾秀华了，不知道后者还想要什么威风。顾秀华却说，来日方长，你放心，我就耗在这商场里，你怎么也别想挤走我。要不信，以后咱继续试。徐英眼红通通的，点头，挤出个笑，我试试，她说。俩人对峙着看向对方，一方脸上都是血道儿，一方脸肿了两边。顾秀华仿佛没想到徐英会哭，露出看不上她这样子的轻蔑相，就像当年徐英母亲的表情。徐英问，再没话了吧？顾秀华问，你今天不开门了？徐英说，开个屁。说完转身走，顾秀华追出两步，色厉内荏悄悄问了句，你他妈不是要告我去吧？徐英破涕为笑，没回头，只走她的路。

一眼望去，家里风卷残云，连赵庆平时睡的电褥子，都给卷走了。男人在她父母面前许诺过两个人的后半生，深圳珠海，巴黎夏威夷，种种梦幻，都似电热毯拔下插销，炽热不复，暖手还行，暖不了周身。徐英进门抱着赵庆在公园给她套圈套来的生日礼物，那个玩具狗熊，号哭到没声，晚上则喝醉到吐。翌日醒来，是彻底挨到了彻底，闻见小屋里酸醋似的呕吐物味。她利落地给自己洗上一遍，屋里拖上一遍，喷掉半瓶廉价香水。将赵庆忘记带走的一只四角裤头，也提住一角，点火烧出心碎的味道。

四

临到六月，街面肃静几分，徐英连日来平静地卖自家的货，尽量不跟顾秀华起冲突。对方同样顾不上她，摊子每天就开一上午，到下午风雨不动，买菜做饭，做好了装进保温桶，于夜色中准时带到阒静的教学楼外，等儿子出来，再等儿子和她隔着栅栏，站着吃完里头尚冒热气的饭菜。顾秀华壮硕的身型，不断变着方向站，为给儿子挡上四面八方的风，那些时刻，有她无法被徐英想象的温情脉脉。徐英曾向小文打听，顾秀华家孩子，成绩到底咋样？小文说，听顾姐学，挺给争脸的，从没跑出过前几名。徐英说，感觉有点学傻了。记得那回不，让给他妈看摊，看得家里赔钱都不知道。小文附和，傻学呗，不然还能干啥。徐英和她碰肩膀，揪着对方一束麻花小辫，意思说，咱俩可不是那样人，真万幸啊。

高考连着三天，三天里顾秀华没照面，徐英家生意虽一拨一拨的，日子却失去精气神。价钱总是差不多就行，买卖双方，对成交与否，都不似过去重视。心思静下来，徐英发现自己盼着顾秀华出现，望着日益冷清的商场，常勾起许多怀念，觉得现在和从前是两个世界，不，两个时代了。在来买东西的主顾身上，变化也能见出一二。买货的人里，过去还有不少小年轻，叽叽喳喳的，三五结伴，看着架上的货，不敢和老人一样抬手就摸、就问价。她们哆哆嗦嗦，总在等徐英出一个合适的价格，仿佛等法官给个合适的判决，罪未犯下，神态已低人一等。现在都少见了。徐英不知道年轻人纷纷消失在了哪儿，他们不出现，让徐英再叫不准，市面上正流行什么，潮流又席卷到了哪一带。根据电视和手机里的信息，她几次一锤定音，上了点觉得能好卖的新玩意儿：什么胸口绑着鞋带的小半袖了，脚后跟挂着玩偶的花袜子了。到货后摆到最醒目的架子上，却只招揽了问袜子纯不纯棉、透不透气、能不能十块拿四双的老头老太。徐英常日里和小文几个干唠，想从对方身上侦查来有限的信息：怎么穿戴打扮，怎么开心活着，作单薄的参照。她渐渐在别人的眼里看出了，自己常怕去确认的一股情绪：泄劲儿，都是泄劲儿。她们都已不是几年前那批发色几天一变的小姑娘了，凭摇头晃脑就能招来无数飞眼，在城市潮流地标，熙攘的百花园中，当争奇斗艳的几朵花。如今竟都有了干枯相，眼神飞着飞着，飞出小气的味道来。她怕正是这股味道，才让赵庆义无反顾离开了。如今他在哪儿呢，俩人再没联系。徐英犯合计，他是不是真跳上了更高的台面，吃着了更香的软饭，还是真也硬气了一回，当成了爷爷？想着想着，许多个独自醒来的早上，徐英咳嗽出前一夜的酒气，会觉得眼前的屋和即将上班去的摊儿，都浅成了个小水泡。水位持续下降，倒是被太阳晒得够暖和，才让人不忍起身，唯有一再降低期望的水位，想着，能泡上就行。可她身上已有越来越多的地方，被暖水泡不上了，日复一日，又枯，又冷，又浅。

她希望在顾秀华身上看到和自己一样的对未来的惊恐，却怎么也发现不了。徐英怀疑同为女人，顾秀华是通过有意撤除身上的女性特质来享受这份工作的。看上去，哪怕一辈子在百花园里干到死，顾秀华都甘之如饴。后者并不像别人以为的那么盼着离开这儿，她也不会和徐英似的，费精神琢磨怎么把买卖做大做强。顾秀华先前每天来百花园上班，感觉和那些公务员去政府上班、程序员在电脑前噼里啪啦敲键盘没区别。从某个角度看，顾秀华心静如水。徐英心里像猫爪子挠，蹦出一个可耻的念头：她和顾秀华要是朋友该多好。她就可以向对方问明白怎么在这儿熬下去了，甚至能在许多个时刻，抱住顾秀华宽厚如山的后背，将眼泪滴上去。

咱家男包女包，单肩双肩，胸包手包都有，来，要啥往里看。徐英手往身后扫，坐在折叠凳上，轻跷着腿，招呼一个刚进门的二十出头的小姑娘。小姑娘看上一个手包，徐英给拿了，边介绍，边打量对方穿戴，说，一百五，这个纯牛皮。小妹儿，你不用质疑咱家质量。女孩看看包，脸上没啥表情，只说，贵了。徐英笑，好的可不贵嘛。小妹儿看你也刚工作，这包吧，款式老，不适合你们小年轻的用。你拿这个，姐新上的货，蔡依林同款，粉色黄色荧光绿，色儿都全。说完就要给对方展览自己最近的审美，女孩抬手说不用了，包是给我姥买的。要给我妈买，你这款式还行，我姥用啥荧光绿。徐英有点儿憋气，忍了，说那给老人咱就用点儿好的，都辛苦一辈子了。又从抽屉里取出个盒子，打开是个油光锃亮的长皮夹，妹儿，可能你头一次来咱家，不了解，咱家是精品屋，不是说藏着卖，可也不是说谁都识货，好东西我要都拿出来，再给摸坏了呢，犯不上。你问这个？这个五百五。关键它版也大啊。女孩没太相中，眼神直往后瞥。你拿，扔五百得了。徐英给出第一个价。女孩说，一百五。徐英笑笑，你别的，妹儿，三百，我让点儿，你添点儿，我爱做你们年轻人生意，你们眼光也和岁数大的不一样，能知道这是好玩意儿。女孩说，我再溜达溜达吧。徐英说，溜达你也找不着我家这品质的了。女孩指转角那个位置说，那家也开了，我去瞅瞅，不都卖皮具的嘛。徐英知道是顾秀华回来了，前两天估分开始了，给顾秀华忙得不行，钻门盗洞地给人不是送礼，就是找情，一心想给宝贝儿子估准了分数，确保去念个光宗耀祖的地方。她气定神闲，帮小姑娘挑开门帘，说，姐等你回来。她家不可能有我给你的价儿。小姑娘没回来，小姑娘走后再没客人进门，在被一集集电视剧稀释了的时间里，徐英感到再坐不住了，当发现不知什么时候周围店铺都空了，她才后知后觉，原来半个商场都去了顾秀华家串门。

拐过弯，徐英一眼看见，顾秀华家门口，跟五六点钟的早市一样，仿佛改卖物美价廉的鲜肉包子，货正一笼一笼地出屉，而围着的一个个脑袋上，也都是举高了的，塞钱递钱的手。顾秀华大搞甩卖，正以严重违背市场规则的价格，在百花园打出一场绝户仗。不断嚷着别嚷的顾秀华，在喜庆的气氛里，难以周全，钱都数飞了，道谢的话则说不出个整句儿。小文和几个小姐妹的笑声也落在其间，从那些声音里，徐英听见了寒门、不易、一鸣惊人和状元及第这些词儿。簇拥中的顾秀华笑着笑着，笑出难听的哭声，她的哭如此有感召，让人群很快报以尊重的安静，不是给递纸巾，就是给捶后背的，那个刚还在徐英家店里的小姑娘，当得知顾秀华家出了状元后，眼里闪出飞星，崇拜地望着顾秀华壮硕的腰身，越蹭越近。顾秀华的眼泪也带动了徐英的情绪。回到店里，她一个人干坐。桌上小电视里，最后一集刚演完，演员表在黑幕上正爬坡似的往上冒。徐英长舒一口气，知道这下她再也斗不过顾秀华了，嗯，顾秀华要走了，跟着儿子去南方。能走就是翻身，顾秀华要翻身了。徐英自言自语，怎么可能再回来。

五

到了约好的饭店，徐英脱下外套，露出别在里面忘了摘的塑料红花，对方指着她的胸部，很快把手势和眼睛挪了开问，上午有活动，哈？徐英低头，把花取下，矜持地边喝茶水边回答，是，商场年中总结，表彰这半年的营业之星。对方是小文介绍的人，大徐英十五岁，在粮食局上班，离异，不带孩子。聊得不多，两个人都顾着吃桌上的炒菜，你一筷我一筷，便是如此，还有许多凉在了盘里。对方起身结账，回来时给徐英拿上几个塑料袋，说，你带回去热热，还能掂对一顿。徐英带上两包剩菜，把外套扎到腰上，在烈日里独自往商场回。这时她眼前许多事儿都显得平淡了，清楚自己在别人眼中，也有同感。三十已到，过了这关，像过了人生所有关，从没人告诉过她，一辈子居然是这样。她站在路口等，两台出租车经过，都空着，蹚水似的从人面前蹚着开走，车轮看着都那么黏。她步子更黏，分明没经雷击，也没遭雨打，只被小火慢咕嘟了几年，几年下来，感到自己都被熬透了。

再回百花园，徐英几次听见外面有熟悉的声音在说话，顾秀华走后，在她家那个位置上，陆续又开过两家，卖过玉器，卖过玩具，都没太长久。徐英好奇出来看，看到前后走廊，都空空无人，卖货的个个都缩在自家小格子里，和被冷光照着脸庞的塑料模特面面相对，人和模特身后的每扇玻璃窗上，都结有雪花一样复杂的灰。她一时分辨不出这里是夏还是冬，只有那个声音听在耳边，是分外亲切，给人生活里的真实感。找过去，居然真是离开了两年的顾秀华，正背对徐英，弓腰整理地上的货。几个货包被打开了口，里头还是熟悉的袜子秋裤，卫衣打底，也都还是顾秀华过去的品位，即充分照顾中老年女性市场。顾秀华多年来上货，都能精准定位在和自己同龄的女性顾客眼光上，即穿用上不必太出风头，但保暖，保质量。徐英还记得，过去自己如何一次次拿顾秀华的品位和自家店里的品位对照，俏皮话张口就来，常逗得主顾也好，同行也好，都被影响着一块儿去嘲笑顾秀华的眼界，仿佛谁再要去她家买什么东西，就是承认自己也眼光浅薄，脑子不活。徐英站了一会儿，想再说句俏皮话，酝酿半天，无声无息，顾秀华已把包里所有黑色袜子、白色袜子分成了两堆，跟掰苞米一样区分出棒子和粒儿，侧回头，她也看着了徐英。

徐英说，姐，回来了。顾秀华直起身看她，才两年，顾秀华老了这么多，必是经了不少事。对着顾秀华一张大方脸上若有似无的笑意，徐英心里和顾秀华心里想的，可能内容一致。顾秀华将笑抿得淡了，说话还是很爽快，咋了，英，看着没以前精神呢？徐英哼笑两声。两人一交上火，战斗气氛立马回温，感觉脊梁骨又都硬巴了起来，脖子一挺，各自增高几厘米。徐英眨眼睛说，礼拜四，买卖次。没人上门，没啥斗志。咱这儿还不赶你走前的热闹劲儿呢。所以，你还回来干啥？顾秀华说，南方气候太闷，我不稀罕。孩子大了，也独立，省心，不用我多陪。徐英说，啊。顾秀华说，咱说养孩子吧，真是不优秀你操心，太优秀吧，也不好。感觉这妈当得轻飘飘的，过分自由。我不行，我爱找事干，一辈子都是劳动人民。不像你，这辈子没儿女，省心啊妹妹。看着顾秀华眉飞色舞的样儿，徐英认定她除了更老，更烦人，真没变化，不知为何，这让徐英心安。她转过脸，故意扭两下细腰，仿佛转着不存在的呼啦圈，说，站一天了，真累。人呐，就得活动活动。临走她对着顾秀华粲然一笑，姐，我才过完半辈子，后面的事儿，谁能说准。你不就又回来遭罪了吗？怎的，你儿子是不是翅膀一硬，都忘了有个妈了？顾秀华听着徐英嘴里不算新鲜的挖苦，脸上显出比先前刚见面时更老的态势。那表情显然是恨，但恨也模模糊糊的，让人叫不准，她恨的是谁。徐英直犹豫，该不该扶她一把，刚要走近，顾秀华字正腔圆，憋出一字，滚。回店后，徐英忍不住抱起椅子上的玩具狗熊，又亲又笑。瞥见镜子里的自己，正是副志得意满的小人嘴脸，但花枝招展，活得精神。揉着裤兜里的塑料红花，徐英想她一辈子就得意当个战士。

晚上五点，市场准时关门，百花园属于小商品市场，不像其他大商场，会开到入夜，夜晚一到，这里的花儿啊朵儿啊便早早睡去，消隐在妻子或母亲的身份里，至少也是谁家的女儿。每当傍晚，独自坐公交回家的徐英，会在车上发着愣想，在生活里她还和什么人存有关联。窗外是深蓝色的天，人影单薄地活动在一些矮楼前，在楼的外立面上，贴挂着出兑的白色广告、招租的红色横幅，那些数字都异常巨大，像一个个嫁不出去的老姑娘，在婚介所里大声报出自己的姓名、年龄、工作单位。徐英才想起白天相亲的事。下午和顾秀华斗完嘴后，小文打电话找她，说男方回去后表示，挺满意的。只觉得徐英有点儿冷淡，而且人有点儿太瘦。他担心徐英是不是脾气不好。在百花园卖货的女的，哪有好惹的，话似乎怎么也不会好好说，夹枪带棒，指桑骂槐，仿佛这就是沟通的礼貌了。他跟小文说，的确，我很担心。小文委婉地把意思转给徐英，让徐英收收脾气就行。对方很老实，很怕因为老实，再受欺负。他就是被前妻给欺负惨了，脑袋绿得跟呼伦贝尔草原似的，颜色纯正不说，地域还广阔。这男人，先前过得不易。徐英无可奈何听着，笑中有叹息，自己前半生在情感上得来的，也饱含难堪，落一身疮疤，谁容易呢。在跟小文回话时，她声音不大，但坚决，说，能处。脾气我一时半会儿收不了，但我没有折磨人的爱好。这点，他不用担心。

她知道自己是想嫁了，但徐英也奇了怪了，发现她竟然也不想就此离开战斗过的地方。顾秀华比她大十来岁，不是撞过"南"墙，也回来了？徐英觉得她就属于百花园，不是不能属于别的地方，而是到了别的地方，她不再是徐英，顾秀华也不再是顾秀华，有些花儿是没法接种和移植的。但毕竟很多人都走了。小文跟老公一起搬去了浙江下面一个县，没说去做什么；同一排店铺里，陆续走了一半的人，剩下的一半，基本三天打鱼两天晒网，和顾客心情一样，拿百花园当消遣精神的地方，走过路过，闲了看看。徐英刚放下电话，相亲的男人给她发了信息，问晚上有空吗，一起用餐。他说话总不在点儿上，但心是好的。徐英见门口晃过一个人影，像大白天见着鬼影似的，赶紧起身叫，来，来，进来看。顾秀华怪模怪样笑着，和徐英相遇在空荡的通道上，面面相觑。

中午整个一层就她俩订了饭，叫的米线，泡在塑料袋里，用饭盒装好，一人一碗，坐在二楼最高一级台阶上，两个人边吸溜，边睥睨着脚下的安静。视线正对百花园大门，那里过冬时安下的几重棉布帘，还没拆全，现在臃肿地挂在两侧，她们偶尔就抬头望，看谁还会来。徐英酝酿着，对于现在这样的特殊时刻，该说点儿什么好。也许她该和对方说点儿带歉意的话，也许话说出来，更变了味道。她转向吃得一头热汗的顾秀华，再问了遍，交实底儿吧，到底为啥回来的？顾秀华嘴上都是红油，拿手背擦，巨大的两颗门牙和舌头交织一会儿，慢慢咽下一口米线。顾秀华脸上，当年与徐英战斗留下的抓痕仍在，不过已细微难见。她说，我在那边儿，找不着北。你明白那种早上睁眼，看着钟表过去，却不知道该干点儿啥的感觉吗？我明白。躺床上我就想袜子、秋裤和皮带，想百花园里那股臭皮子的味。徐英心里一动。轮到顾秀华问，你呢，准备还在这儿干？徐英说，干。没跟你斗明白呢。顾秀华将塑料袋系好，顺手帮徐英也收拾了，过会儿才笑，就你，斗明白我？徐英没说话。两个人没什么好说了，两袋吃过的剩饭，都抓在顾秀华手里，被她拿着走下台阶，准备扔到外头垃圾桶里。望着眼前空落了的大环境，好些感受是从梦中带出的：只能属于梦的聒噪、热闹、沸腾，红火不再，花儿四散。梦从未被收走，尽管落在命运前头，它注定是颗送死的卒子。徐英突然笑起来，想招呼顾秀华快回，好分享当下这种没头没尾，却终于清晰了的感受。她想说，姐，咱俩其实不早被别的对手，给双双斗败了吗？

（原载《当代》2022年3期）

杨知寒，生于1994，回族。作品见《人民文学》《上海文学》《当代》《花城》等，部分为《小说月报》《小说选刊》《思南文学选刊》《长江文艺好小说》选载。鲁迅文学院第39届高研班学员，黑龙江作协全委会委员，中国作家协会会员。曾获黑龙江省少数民族文艺奖一等奖，豆瓣阅读征文大赛最佳人物奖，萧红青年文学奖，人民文学新人奖。出版小说集《一团坚冰》

雾中河

◎李　晁

　　哭喊声穿透雾气，往拱桥下游移动，抵达河水转弯的铁路桥时，变成了哀号。前方没了路，高耸的山崖收走了河岸线。女人瘫软下来，身后的几只手没有赶上女人，女人一把坐到露水浓重的草甸上，屁股落地，双手就拍打起来。哭号声在河谷里持续回荡，一个中年男人在土路上高喊，快叫船，去下游。

　　船在码头，码头在河的对岸，一艘趸船旁系着一排白色快艇和黑色皮划艇。太阳还没有升起，河面的雾气将对岸的趸船遮掩了大半。

　　趸船有人看守，一个叫朱伍的老头住在船里，通往趸船的跳板前竖着一道铁栅栏，栅栏门上着锁，人喊起来，老头惊醒，窗帘一撩，才看到一堆惊慌失措的人架着一个穿深色圆领衫的女人，女人偻着身子，一只脚悬空，有熟人喊，老五哥老五哥，快救人。

　　老头明白了，猛然翻身，去开门。

　　一行人挤上趸船，趸船似乎也往河里沉了沉。女人又哭喊起来，声音已经沙哑，有气无力了，我是造了什么孽哟……是旁人招呼起来的，老五哥，快开船，去下游捞人。

　　老头脸一沉，我不会开船，哪个会？

　　人群里又嚷起来，哪个会开船？

两个青年没吭声，沿着趸船船沿跳进一只带硬底的能容纳七八人的皮划艇里，皮划艇挂着船外机，青年试了一下，船响起来，另一个解开缆绳，喊一声，再来几个。三个中年人跳进船里，还有人想出把力被老五拦下，够了，不要挤了。皮划艇很快搅起一片水纹，划出一道弧线，离开了趸船。

老五冲一船人喊，小心点。跟着才对周围人讲，又是哪家小孩？要收钱的，家属去跟船老大谈。

人群里有人说了两句，这时候还谈钱，鬼迷了心窍。老五也不理，对瘫在趸船头的女人说，进去坐，许是人冲到下游，走不上来了，这种事也是有的，到下游只有水路嘛。这话倒有几分安慰的力量，女人死灰般的眼神又燃起一点星火，无动于衷的是周围人，谁都晓得，这概率实在太低。

男孩是夜里下水的，有人目睹，哪想整夜未归，女人大早起来发现，一问人，就往河边赶了。这是旁人讲的，老五听了没有吱声。

阳光开始驱散山间的薄雾，照在河面上，虽是朝阳，也有几分灼人。趸船上挂着几套潜水用的防寒服，面镜也一排排吊在趸船尾，很是醒目。这是马老板口中的雾水打捞队，专替人捞尸寻物，也只有老五知道，潜水队另有活路，专乘夜色去大坝下的深潭捞鱼，都是些大鱼，七八十斤一条不算大，百十来斤的有的是，运到省城和外省就能卖出大价。马老板寻朱伍来守船也是有讲究的，老五是他女人的本家叔叔，前年才过了老伴，剩他一个，就被请来守船了。

因了这秘密，这里平日不让闲人进，这次一下涌进这么多人，马老板要是听说，再是亲戚，老五也很难交代。偏偏有人问东问西，那些新来的潜水员呢，白天都哪里去了，跟两个去才好呢。

老五说，我不晓得，我是守船的，你去问马老板吧。老五只叫那人马老板，外人也觉得好笑，问，马老板不是你侄女婿？

老五哼一声，什么侄女婿，那是我能叫的？

有人听懂了，说也是，人家那么大老板。还有人手欠，潜水服挨个摸遍，里外看看，甚至有人把面镜一把戴在头上，挤眉弄眼的，老五简直骂不过来，制止了这个又忽视了那个，老五一生气，就开始撵人，只留了女人的两个亲属，其余人都被老五轰下船去了。

太阳逐渐升高，升到人的头顶，老五才听见船响，皮划艇劈开深蓝的河水，泛出一抹白，打河水拐弯处驶来。老五站在趸船头眺望，女人听说船来了，又哭着从舱里出来，岸边还蹲着几个凑热闹的人，像一群乌鸦围着，大伙的目光都开始朝皮划艇聚拢。

皮划艇减速向趸船缓缓靠近，艇上仍只有那几个人，一个年纪大的摇摇头，冲趸船上的女人说，找到楠木渡去了，没有，已经告诉码头上的人，你不要急。几个人脸上都晒出油来，一一上了趸船，都带着失望和怀疑的神色，岸边几个人见船里空空如也，抱怨几句也就散了。女人被人劝着走上码头，留下一个亲戚慢一步对老五讲，要收多少钱，回头给你送来，她是桥头陈老四家的，邮局旁边开商店，他男人在外跑运输，你晓得吧？老五并不清楚，但也点点头，先去报案吧，再找找。

人走尽后，码头恢复平静，连河水都跟着静默。这河其实叫江，但雾水居民都管它叫河，并不因它在地图上的江名与流域而高看一眼，说到底，它是汇入长江的，在大家眼里，只有长江才配叫江。河的上游有座水电站，二十世纪六十年代开始修建，镇子因此繁荣。河虽叫河，但雾水人称河两岸作江南江北，镇子的核心在江南，就是码头对面那片徐缓地带。

时间不早了，老五等着人来交班，船队的人不定什么时候来，来了老五就可以回家了，等夜里再过来。

今天来的人晚，老五也没有不耐烦，小孩的事让他还没有回过神。这河每年都收人。老五唯一的儿子二十年前就这样去了，找到已是下游老远的位置，一个叫老鹰岩的地方，那时哪有快艇这种东西，是老五和上头四个哥哥划木船去下游捞的。老五想到这，心里还空落落的，烟头丢了一地。

哟，五哥，一个人抽闷烟啊。管船队的吴家老大过来，吴大和朱伍虽差了一把年纪，论起来矮一辈，但他管朱伍叫五哥。

老五清清嗓子说，上午有人来用船了，去了趟楠木渡，人家会把钱送来。

吴大没有在意，递一支烟给老五，一大早用什么船，散客？

老五摇摇头，去捞人的，没看到，就回来了。

又是哪个冲下去了？吴大见怪不怪，一口烟刚喷出来，河面一阵风起，将那烟全扑回吴大脸上，吴大连声咳嗽起来，骂一句说，阴魂不散，说都说不得。

跟来的人笑，说，神得很噢，老话说，宁可欺山，不可欺水，真是没错。

等风过了，老五才讲，说是桥头陈老四家的，只来了个婆娘，人又找不到，就回去了。

吴大惊讶，陈老四家？我晓得那娃娃，水性好得很，大坝放闸还去捞鱼，回回手不空，怎么会？

老五不说话，这话倒像是说给自己听的，论水性老五的儿子又何其厉害，虽小，过河却只靠一双手脚，麻溜得很，像书里讲的"浪里白条"，还不是着了道！

吴大隐隐想起老五的心事，就不再讲了，船队里的几个人更是漠不关心，在船舱里打起牌来。

老五走时对吴大说，记得收钱，说了会送来的。

吴大扭头，看着走上跳板的老五，说，五哥，这就不要你操心了，放心，不会收的。

老五步上码头，条石台阶与公路相连，公路边还建了一片停车场与观景平台。一家酒店沿着河岸建起来，临河一面一式的玻璃幕墙，像一排排盒子，老五看来简单得很，价格却贵得吓人。这是马老板的新产业，叫作民宿，名字也取得稀奇古怪，老五都念不齐整，对人讲过，不就是旅馆嘛。

老五的嘉陵停在观景平台上，阳光下浑身发烫，坐垫上挂了一夜的露水蒸发得只剩下斑点，卸了锁，老五还是跨上去，虚着屁股坐，一次只坐一边，车动起来，也就凉快了。

老五的家在江北盘山街顶上，就是码头后的山巅，之字形山路是210国道一段，两边挤挤挨挨建着饭馆旅店，从前最是热闹，来往车辆打尖住店，少不了在这里停留，而今两条高速穿越镇子，一条更架起特大桥，高达一百九十米，直接跃过了镇子，江北从此萧条起来。

老五从前也开饭馆，和媳妇一道经营，自己做厨师，因了这门前的路，过了几年扎实日子，后来国道上的车眼见着稀疏，尤其货车和班车，半天听不到响动，加上媳妇历来体弱，赶上一病，老五就关了店，去江南的胖妹酒楼打起了工，还是做厨师，做雾水特有的豆腐鱼。为这，自家侄女马老板的婆娘还讲过闲话，说叔叔去哪家不好，偏偏去胖妹家，也不和我们打个商量，我家老马脸往哪里搁？马老板也是做餐馆起家的，开着雾水第一大豆腐鱼馆，就在江南桥头，上风上水的第一家。虽这样，老五也没走这条门路，偏偏去了后起的对手家，也因为这，两家多年不再走动，直到老五年纪大了，腰杆挺不住，被扫地出门，才去马老板手下守起了趸船。

家里空得能发出回声，老五打开门板，让空气对流，自己坐到靠岩壁的后阳台上，看着阳光下闪烁的镇子和那条碧蓝到发乌的河流，河水没有表情，老五却有。就着泡菜和一碗凉拌折耳根刨完了炒饭，老五就锁了门，往后山去了。绕过山顶的江北中学，老五往沟子里走，那里有片自家的地。这一面背河，显得更热，田坎也硬邦邦的，老五走得歪歪扭扭，老五怀疑这是船上呆久了的原因，身子抑制不住地想要晃一晃，用自家的晃来抵消河水的。老五摔了一跤，有预感似的，一脚踏空，滑到田坎壁下的旱地里，身子倒没摔着，地是半荒的，竖起一根根没人照料的玉米秆，地下是杂草，长的是苦蒿短的是野豌豆，有了草一垫，等于铺了床棉絮。

老五从地里爬起，哭笑不得，干脆骂一句，来看你娃，还整老子！这话是说给不远处的坟听的，一阵风过，飒飒又止，像是回应。老五看着山沟对岸绵延开去的群山，又得意起来，是个不错的地方，一览众山小嘛。

老五有一阵没来了，不是碰到今天这事，老五也不愿意来，来一趟，又能怎么样呢？老五与两座坟一一对视，想起从前的一鳞半爪，婆娘的还记得清楚，儿子的就有些飘散了。

算了算了，又来这里做什么。老五觉得今天没个主儿了，想到哪里算哪里。陈家儿子的事，老五也不打算讲，没着没落的事，老五不想议论。看了看坟，到处都还好，也就回去了，仍走得一摇一摆的。

老五早早赶到码头，趸船上忙碌着，赶上周末，游客一拨拨从下游乘快艇上来，一时间热闹得很，老五倒不知所措了，像个外人。

是吴大看见说，五哥，来得早了点嘛，还没收工。

老五说，你忙你们的。

吴大问，吃过没有，等下跟我们一起？说完才闻到老五身上散过来的酒气。

老五摇摇头，你们去。

吴大问，家里来了客？整了不少酒嘛。

老五笑一声，来哪样客，我就是客。

吴大停一停，还是说，小子还没找到，下午来人包了艘艇去下游了，怕是要去构皮滩，现在都没消息。

老五像是专来听这信儿的，听了也不评价，只是点头。构皮滩是座新建水电站，才开始蓄水，从这里过去是唯一水路，没有支流，人不会跑到其他地方去。

老五借着酒力坐在趸船边，一直坐到夜里，河水的声音大起来，四周都暗了，只有镇子迸出灯火，迤逦如山火，群山只剩下轮廓。

潜水队的人还没有来。

潜水队一共四个人，只有一个是雾水人，大名叫戚邦德的，大伙叫他老戚。老戚刚过四十，不算年轻，却爱打扮，不同花衬衫配短裤跑鞋，衬衣领口还插一副墨镜，油头粉面的，据说脑子更灵，从没有在水里讨过生活的他却替马老板觅得了这生意。

以前没人敢去大坝基坑捞鱼，想都不敢想，基坑是禁区，不准任何船只人员靠拢，毕竟头上是一百六十多米的大坝，是喀斯特地区第一座大型拱形重力坝，早年还有武警看守，可老戚七拐八拐攀上了电厂保卫科卢科长，两下一勾搭，就觅得了特权，只是船仍不能开进基坑，只能停在电厂油库下的回水湾里，人和设备要沿着碎石河岸摸进去。夜里操作风险不小，收鱼也麻烦，后来老戚干脆把船悄悄靠过去，竟也没事，一伙人就这么干起来。其余三个都是潜水员，从广东请来的，几个人组队做了半年，收获不小，也不定每天都出船，要等卢科长信号。老戚讲起来，牛皮哄哄的，说七八十斤往下的从来不摸，麻烦得很。

眼下正赶上出活的好季节，汛期里，大坝常放闸，大鱼被冲下不少。从库区里冲下来的鱼，除了昏迷的会浮走外，其他的都缩在基坑的深潭里，只有这里的水深，温度也较外头低，真正的大鱼是不会随流水轻轻易易跑出去的。老戚的梦想就是逮住一条两百斤往上的，库区里的鱼几百斤的多得是，兴许就会冲下一条两条。老戚一讲起，老五只能咂舌，这么大的鱼都成了鱼神了。老五随口说一句，这种鱼怕是抓不得哟。老戚很不以为然，说，反正都是要死的，还不如做奉献。老五不好说什么，自己干了半辈子厨子，经手杀的鱼何止百千条？这时候出来打抱不平，只能被人笑话。再说，这可是马老板的生意，他才是幕后老板。

马老板也不常来船上，头几次起货，他赶在天亮前来看成色，果然意外，百十来斤的就弄了四五条，有草鱼、翘嘴、青龙棒和花鲢，有条一百四十八斤重的青龙棒直接被马老板运到省城分店养起来，作为炫耀镇店。

不满归不满，船还得守。今晚老五意外睡得沉，是那半斤酒的效力，一个人喝，再少的量都觉得多，何况是半斤，加上年纪，酒力就翻倍了。潜水队来时已是凌晨两点，几个人窸窸窣窣做好准备，就往上游去了，老五也是起夜才发现系在趸船边的那艘大皮划艇不见了。

被吵醒是天快蒙蒙亮，氧气铝瓶的撞击声，水下标枪拖拉在趸船上的刮擦声，一尾尾鱼摆动的砰砰声，让老五醒来。舱外的老戚更扯起嗓子唱，大太保赛过温候貌，二太保生来韬略高，三太保上山擒虎豹，四太保下海能斩蛟——妈的，说的就是我们啊。老戚大笑，其他三个闷不作声，许是累了。老五没想到老戚还会这手，可见今天收获不小，捞了票大的，只是老五懒得起来看，码头上接应的人也到了，一趟趟把鱼搬上去，一个个搬得龇牙咧嘴的。人散后，趸船上还顽固地飘荡着一股浓重的鱼腥味，几套防寒服又吊在了晾衣绳上，水滴打在趸船边的铁皮上，滴答作响。

天色亮得慢，一点点晕染，光如同涟漪般徐徐荡过来，是远处的太阳掉进了夜色，引起震荡，可荡到这里就是强弩之末了，仿佛船靠了岸，不动了。等积蓄的光源真正撕开一角天幕时，才开始加速，口子越大，涌入的光也就越汹涌。

老五起身烧了壶水，从柜子里掏出一碗泡面，准备吃个早点的早餐，酒意散了，人就容易饿。

面还没泡好，老五晃过窗口发现一个人，一袭白色连衣裙在河面初升的雾气中若隐若现，女人站在码头的最远端，再往前，就是乱石滩了，不注意还以为见了鬼，可那确实是个女人。河边的风拍打着女人的裙摆，像一朵打上岸来的浪，女人不动，老五看了一会儿也就扭过头去，等待面在碗里慢慢变软。

码头上的民宿一营业，各种稀奇古怪的人就来到这里，老五见怪不见。去年还见过一个来这里寻短见的，直接从观景平台上跳进河里，七八米的高度，没有一丝犹豫，笔直栽下来，幸亏码头做过深挖，炸了礁石，不然后果不堪设想。那也是个女人。老五没有下水，是吴大一个猛子扎下去把人捞起来的，捞起来了，女人也面无表情，没有道谢，更没有哭，好像只是下河洗了个澡一样稀松平常，甚至没留下一句话就往码头上去了，第二天才听说女人从公路桥上跳了下去，当场就摔死了。想到这，老五还觉得有些怕人，一个人怎么可以这样不在乎，还是个女人。

抽上一支烟，泡面也快好了，辛辣味丝丝缕缕从盖着的碗沿口飘出来，老五正打算下筷子，穿白裙的女人就飘过来了。通往趸船的栅栏门没有锁，是老戚他们忘了，女人径直穿过跳板，来到趸船上。老五左右不是，只好在舱里咳嗽一声，也不讲话。

女人听见老五的响动，便呀了一声，说，原来有人啊。也不敢贸然进舱里，只在趸船中空的穿廊左右看看，见到吊在绳子上的防寒服和蛙脚，女人才惊叹起来，咦，这里还有潜水项目。

老五很想先吃一口面，可女人丝毫没有走的意思，还在东瞧西看，老五就没忍住，脑袋探出门说，这里不搞参观的。

不参观？那你们牌子上写的是什么？女人很镇定，指了指头顶，趸船上确实架着一块广告牌，写着游览项目和收费标准。女人举起的指尖鲜红欲滴，再一看，每一只都一样，像落了几片浓艳的梅花。老五感觉不舒服，半天才憋出一句，现在不是时候，船队的人还没有来，现在不营业。

女人也不管，跟着一笑，你们这里大半夜还打鱼？全是大家伙，这河里有这么大的鱼吗？女人说得慢条斯理，老五就知道碰到个难缠的，肯定起了大早，又或许整夜没睡，望到了老戚他们。

老戚也太不利索了，一次比一次起货晚，这么贪心，迟早要出事，老五预感不好，对女人也沉下脸来，走吧，要坐船，等他们来了再说。

女人说，我又不坐船，船有什么好坐的，无聊！又问，你们这里还有潜水项目，很高端嘛，要玩就玩这个。女人的问题简直越来越多，老五有些接不上话，走吧，这里没有你说的项目，都是打捞队用的。

打捞队？女人又笑了，笑得意味深长，打捞什么，又没人沉金子，这么大水，能捞什么东西。

捞尸。老五干脆吐出一句，希望能吓住女人。

女人果然撇撇嘴，脸上有一瞬的嫌厌，这神情老五很是满意，可很快，女人哼了一声，想骗我，一股子鱼腥味，你自己闻不到的？

老五头痛，说不过女人，干脆转身进舱，让女人看个够。这时间面已经泡过了，水被吸掉一半，面半干半湿团在纸碗里，吃起来就没有滋味，像吃一口口猪脑水。面吃完，女人不见了。

雾气又升起来，老五知道又是个晴热的天，才起床没多久，吴大就火急火燎来了，手脸都没洗的样子，皮鞋不知踩到哪里，一脚的泥。吴大上船就说，五哥，小孩找到了，晚上打了电话来，冲到构皮滩去了。

老五就晓得孩子没了，一口浊气从鼻腔里长长叹出来。

吴大说，听讲也没个全尸，眼睛被山里猴子挖掉一只，不成个样子。

老五给吴大递过一支烟，先给自己点上，一口浓烈的烟雾喷出来，跟着是另一口，老五说，别让孩子娘看见。

吴大说，放心，备了尸袋下去的。

话到这里也就打住，两人各自坐在板凳上，望着河面，河水显得无辜，流得悄无声息。等两支烟分别燃尽，吴大才又开口，五哥，要不先回吧，人我来接，家属也快过来了，肯定又是一顿乱。

老五说，再等等吧。

船队的人陆续过来，吴大想起什么，掏出电话吩咐，快去老街买挂鞭炮来。

家属一齐涌来了七八位，里头没有女人，老五松了口气。那个一脸死灰穿着长袖衬衫的男人就是孩子的爹了，老五一看膀子就晓得，男人的一双手臂像是要从衬衫里炸出来，老五开饭馆时见过不少这样的司机，说是司机，其实也是苦力。男人不讲话，谁也没有去打扰他。

可左等右等，还不见船来，八月的阳光又开始蒸烤这片河谷，只有河水全不在意，这会儿正气势汹汹地往下游奔走。趸船上一时容纳不下这些人，其他无关紧要的都自觉待在岸上，一个个都磨皮擦痒的，又不好妄动，一双双目光频频望向河水拐弯的地带，也该来了，有人说。

确实来了。

人群一下躁动，老五一如既往站在趸船头，晒得有些头晕。皮划艇一靠拢，所有男人面色凝重，大伙都憋着一口气，若是添个把女人，早就搅翻了，哪会这么安静。老五看见孩子的爹第一个跳进艇里，随后吴大拦在船舷，说不要上人了。艇里是四个一脸黝黑的男子，开船的是船队的小姜，把船一把别进趸船的湾口，人就瘫下来。男人踏进艇里，尸袋在艇中间又晃了晃，艇上人的目光自动望开了，只有艇外人探着脑袋盯住袋子不动，一些人还屏住了呼吸，怕闻到什么。孩子的父亲站在艇里，似乎还不习惯河水的晃动，一迈步差点滑进水里，还是旁人拉住，将男人稳定下来。

一个人率先拉开了尸袋，只拉出一条小口，是头部方向，让男人查看。阳光乘势而入，老五也望见了那张脸，苍白得如同被冰冻过，一只眼塌陷着。男人的身躯瞬间矮下去，不知怎么办才好，直到拳头开始擂击艇板，咚咚直响。艇板是铝制的，刻着防滑线，可男人一拳打出一个窝来。是老五先喊起来的，莫乱，先上来，把娃娃接上来。

吴大顺势而动，作势拉起男人，凑在男人嘴边说了句什么，老五听见一句，已经回来了回来了。等蓝色尸袋被众人举起交接到趸船上时，老五才猛然听见鞭炮响，因了这，仿佛一道提醒，男孩父亲再也抑制不住，在鞭炮声的掩盖下痛哭起来。

老五也不禁团紧了大手，指甲嵌进肉里，想到当年的自己，一晃二十年了。

一行人抬着尸体走了。

老五还留在趸船上，打算问小姜，人是怎么发现的？吴大就拉过老五，五哥，今天就不要上船了，等明天请师父驱一驱祭一祭再来吧。

老五想想，要得。

夜里，老五躺在自家床上，多少夜没睡这床了，床很稳当，也不再有河水的腥味与潮气。老五以为能睡一个好觉，没想半夜噩梦缠身，一道模糊的女声降临，不断冲老五喊，快点走，莫回来，千万莫回来。老五不懂什么意思，形势急迫，声音急切，又不断循环，敲击着老五的耳膜。老五在梦里仓皇奔路。梦的结尾，老五才看见他了，那个人，还是小小的模样。

老五回到船上才又发现那个女人，正是黄昏时分，西边大坝顶上积聚着万千霞光，两岸边一时冒出了更多的人。女人在趸船边游泳，老戚也在，两人在水里说着话。趸船上还剩了两个开船的小伙在打扫卫生，看得出来打扫得心不在焉，两人不时议论一下，见老五来了，也就闭了嘴。

五叔来啦。一个人冲老五喊。

另一个说，热得很，洗个澡再回去。

老五说，我来收拾，你们洗。仿佛就等着老五这么说似的，两人很快丢下扫帚撮箕，扑通两声，老五还没看见水花，两人就插进水里，扎了个很深的猛子，冒头时离趸船有二三十米距离，远远超过了水里的女人。

又是她。老五也懒得招呼，扫起地来，把垃圾倒入一只黑色塑料袋里。

老戚却开始在水里邀请，五哥，你也下来洗个，舒服得很。

老五摇摇头，水凉了，你以为我还是你们，一天火气大得很。

说来也是奇怪，没有人见老五在河里洗过澡，雾水人从不管游泳叫游泳，只叫洗澡，好像这河就是个天然浴池。

老五一回答，女人倒先笑起来。女人憋一口气扎过来，从趸船边的扶梯上爬起，趸船头还挂着一张硕大的白色浴巾，女人一上船就甩了甩脑袋，很快用浴巾把身子裹起来，老五听见河里一声口哨响。

老戚也靠过来，仰着头说，就走了啊，再洗洗嘛。

女人说，下次记得叫广东佬教我潜水。

老戚笑，我也可以教嘛。

女人哼一声，看你也不会。

女人正对着老五，开始用浴巾擦头发，手一抬，身上就打开了一个口子，老五看见被比基尼泳衣粗粗遮掩的身体，白森森一片，也就扭过头去。

女人对老五说，你连游泳都不会吧。

老五也不恼，还是那句，快走吧，天就晏了。

河风是有些大了，天边的霞光也一点点弱下去，太阳走远了。

老五也对河里人讲，你们也快点。

老戚显然听见了女人的话，跟着喊起来，五哥，你不会水啊。

老五有些臊皮，吼出一句，老子不会，老子洗澡时，你们还在穿开裆裤。

女人冷笑一声。

老五一愣，这声音很是熟悉，好像哪里听过，但也不管，又催促起来，快点走，船也要打烊的。

女人很不满地趿上拖鞋，对老五说，我高兴了就来，高兴了就走，马老板允许的。

老五听了，人就定住，不晓得女人什么来头，和马老板有什么关系？女人袅袅走上码头，走得慢，好像此刻的跳板成了块T台，不得不展示自己的身姿，那块浴巾不知什么时候被女人围在了腰上，故意露出尖瘦的背后，肩胛像两把倒插着的匕首，河里又传来两声尖锐的口哨。

等河里人上船来，老五才问，那个女的是哪个，没见过，还认识马老板？

老戚正歪着脑袋单脚跳，跳两下说，你不知道，她是马老板请来管旅店的。

另一个小伙就笑了，管个鬼店，看她那样子，是马老板请来睡觉的吧。

老戚痴痴望着女人走远，又回过头来狠狠剜一眼对方，狗日的，屌毛都没长齐，不要乱讲。

因了小孩的事，潜水队一连几天没有出活，这天才踅摸过来，来得早，四个人一来就缩进另一头的舱里打起牌来，麻将撞击声一直响彻后半夜，还伴着哄吵，数老戚和一个叫作黎家辉的人嗓门最大。

几个人丢下牌时，老五刚好起来小解，老戚也过来放水，嘴里含糊地喊一声，五哥。

老五问，今天要去？

老戚说，晦气，我早说了不能让小孩从这里上，狗日的吴大就是不听老子的，可以直接开到对岸找个地方上嘛，不是马老板喊停，早就出活了。

老五说，你也信这个？

老戚冷笑一声，我不信，是马老大信嘛，还让停两天，说是找人看了日子，我是等不起了。老戚吭哧吭哧，一口痰恶狠狠啐进河里，哪有这么邪祟，老子才不信。

几个人开始换装备，不多久，老五就听见船响，仿佛也憋足了劲儿似的朝上游去了。

老五回到舱里，继续迷迷糊糊睡起来，直到窗外铁板啪啪直响，一个人喊起来，五哥、五叔——声音有些语无伦次，老五才醒来，以为来了贼，翻身就出门，屋外暗，没开灯，舱里的灯光将将只够老五看个轮廓，一个人被人按在地上，两双拳脚正簌簌落下。那人开始哀号，一听是老戚，老五一把摁亮舥船顶的灯，开始喊，住手！

两个人同时用血红的眼睛回视老五，那个叫黎家辉的用一口蹩脚的普通话讲，老头，你不要管。

老五说，都是自己人，有事好好说。

对方根本不理睬老五，又是一脚踹到老戚身上，老戚杀猪般号叫起来，声音虽夸张，老五还是生气了，冲上去按住那人说，这是什么地方。老五平日和这个家辉说过话，数他年纪大些，关系虽谈不上好，也不恶。老五说，兄弟，有事好商量，不要打人。那人指着地上的老戚，不打人？我要打死他，我们出来是三个人，现在只有两个了，不找他找谁？

老五这才发现回来的人里少了一个，顿时心惊，问老戚，还有个呢，那个小黄呢。

老戚的脸涂了一地的灰泥，像张鬼脸，好不容易爬起来，手背先擦擦脸，确认脸上没有受伤，嘴里还骂骂咧咧的，见老五盯着自己，老戚才说，死了，还说自己功夫好，好个屁。

老戚这么一说，另两个又要逼上来，老五还呆呆地站在中间，咋个就死了？老五一下短了气。

淹死的，气管被鱼割断了，老戚说，他自己倒霉，还想算在我头上。你们要算账，我马上给马老板打电话。

老五明白了，来不及说什么，扔下拨起电话的老戚，慌忙绕过两个余怒未消的潜水员，到趸船边去看人了，皮划艇系在趸船边，河水震荡，那人身着防寒服像条黑鱼一样在艇里微微摇摆。

马哥，不好了，出事了……那头传来老戚仓皇的声音。

老五的预感灵验了。

这晚马老板没有出现，来的是他的司机，一上趸船就对老戚说，马总在外地，我来处理。几个人进舱里谈起来，老五一直站在船沿上看着静静躺在皮划艇里的人，那人叫黄小恩，和儿子一年的，今年才三十，老五因此印象深刻，小伙子特别中意自己的发型，是染过的，平时爆炸般奓在头顶，现在那浓密的发丝根根贴服在头皮上，再也飞扬不起来。他是黎家辉的徒弟。老五往日见到这个不大说话的小伙，总像看见自家儿子。小黄还没有结婚，老五曾问过他，怎么还不娶媳妇？小黄就笑，讲一口软软的圆润的话，说，冇钱啦，我们那里彩礼不像你们这边，几千块就可以搞掂。老五听了也不生气，还逗过他，那你从这里娶一个走好了。小黄的小眼睛里就射出光来，也不是不行啦，你给我介绍介绍。这一幕还恍如昨天。老五点燃一支烟，随手摆在趸船边，又怕风吹走，就抓过一块木板压在烟嘴上，烟头在河风下自行燃着，一明一暗的，老五也给自己点上一支。

舱里的人谈了好半天才出来，老五还蹲在船沿，想着小黄那个无法实现的愿望，心里气馁。夜里潮气升起，那个叫大龙的司机很快指挥着三人抬起尸体，老五看着他们一点点将小黄像搬鱼一样搬起来，老五不动，像当年几个哥哥把儿子的尸体捞起，老五也没有动一样。河水拍打着趸船，老五听见沿岸的虫鸣，什么东西扑通跳进了水里。等几个人往码头上去了，大龙还没有走，朝老五递过一包烟来，说，五叔，今天的事，不要对人讲，马总不会亏待大家。

老五看都没有看他，眼睛只是照着面前模糊不清的河水，这水黑漆漆的，又沥青般泛出光亮，像团恶水了。老五慢吞吞地说，人死，是大事，什么亏待不亏待。

大龙说，晓得，肯定通知家属，正常赔偿，不会搞其他事，你放心。

老五说，谅马老板也不敢。

人走后，老五又是一个人，河面刮起一阵不寻常的大风，吹得船顶的广告牌嘎吱作响，有什么东西从头顶簌簌飞过，直到风停，梦里的那个声音才又清晰起来，莫停哟，快走快走。

天凉下来，河面的雾气都变作了寒气，船上渐渐待不住人，老五有了去意，该换个年轻的来守船了。老五对马老板提出，马老板在电话里说知道了，会找人来替的，语气平常，听不出什么，也没有挽留。

潜水队还没有散，老五也觉得奇怪，老戚和那两个人很快和好如初了，甚至黎家辉已经开始教老戚潜水。听吴大说，钱是赔了不少，马老板出了大头，老戚也填了些。马老板跟着就退出来了，说是忌讳，犯水。眼下潜水队只是老戚的。老戚也戴上了面镜和蛙脚，开始在向晚的河水里载沉载浮了，说是训练，有时那个女人也在，跟着一起玩。

老戚出活越来越频繁，不再顾忌，老五知他性子，还劝过，说慢点来，何必这么急，鱼不是这么打的。老戚倒嚷嚷起来，说自己被马老板摆了一道，本来是他的生意，自己倒贴进去了，小黄死，我出了八万，马老板家大业大，拍拍屁股走了，我往哪里走？老戚一腔闷火，说得愤怒激昂，老五就不说了。

再次出活女人竟也在，跟着一行人摸上了趸船，老五听出一道女声，在窸窣地问这问那，好奇极了，老五警觉，一下闯出去，女人见了他也不回避，她知晓了老五的身份，可也不喊他。

老五见女人杵着，就问，你来做什么？

女人没有讲话，一只手卷着鬓角的发丝，是老戚站出来说的，跟我们去玩玩，你老哥就不要操心了。

胡搞！老五喊起来，这是玩的？老五站在趸船中央，一把挡在女人面前，语气先缓下来，姑娘，你不要糊涂，这不是你该做的事。

女人也不看他，好笑，我做什么要你管。

老戚也拉扯起老五来说，五哥，又不干你的事，现在我和马老板没关系了，你吓不倒我。

老五甩掉对方的手，火气腾地升起，你就好了伤疤忘了痛？小黄是怎么死的？你不要再害人了，今天这姑娘要是敢走，你们的事就做不久。

老戚没想到老头会这么说，简直要跳起来，她又不是你家姑娘，你管这么多！腿长在人家身上，想走就走，谁还拦得住？

老五不听这些废话，仍对女人说，姑娘，开不得玩笑，这河不是让人耍的，哪个耍哪个要出事，你信不信？老五的话有些危言耸听，女人就犹豫了，一犹豫，换好装备的黎家辉就不耐烦起来，手中的标枪跺着船板，对老戚说，戚老板，今天还去不去的啦。老五又盯着他，这个人才死了徒弟，还不收手，积极性竟比从前还高，老五就有些看不懂了，凡是老五看不懂的事，预感就不好，但也不管，今天老五只是想拦住面前的女人。

老戚是个急性子，经不起人催，见老五铁了心，知道拗不过，女人也一下不动，眼神开始淡漠，老戚只好喊，算了算了，我们自己去，扫兴！等上了船，开出一段，老戚还盯着码头，望着女人和老五站在趸船上的模糊身影，这才骂出来，死老鬼，活该绝后。

等皮划艇的声音弱下去，河水的声音大起来，老五才松了口气，女人还站在趸船头，风过，很有些落寞的样子。老五说，走吧，该回哪里回哪里。

女人说，我想走就走，不要以为我会感谢你——你是不是觉得自己是英雄？

老五说，我是什么不打紧，我只晓得你怕了，怕了好。

女人笑起来，是你自己怕吧，我只是不想去了。

老五说，说得对说得对，我是怕了，这个年纪，什么都怕。

女人说，他们说你儿子也是淹死的，那你还来守船，这你又不怕？

老五望着女人，月光下一张脸像剥了壳的水煮蛋，是好看。老五软下来，说，不相干的，我又不和河有仇。

不和河有，和哪个有？女人追问。

老五被问倒了，一时哑住，最后说，走吧，不早了。

女人说，你就晓得赶人。

老五不作声。

女人无趣，气鼓鼓走掉，走得叮叮咚咚的，一只红牛罐被女人一脚踢到水里，直到身后传来栅栏门被吱呀关上的声音，女人才回头，想看看老五，可趸船上的灯立即熄灭，整个河岸陷入薄薄的月光里，泛出浅浅的银灰，河水正巨蟒般翻滚而下，女人只看到一个影子。

没有人来接老五的班，老五着急，一问才知道，马老板竟把趸船所有权卖给了吴大，码头上的事他早不管了。吴大是想借此留住老五，实在瞒不住了才说，有你老哥在，他们不敢太放肆。

老五晓得是说老戚他们，还是摇头，说你个晓得，以前我住山上，就羡慕你们这些住在河边的，现在倒想回去了，你说怪不怪。

吴大知道留不住，说，也好。跟着打趣起来，他们说你不会水，是不是真的？

老五神秘一笑，你不要告诉他们。

真不会？吴大说，那你敢看船。

老五说，看船嘛，又不是在河里看，以后我就不来了。

吴大点点头，说要得，我也不敢要你看了。

老五记得离开船上那天是个清晨，雾正浓，不是夏天里河谷地带的薄雾，而是铺天盖地的大雾，整个镇子都笼罩在白蒙蒙的雾气里，秋天了。老五步上码头，迎面撞见一群人围在旅馆的白色房子前，一个熟悉的声音穿透雾气，好个不要脸的骚货，马东明还不能满足你……一个声音立即回应，你算什么东西，来闯我的屋，我做什么干你家老马什么事，我是他娶回来的？给你一家做小吗？你自己守不住男人，跑我这里来乱咬……老五没明白怎么回事，恍惚中就被人拉过，五叔来主持一下，我们都拦不住了。

老五往人群里看，却看不出什么东西，问，搞哪样，大早上的。

那人讲，你侄女来捉人了，本来是捉马老板和店里新来的女经理，哪想捉出戚老板和她了，你侄女正在替马老板出气哟。

老五迷糊了，老戚，戚邦德？

那人说，是戚邦德嘛，胆子硬是大哟，马老板的女人也敢碰。

老五不吭声，想上前劝劝，又不想见女人尴尬，干脆挥手说，我不管，你们也散了，凑什么热闹。

老五骑车走掉了，头也没回，没过多久，天还没有凉透，就听说老戚戚邦德被一杆标枪射中了眼睛，在河里。

（原载《作家》2022年第4期）

李晁，1986年生于湖南，现居贵阳。2007年起在《上海文学》《作家》《人民文学》《当代》《十月》《中国作家》《钟山》等刊发表小说，曾获《上海文学》新人奖、紫金·人民文学之星奖、《创作与评论》年度作品奖、《滇池》文学奖、《作家》金短篇奖、华语青年作家奖短篇小说"双子星"奖等，出版小说集两部。